PABLO VILLENA HANANEL

LA SOMBRA DEL PENITENTE

BARKER & JULES°

BARKER ❷ JULES®

LA SOMBRA DEL PENITENTE

Edición: Barker and Jules™
Diseño de Portada: Mario César Elías Díaz | mario.elias.diaz@gmail.com
Adaptación de Portada: María Elisa Almanza | Barker & Jules Books™
Diseño de Interiores: María Elisa Almanza | Barker & Jules Books™

Primera edición - 2020
D. R. © 2020, Pablo Villena Hananel

I.S.B.N. | 978-1-64789-116-9
I.S.B.N. eBook | 978-1-64789-117-6

PR Indecopi: N° 00458-2011

BARKER & JULES, LLC
2248 Meridian Blvd. Ste. H, Minden, NV 89423
barkerandjules.com

"... y hoy, cada surco en sus ojos,
me dice que envejecido estoy…"

A mi padre Jesús y mi madre Victoria.
A mis sobrinos Jesús, Doménica y Adriana, con cariño y
afecto inolvidable...

—*Illumina faciem tuam super servum tuum et salvum me fac in misericordia tua. Domine non confundar quoniam invocavi te.* —Gabriel cierra los ojos, haciendo una corta pausa—. Padre mío, que me das de beber del cáliz de tu sangre, dame valor, no dejes que caiga en pecado. Si he decidido convertirme en uno más de tus siervos, no permitas que me aleje de tu rebaño.

El cuadro en óleo del Jesús crucificado tiene el fondo en tinieblas y la mirada del Dios Padre recibiendo al Hijo muerto en su reino. Bajo sus pies sangrantes, se encuentra un joven sacerdote que viste una sotana negra, que pliega sus manos y ora ante la sagrada imagen.

Sus súplicas de vergüenza desaparecen en su propia fe. Sus ojos claros y pacíficos no pueden contener el martirio al fijarse en el rostro dormido en dolor del Cristo.

—Dios, ayúdame, qué debo hacer para acabar con esta amargura, con este dolor. Padre mío, escúchame, no quiero recibir tu condenación, mi vida está dedicada a ti, a tu inmensa misericordia. ¡Auxíliame!, Señor misericordioso, tú eres mi refugio, mi universo. Aleja de mí este diluvio de pensamientos que te ofenden. Solo tú, con tu infinita compasión, puedes liberar mi alma conturbada y guiarme por el camino de tu luz.

La oscuridad del santuario está débilmente iluminada por pequeñas velas que van agonizando. Las miradas de los santos guardan un silencio cómplice rodeando a aquel individuo sumido en su propio desprecio y encogimiento. Con el rosario en manos y la cabeza gacha, se dirige a una de las bancas. Se desmoronó en el asiento, agobiado; poco a poco se va calmando, se frota el pálido rostro, permanece pensativo. Se da aliento, mira al cordero de Dios sin decirle nada, solo lo ve con resignación. En la vieja iglesia del siglo XVIII, cuyas paredes aún conservan las grietas y rajaduras del último temblor, entre las bancas y bajo la penumbra, un solitario ministro de Dios lamenta haber seguido los consejos de su madre y de su abuela materna: sabe que ha traicionado su vocación sacerdotal y ahora deberá pagar su penitencia. Se levanta pesadamente, camina despacio hacia su habitación, intenta escabullirse en silencio para evitar despertar al anciano padre Jovías que duerme en su celda. Avanza por un pasadizo angosto que cruza la sacristía hasta llegar a su recámara, abre la manija débilmente, cierra la puerta sin provocar un solo ruido; se echa en la cama, recuesta su cabeza sobre la almohada. El padre Gabriel respira su deshonra en aquella habitación bajo penumbra.

La ciudad empieza a levantarse. Por esos días, Ariana se ha acostumbrado a la temprana ducha de invierno, a las frías y húmedas calles, a las avenidas que se van congestionando de vehículos, a la gente que transita apurada para no llegar tarde a sus labores.

El tiempo transcurre con el correr de cada segundo: niños y jóvenes escolares, empleados de oficina, obreros, funcionarios, deportistas o estudiantes universitarios que emprenden la ida. Mientras, al otro lado de la urbe, cerca del Club de Golf de San Isidro, unas pequeñas zapatillas trotan a paso ligero, sus piernas bien formadas y duras llevan como segunda piel una licra turquesa deportiva. Sobre un paso rápido y ya jadeante, sus brazos desnudos rozan un pequeño top gris Adidas. Aligerando el trote, una mediana y proporcionada figura, que ha hecho perder la cabeza a muchos hombres, regresa por la calzada. Ariana, con su cabello castaño y ondulado, sujeto en una trenza francesa, concluye una larga vuelta alrededor del campo de golf y regresa a su apartamento. Los audífonos de su iPhone le permiten concentrarse en la música, despegarse del bullicio citadino, la liberan por breves momentos en sus mañanas de footing. Sus pasos pequeños, aún en trote mientras bebe de una botella de Gatorade de manzana para recuperar el desgaste físico, indican que está por llegar. Entra al edificio sin dejar de trotar, llega al cuarto piso por las escaleras. La música electrónica no deja de sonar atrapándola en un mar de sensaciones que la hacen desaparecer al interior del apartamento; allí dentro, Ariana baila sin saber que afuera, tras la puerta, su novio, el abogado Pierre Ferreyra, lleva un buen tiempo tocando y llamándola al celular. Pierre sabe que Ariana es así: siempre se demora en abrir o difícilmente contesta su móvil. Por fin, ella abre la puerta, deja pasar a un hombre de treinta y tres años, de porte atlético, pulcramente vestido, cortos cabellos castaños, de mirada dura e inexpresiva.

—Hola —dice ella, mientras se quita la vincha, le da un beso y vuelve a la sala.

Pierre cierra la puerta.

—Flaca, te demoras mucho en abrir.

Ella le sonríe.

—Sí, disculpa, estaba con los audífonos, si no fuera porque vi que el celular vibraba en la mesa, hasta ahora seguirías afuera.

—Payasa —contesta él mientras se sienta en uno de los sofás.

Ariana se posa sobre las piernas de él.

—Qué, ¿estás molesto conmigo? —dice mansamente buscando seducirlo.

Pierre se deja llevar.

—Si no fuera porque estás con ese top y tu licra apretadita, hace rato me hubiese ido.

Ella le acaricia el cabello.

—Me voy a dar un baño, ¿no te gustaría venir?

Él le muerde la camiseta.

—No, prefiero oler tu sudor.

Ariana se suelta con rapidez.

—¿Cuándo no, tú?, eres un loquillo. Me voy sola a la ducha.

Se dirige al baño, cierra la puerta.

—¿Qué? ¿No puedo hacerte una broma? —dice Pierre fastidiado buscando entre la colección de discos de su enamorada algo de música para la espera. La regadera se abre dejando caer chorros de agua sobre el cuerpo de Ariana—. Bueno, tú te la pierdes, flaca —agrega Pierre para sí, desde afuera, sin darle importancia.

Temprano en la cocina, el anciano padre Jovías y el robusto sacristán Edson esperan al padre Gabriel para tomar desayuno. Este, arrodillado a un lado de la cama, lleva un crucifijo en las manos:

—Padre, mis ojos sollozan lágrimas de sangre derramadas sobre mi lecho, solo tú dispones de bondad y prestas tus oídos a mis oraciones para devolverme la fe y la firmeza, que en esta tempestad...

Un golpecillo a la puerta lo interrumpe:

—Padre Gabriel, ¿se encuentra usted bien? —pregunta Edson.

Gabriel da un corto respiro, se levanta.

—No ocurre nada malo, por favor, no me interrumpa.

El sacristán insiste:

—Bueno, yo solo decía porque usted no ha desayunado.

Gabriel deja el crucifijo sobre la cómoda, abre la puerta haciéndola chillar, saluda con una sonrisa franca.

—Voy en un momento, prepárame café.

Edson asiente.

—¿Desea algo más, padre? ¿Unas tostadas con mermelada? Mi sobrina me ha traído queso de Santa Cruz.

Gabriel le toca el hombro.

—Eso está mejor. —Vuelve a cerrar la puerta, regresando a su oración—. Padre mío, que recorres tus praderas y riegas la tierra con tus palabras de sabiduría y amor, no permitas que malos pensamientos me invadan y sequen como el otoño la hierba de mi vocación y entrega. Tu palabra eterna me da consuelo... —Un golpe fuerte en la puerta lo interrumpe otra vez—. ¿Quién es?

Tras la puerta, se escucha la voz de Edson:

—Padre Gabriel, lo busca el señor alcalde para la confesión.

—El joven sacerdote se frota el rostro con fastidio, se persigna. Lo había olvidado, la confesión del señor alcalde de Chircus. Guarda el crucifijo en el velador, se lleva la mano derecha a la cabeza, permanece en silencio unos segundos. Las bisagras rechinan cuando la puerta se abre con lentitud—. Se ve que hoy es un buen día para las confesiones —bromea.

—Échele aceite a esas bisagras —acota el padre.

Gabriel avanza con prisa por el pasillo dirigiéndose al confesionario; abre la ventanilla.

—Ave María Purísima.

—Sin pecado concebida —responde el alcalde.

—Te escucho.

Tras la rejilla, el robusto alcalde Salazar se quita el sombrero para saludar:

—Padre, no sé cómo decirle, esto es algo confuso. —El hombre sonríe nerviosamente, se agarra la cabeza y vacila—. Pienso dejar a Teodosia, mi esposa.

—¿Por qué?, ¿qué motivos te ha dado ella para que la dejes? —pregunta Gabriel apoyando su mano en la sien.

—Es para reírse, padre, siento que ya no la quiero, es por su cuerpo, ya no me atrae, es una res; yo le he dicho que ya no coma tanto, pero ella no quiere. Le he dicho que haga dieta, que haga ejercicios, pero ella no quiere. Le he dicho que viaje a la capital, yo le pago toditito y que se haga esa vaina… —continúa el alcalde de Chircus, tratando de recordar, apretujando el sombrero y rascándose la cabeza— la lipo, la lipoescultura, ¡eso es!, y ella dice que no, porque tiene miedo, padrecito, tiene miedo. Si usted la viera, padre, se maneja unas lonjas… su cintura es una llanta de repuesto.

Gabriel lo corta fastidiado de oírlo:

—Basta, basta, usted no se ha mirado en un espejo —le espetó—, lo que me dice no es motivo para dejar a su esposa: el cuerpo es materia, no interesa la apariencia cuando se es bello de espíritu y se quiere sinceramente. Busque en su mujer el afecto y los valores por los que se enamoró de ella. Ustedes se casaron jóvenes y ahora están envejeciendo juntos. El pecado de tu mujer es la gula, y el tuyo, la vanidad. —Se levanta—. No me haga perder el tiempo.

El alcalde se levanta, estrujando su sombrero al pecho.

—Mi penitencia, padrecito.

Gabriel lo mira fijamente.

—Tu penitencia duerme contigo.

Los manifestantes del Colectivo Por la Democracia Social avanzan con lentitud por medio de la avenida Arequipa.

—¡Puta madre! —Pierre no deja de renegar, golpea el timón y mira su reloj Guess Byblos—. Vagos de mierda. ¿Por qué siempre aparecen por donde voy? —Coge el volante, busca un desvío. Ariana ya se ha acostumbrado a sus quejas, sabe que Pierre no soporta nada—: Sarta de huevones. ¡Carajo! —Acelera.

—Ay, amor, por qué siempre te quejas, déjalos que hagan bulla.

Pierre está irascible.

—Simplemente no soporto a esos idiotas, ¿por qué tienen que pintarse la cara como mimos, usar zancos, tocar tambores y pitos para protestar en contra del Gobierno? Sarta de vagos que joden el tránsito. Te aseguro que son artistas frustrados, que salen a hacer su pantomima callejera cada vez que hay alguna marcha. Siempre están ahí, los mismos zánganos de siempre. Pobre que me salga un hijo así, carajo, o que esté metido en una tuna de mierda poniéndose pantis: ¡lo boto!

Ariana, con la mirada vacía, mueve la cabeza en negación y luego la apoya en la ventana del auto. Sonríe sin hacerle caso:

—Contigo no se puede.

Él le da un beso mientras maneja.

—Qué rico huele tu cabello mojadito, y tu perfume recién bañadita.

Él la acaricia suavemente mirando por los espejos si algún vehículo viene a lo lejos. Su mano roza la pierna izquierda mientras ella cierra los ojos con un suspiro.

El padre Gabriel está recluido en la soledad del confesionario esperando oír los pecados de ese pueblo olvidado y pobre que ahora lo alberga. Más que confesiones, solo oye quejas sobre maridos borrachos o flojos, viejas chismosas, hijos malcriados, todos en busca del mismo consejo. Abre la ventanilla con la costumbre de todos los miércoles:

—Ave María Purísima.

Una joven de dulce voz le contesta:

—Sin pecado concebida. Bendígame, padre, soy una mujer que ha pecado. —Gabriel asiente, reconoce esa voz dócil, el tono del lamento ante sí mismo: «¿Cristiani?», se pregunta. Ese es su nombre: su madre, mojigata hasta la médula, la había bautizado así: Cristiani, hija de Cristo, hija de la Iglesia y, por supuesto, destinada a convertirse en monja. Pero si es rebelde esta chica. Por eso, para mantenerla apartada del pecado, la viste con prendas que a veces bordean la ridiculez—: «Mami, mamita, esta falda es muy grande, no me deja caminar. Córtala, es muy grande», le dice a su madre. Y esta contesta: «No, hijita, cómo se te ocurre, por todos lados hay hombres malos, y yo debo de cuidarte. Dios mío, si te escuchara tu papá, ya te hubiese metido en un convento».

Gabriel hace una breve pausa.

—El Señor se alberga en tu corazón. ¿Cuáles son tus pecados? —Tras la rejilla de bronce, cuyos orificios forman una cruz en medio de la ventanilla del confesionario, una bella joven de tez trigueña, labios plenos y pequeños permanece en silencio y con la cabeza gacha—. Te escucho, Cristiani, tu corazón está en pena, puedo sentirlo, no dejes que...

Ella lo interrumpe con voz aguda y compungida:

—Son mis demonios internos, padre.

Él la corta en voz baja:

—¡No blasfemes, estás en la casa de Dios!

Ella suspira.

—Usted no me entiende, no puede sentir el gran dolor que tengo por odiarme a mí misma.

Gabriel se toca la frente: más que una confesión, ella pide un consejo espiritual.

—¿Qué te ocurre?, dímelo, solo así podré ayudarte.

Ella queda pensativa:

—Usted ya me conoce, ya sabe cómo soy, desde que yo era una niña, mis padres le hablaron de mí, de lo rebelde que he sido toda mi vida, que todavía soy una chica inmadura...

Gabriel la interrumpe:

—Tienes... ¿veinte?, ¿veintiún años? Si fueras rebelde e inmadura no estarías aquí.

Ella sonríe.

—Usted, como siempre, padre, me hace sentir mejor.

Él asiente:

—Prosigue, Cristiani, qué te trajo hasta mí.

Ella se seca las lágrimas.

—Mis papás quieren que me case con don Filomeno, el médico del pueblo. —Gabriel la escucha con atención—. Él es dueño de varias propiedades en Chircus, una de ellas es la casita que alquilamos, allí vivo desde que nací, pero desde muy joven, el doctor Filomeno tiene una fijación enfermiza. Incluso nos ha perdonado la renta de meses atrasados, pero aun así mi papá le debe dinero. —Ella mira a todos lados, nerviosa—. Padre, ese hombre me quiere como su mujer, pero yo no quiero, padre, ese hombre es tan feo y viejo.

Gabriel trata de tranquilizarla.

—Cristiani, lo que me dices no es pecado, necesitas desahogarte, el amor no se compra con dinero, tus padres hacen mal. Hablaré con ellos.

La mirada de Cristiani se pierde en ella misma.

—Mi mamá me dice que si no me caso con él, lo perderemos todo. —Hizo una breve pausa—. ¿Acaso no es lo mismo pecar por dinero que pecar por el amor a mis padres? —le dijo ella con voz arrepentida.

Gabriel está inquieto.

—¿Qué me quieres decir? —le preguntó.

Ella empieza a llorar:

—Me violó, padre, Filomeno Lobo se aprovechó de mí.

—¡Cuidado! —Ariana lanzó un grito de espanto—, un camión se cruza a toda velocidad.

Pierre gira el volante, esquivándolo con destreza: se ha pasado al carril contrario, por poco ven la luz.

—Eres un idiota, ¿puedes concentrarte en manejar?

—Ariana, llena de nervios, enciende con molestia un cigarrillo para tranquilizarse.

Pierre no pierde la calma.

—Ok, ya, lo siento, tranquila.

No hablaron durante el resto del camino: desde que salieron de la clínica, los dos se habían quedado mudos.

Ariana lo ve sonreír.

—Ya estarás tranquilo —le dice ella.

—No me digas que tú querías embarazarte —replica Pierre con la mano al volante. Los ojos de Ariana se sumergen en una profunda tristeza. Pierre enciende la radio, ella lo apaga:

—No quiero escuchar música.

El Volvo se dirige al departamento de ella.

—Hablamos más tarde, ¿te parece? —le dice Pierre.

Ella asiente:

—Ok, cierra la puerta.

El auto da media vuelta, él queda pensativo. Ariana lo ve tras el espejo: Pierre se vuelve otra vez, a punto de regresar para hablar con ella, pero no se atreve: solo alza la mano para despedirse. Ella lo observa con pena por lo sucedido en la clínica. Pierre se va sin decir más. Ariana lo conoce muy bien, se queda tranquila, sabe que hablarán después.

En el interior del confesionario, Gabriel queda en silencio unos segundos: debe sosegarla, aconsejarle como su confesor y guía espiritual, guardar su secreto. Gabriel, por dentro, contiene la rabia de un hombre atormentado por lo que escuchó de boca de Cristiani; quiere salir de allí, buscar al viejo médico para romperle los huesos. «El señor es mi pastor, nada me pasará», dice para sí, pero esta vez su Dios no cuidó de su rebaño, la oveja perdida fue devorada por el lobo del pueblo. Ella levanta los ojos negros, enmarcados bajo unas cejas delgadas y delineadas, buscando consuelo. Gabriel contiene la furia:

—Tú no has pecado, a veces los hombres cometen pecados propios de su animalidad, no entran en razón y dejan escapar sus deseos carnales más bajos e insanos. —El sacerdote tiene la mirada perdida, la presencia de la muchacha lo hace sentir en el cielo y el infierno—. Cristiani, yo no tengo que perdonarte, tampoco te reprocho, pero Lobo debe pagar su falta, de eso estoy seguro.

Ella no comprende.

—Pero ¿cómo? Mi confesión no puede ser descubierta, mis papás no pueden enterarse, sufrirían mucho.

Gabriel, conturbado, fija sus ojos en la joven mujer, le da un pañuelo para que se seque las lágrimas; quiere abrazarla, aplacar su desconsuelo; aprieta con fuerza el puño. Ella lo observa tras la rejilla.

—Padre Gabriel, ¿le pasa algo?

—Tengo una gran pena por ti, Cristiani, pero me la guardo para mí. Le da su bendición, cierra la ventanilla, ella se levanta en silencio y se aleja lentamente de aquel confesionario.

Cuando la noche se enciende cada viernes, empieza con ruidos de autos chillando, la bulla digital se concentra en los exteriores de The Church, una de las mejores discotecas ubicada en las playas del sur, en las afueras de Lima. Reclinado en el asiento del moderno Volvo S60, Pierre aspira coca antes de bajar, con la seguridad de que nadie puede verlo tras el oscuro polarizado. Se frota la nariz, siente el cerebro a punto de estallar; guarda el resto de polvo blanco en su bolsillo para evitar que Ariana lo descubra. Baja del auto, saluda a unos amigos que allí lo esperan con vasos de Bacardí en manos. Tiene la música en el cerebro, se sacude con pantomima.

—Habla, brother, sírvete un trago. —Le ofrece Choclo a modo de saludo.

El colorado Patrick es un tablista fumón de 35 años, tiene el cabello largo teñido de rubio, piel bronceada, un arete en la oreja izquierda, es muy conocido por los surfistas de Punta Rocas como Choclo y está orgulloso de ser mantenido por los euros mensuales que sus padres le envían desde Francia: su única interacción monetaria con ese pobre infeliz de neuronas fritas.

—Yo no tomo ron, huevón, ya sabes —dice Pierre dejando a un lado al gringo al pomo.

—Qué, o sea, eres bacán, solo chupas whisky, huevón, ¡single malt!, te crees bacán, huevón. ¡Fuera mierda! —Choclo se queda atrás.

Pierre ríe y lo ignora: sabe que está en otro mundo. Ariana está junto a sus amigas de la universidad, no se ha percatado de la llegada de él, quien bebe una lata de Red Bull helado y se sacude con la bulla trance de los autos.

—¡Agriana! —grita Marie France, una bella y rubicunda belga que mastica español. La muchacha avanza entre el gentío de la noche, enfundada en un vestido halter sin espalda.

—Hola, amigaa. —Se abrazan rápidamente.

—¿Dunde está Piegre? —pregunta la gringa, mirando a todos lados—, nou me digas que viniste sola.

Ariana la vacila.

—Ah, a ese lo dejé en Lima castigado —le guiña un ojo mientras da un sorbo a su botella de agua mineral.

En Chircus, las estrechas calles parecen iguales y se confunden en la oscuridad de la noche. Viejos postes de luz se esconden tras los árboles, enmarañados con cables telefónicos y arrojan una débil iluminación. Filomeno Lobo se dirige a su vivienda, alcoholizado con los tragos de caña de todos los viernes. Camina vacilante, hablando para sí, con la ronquera de un borracho de sesenta años, embrutecido y con el hígado hecho jirones. El viejo poblado duerme bajo los tejados que renuncian a las primeras gotas de una lluvia que empieza a precipitar. Lobo camina aprisa, evita tambalearse para no resbalar, llega a la esquina cerca de su casa, una de las mejores del lugar. Un fuerte golpe al estómago lo derriba: Lobo cae estrepitosamente sobre un charco sucio tragándose su propio dolor, con su fino sombrero blanco a un lado y la lluvia empapando su rostro. Lobo no puede ver a su agresor debido a la poca visibilidad del lugar. Una patada en las costillas le quita la respiración, un feroz puñete en la cara lo hace sangrar por la boca, siente que lo cogen de su elegante saco teñido de barro estrellando su cabeza contra la pared sin entender por qué es víctima de semejante agresión. Otro golpe en el rostro le parte el labio; le sigue fuerte un rodillazo en el estómago, que lo deja sin aire. La lluvia arrecia y el tronido veloz de un rayo enciende fugaz la noche de Chircus. Filomeno Lobo apenas puede sentarse, pero su agresor, de un brutal golpe en la nuca, lo derriba nuevamente. El viejo médico está boca abajo:

—Ya no me pegues —balbuceó —, llévate mi plata, pero ya no me pegues, por favor.

No puede moverse, trata de arrastrarse en su propia sangre, otra patada en la cara le rompe la nariz y un puntapié en las costillas lo deja medio muerto sobre la acera. El agresor oculta su rostro con una gorra y una bufanda negra, lo mira con ojos rencorosos por unos segundos, luego voltea y se aleja rápidamente perdiéndose entre las sombras.

—Hola, flaca —Pierre abraza a Ariana dándole un sonoro beso—, ¿entramos?

Ella asiente sonriendo. Un bullicioso grupo de jóvenes ingresa tras de ellos, dejando atrás a dos gigantones y obesos vigilantes de polos oscuros, que custodian el ingreso a The Church. Una tormenta de luces que se entrecruzan, efectos láser y bulla que los atrapa los hace moverse con arrebato, se dejan llevar por el retumbo electrónico que da inicio al baile desenfrenado en una noche de alcohol y éxtasis rodeados de arena y mar. El destello verde y rojo de luces sobre cientos de jóvenes acelera sus cuerpos a la brújula de los DJ.

—¿Estás más tranquila? —pregunta Pierre alzando la voz.

Ariana encoge el hombro:

—¿Qué? ¿A qué te refieres? —responde con fuerza—, ¿a lo del falso embarazo? —Ella se mueve disfrutando del baile electrónico—. Olvídalo, no quiero hablar más del tema.

Pierre hace señas al barman, quien ya sabe a qué se refiere: una botella de etiqueta negra y cubos hielos para empezar la noche.

Enormes gotas de lluvia caen con fuerza sobre Chircus. El agresor, alejado de esa calle de sangre y doliente, ha dejado de cubrirse el rostro. Completamente mojado, camina con rapidez, su sombra se pierde en la oscuridad de una callejuela que se esconde entre la noche. «Así se pagan los pecados», se dice mientras apura el paso. «¿He sido demasiado misericordioso?». Inquiere en su soledad. «Solo soy un instrumento tuyo, Señor, pero si tus semillas caen sobre las piedras, ¿es por tu voluntad? Entonces debo regresar tras ellas y recuperarlas, para que fecunden la tierra con hombres justos, que anden por el camino de la verdad y alejado de tinieblas». Respira agitado, abre la puerta trasera de la iglesia, camina presuroso hacia el altar mayor, deja húmedas huellas sobre el piso. Es consciente de lo que ha hecho: Filomeno se lo merecía, había abusado en su consultorio, había puesto algo más que sus sucias manos sobre Cristiani, haciéndola dormir con una pastilla para enterrarse dentro de ella, cuando apenas tenía quince años, cuando fue a llevarle la renta mensual:

—Ni una palabra a tus papis —le había dicho mientras ella despertaba—, tú no quieres que duerman en la calle... Muy bien, eres una niña muy buena.

Apoya ambas manos a los pies de Jesús crucificado: «Ya no puedo más, Señor, he llegado al límite de mis fuerzas, mi corazón se marchita de amor y de dolor. Te he fallado, Padre Eterno, lo siento». Deja salir sus rencores, cabizbajo, presionando las manos sobre los pies enrojecidos de aquella imagen; sus ojos se sublevan de coraje incontenible, con la vergüenza de no poder mirar a su Señor, porque un sacerdote está prohibido de amar como es debido, porque la mujer que guarda en su corazón fue ultrajada tiempo atrás y aquella cicatriz del olvido se acaba de romper. Cierra el puño con fuerza, aprieta el cáliz de oro con el que horas antes se diera valor para castigar tan infame deshonra. Con un dolor profundo en el pecho que se niega a ver o sentir. En la oscuridad de la iglesia, los santos son mudos testigos de la pobreza de su fe, se siente encadenado a una salvación que para él no existe, que lo aterra y lo condena. De rodillas, golpea el suelo con los puños, estrella el cáliz contra el piso derramando la sangre del cordero; desalentado y sin fuerzas, siente que está enloqueciendo. Gabriel busca una respuesta para sí mismo, se levanta aturdido en busca de un trapo, limpia el vino derramado bajo el altar. Tras borrar las huellas de su descontrol, apresado por del desaliento, ingresa a su pequeña habitación sin encender la lámpara. Se tiende agitado sobre la cama, con los nudillos manchados de sangre y los puños apretados por la impotencia. Con la mirada perdida en el techo, se quiebra como un hombre herido y aprisionado en ese cuarto que a veces le parece una cárcel bíblica. Gabriel lanza un largo respiro de cansancio. El resplandor lunar ingresa por la ventana, se posa sobre su cabeza, sus ojos fríos dormitan a un lado del crucifijo y el rosario de madera: son sus armas contra la imperfección de los hombres. La noche ha terminado para él. En Chircus dejó de llover dejando anegadas sus calles. Uno se acostumbra a la soledad de ese empequeñecido pueblo, olvidado por los Gobiernos, malversado por los obesos y pelones alcaldes que cada cuatro años solo se dedican a repintar las bancas, el enrejado de plaza central, y sembrar coloridas flores alrededor de una pileta seca que alberga en su interior las hojas amarillentas que caen desde los árboles que esconden al sol. En ese pueblo atrapado, que se hunde en un valle serrano, sus moradores solo subsisten gracias a la pesca de río, la extracción de camarones, la cosecha de verduras y la ganadería; en fin, el Gobierno puede olvidarse de ellos, pero… Dios, ¿puede desprenderse de sus propios hijos? Ni qué hablar de los que están al extremo del planeta, hambrientos, maldiciendo sus miserias y enfermedades, pero en Chircus son afortunados: al menos hay pobreza, pero no hay hambre.

La luz blanca sobre su cabeza y la melodía radial de mujeres enamoradas lo perturba. A mediodía, Pierre debe entregar el reporte de los clientes morosos contra quienes se iniciarán las acciones judiciales de cobranza por cuentas impagas. Tiene remangada la camisa, lleva ambas manos sobre su cabeza, analiza los listados del computador. En su escritorio, brilla un lapicero Parker en marfil negro y oro. Lee silenciosamente los importes de esos truhanes que no pagaron ni una sola cuota al banco donde trabaja, así como de aquellos que, por motivos de crisis y entre lágrimas, incumplieron sus refinanciamientos y ahora podrían perder sus bienes. Pero eso no le importa en absoluto a Pierre. Él solo quiere terminar su informe, que esté bien presentado para largarse temprano a su apartamento; si es posible, llegar antes de las nueve de la noche. Pero la mañana recién empieza y la rutina se le hace aburrida. Levanta la mirada, ve a la secretaria de asesoría legal, Margot, preparando el cafecito con tres cucharaditas cargadas de azúcar para el jefe. En el área legal donde trabaja, Pierre está rodeado casi por completo de abogadas de base cinco, cuyos maridos no las aguantan porque llevan las leyes hasta en la cama. La radio anuncia su programa "Melodías del corazón". Pierre tiene que soplarse las canciones aburridas dedicadas a la generación de los sesenta, setenta y ochenta, con música del ayer que tanto odia: eso lo desespera más, ya lo tiene idiota.

—Pierre, ¿te preparo café? —le pregunta Margot.

Pierre asiente.

—Gracias, cappuccino doble y dos tostadas con queso Kraft —le guiña el ojo. Margot solo sonríe.

—Ay, este loco.

El desayuno de esa mañana ha sido servido de acuerdo con su requerimiento: dos panes sin levadura con mermelada artesanal de moras, café con leche y huevos fritos. Por radio La Crónica informan que el doctor Filomeno Lobo fue encontrado inconsciente y en estado muy grave: ha sido golpeado salvajemente, según se sabe, por malhechores que le habrían quitado sus zapatos, su saco y la billetera. La lluvia y el frío le produjeron una bronconeumonía y es muy difícil que don Filomeno, el querido médico del pueblo, se salve.

—Es una pena —dice el viejo padre Jovías mordiendo un pedazo de pan—, cómo es posible que alguien le malogre la vida a ese hombre tan bueno, que ha hecho tanto bien al pueblo.

—Gabriel bebe su café con leche sin pronunciar palabra, fija su mirada en una antigua revista *Caretas* y pasa las páginas sin prestarle atención—. De verdad estoy conmocionado, iré a visitarlo al hospital.

El padre Jovías siente una gran pena por Filomeno Lobo, uno de los benefactores de la iglesia.

Gabriel deja a un lado la revista.

—Me parece perfecto, visítelo. —Hace una mueca y se levanta dándole una palmada en el hombro.

—Pero no has terminado tu desayuno —le dice Jovías.

—Se me fue el hambre, voy al huerto, con su permiso. —Gabriel hace una reverencia y se retira.

Había llegado moribundo, ahora se encuentra entre estas frías paredes, sobre la camilla. Sus costillas están rotas y su nariz desgarrada, el pulso débil. Le habían limpiado las heridas, pero ya es demasiado tarde: ha perdido mucha sangre y sus ojos ya se nublan. «Quién pudo hacerle esto», se pregunta con lástima la joven practicante. Pero a veces es mejor aliviar el dolor con una muerte rápida, antes que sufrir una agonía lenta.

—¿Cómo va todo, Ariana? —le pregunta Erick Ayllón, jefe de Práctica Veterinaria, mientras conecta el equipo de sonido y oye Lakme en bajo volumen.

—Le voy a inyectar una dosis de pentobarbitel.

El hombre lleva puesto un mandil blanco, está de espaldas, parece no prestarle atención.

—Bien, en la tarde abriremos al perro, vendrá un grupo de estudiantes del quinto ciclo. Alista los instrumentos y deja todo limpio.

Ayllón se va sin decir más. Ariana siente pena por el pastor alemán atropellado, que respira agitadamente, no comprende la indiferencia del jefe de Práctica por ese pobre animal desahuciado. La joven suelta un suspiro resistiéndose a lagrimear, hinca la inyección letal. Ariana cierra los ojos sintiendo que la muerte fluye por esa aguja que le causa dolor y que extingue con rapidez el corazón de aquel animal.

En un lecho del Hospital de Chircus, duerme inconsciente Filomeno Lobo. Su cabeza está cubierta de vendas, intubado con una manguera de oxígeno y una bolsa de suero. Tiene el rostro moreteado, la nariz enyesada y una costilla rota. Está rodeado de flores que dejaron sus familiares y amigos solidarizados con aquel hombre, víctima de una violencia cruel. Todo indica que no sobrevivirá. Los parientes afligidos rodean su cama, desean que se le dé la extremaunción, porque el alma de un buen hombre, que siempre compartió y fue generoso con los demás, debe dirigirse al cielo y junto al Padre Eterno.

Gabriel entra en la habitación dividida por una cortina que esconde un catre vacío. —¡Padre!, ¡padrecito!, lo han matado a mi Filomeno, lo han matado a mi Filomeno, qué desgracia, padrecito, Dios mío, cuánta maldad. —Su única hermana, Valentina, llora afligida.

—¿Murió? —pregunta Gabriel sorprendido.

La enfermera niega con la cabeza.

—Está en coma, no pasará la noche.

Gabriel abraza a la desconsolada hermana. En el silencio, los visitantes, familiares y amigos junto a la cama, miran con lástima al infeliz moribundo.

—Por favor, deben retirarse —les pide Gabriel—, este hombre necesita paz.

Su hermana no suelta la mano de su hermano.

—Padre, mi hermano siempre iba a la iglesia, usted lo conoce bien.

Gabriel se sienta junto a ella.

—Lo sé, mujer, por eso les pido —mira a todos los presentes—, les pido que por favor se retiren, voy a orar por su alma.

Todos abandonan la habitación llevando su pena en silencio, cierran la puerta, se quedan afuera, a la espera. Gabriel trae aceite de olivo, mira a Lobo sin decirle nada, da un suspiro, diciéndole en voz baja y con voz pausada:

—Salías de la oscuridad para ir fielmente a la iglesia, fingías orar de rodillas mirando al Altísimo, dabas tu limosna simulando generosidad ante los fieles, pero solo era una inversión para que te sintieras querido. Te golpeabas el pecho, comulgabas con todos, pero siempre regresabas a las tinieblas e igual estás en pecado. —Gabriel fija su mirada sobre la cómoda, en el retrato del Corazón de Jesús, tranquilo, sin conmoverse del sufrimiento ajeno—. Pero hoy he venido a traerte consuelo para tu paso a la vida eterna. —Gabriel se frota la cara con las manos, fastidiado de tener que sentarse junto a la cama de un violador. Bendice el aceite, le unge sobre la frente y las manos; la puerta se abre dejando paso a una enfermera y a los familiares. Gabriel se levanta de la silla sin terminar de realizar el sacramento que lo había llevado al hospital—. Este hombre era muy querido por todos ustedes y por el pueblo, atesoren sus últimos momentos aquí en la tierra, y quédense junto a él. —Entre sollozos, Gabriel da una mirada compasiva al moribundo, antes de su partida al camino de la vida eterna. Guarda el aceite en una menuda bolsa y le obsequia una pequeña Biblia a la desconsolada hermana —: Tenga. — Le da un beso en la frente y se despide asintiéndole a todos los presentes. Sale con la tranquilidad de haber terminado el trabajo encomendado.

El sol ya está ausente. El joven abogado siente alivio al dejar esas cuatro paredes de su oficina que lo atormentan y abraza ahora el momento de la diversión. Pierre sube a su auto, enciende la radio en alto volumen: "Eternity", de DJ Tiesto & Armin Van Buuren. Para acelerarse, pone primera y arranca con dirección a su departamento, listo para aspirar dos líneas de cocaína y luego visitar a Ariana. Conduce su Volvo S60 con la impaciencia y la desesperación de un adicto encubierto en su elegante terno de jurista bancario.

Mientras tanto, después de sus clases en la Facultad de Veterinaria, Ariana guarda sus libros y cuadernos de apuntes.

—¿Vas a salir en la nouche? —le pregunta Marie France, su mejor amiga y compañera de clases.

—Obvio, Pierre me va a recoger a las once. Cámbiate en mi depa y nos vamos juntas. —La gringa asiente—. Regio, le voy a decir a mi amorcito que yo voy contigo, que él se adelante.

En su departamento, Pierre cierra los ojos con la brutalidad que solo pueden dar unos gramos de polvo tóxico. Se lleva las manos al rostro, lanza un aullido de goce que le acribilla el discernimiento. Se limpia la nariz y frota con rapidez la pequeña mesa de sala. Extasiado por la música que no se despega de su cerebro: "feauturing izzy, now we are free", ahora se muerde los labios, camina moviendo los brazos al ritmo de esa furia electrónica que por el resto de la noche le hará creerse superior a todos. Ya cambiado de ropas, coge la llave del auto y sale en busca de la ruidosa algarabía apresada en la colorida oscuridad de The Church. Lejos de allí, sin saberlo, Ariana está capturada por él.

Gabriel mira hacia el techo en el silencio de su habitación.

En su mente solo está ella, a quien alguna vez creyó virgen. Sus ojos se pierden en la soledad de cuatro viejas paredes que guardan el secreto de su evasión a los votos que alguna vez ofrendó y que ahora lo atormentan por su propia decisión. Gabriel se arrodilla frente a su cama y comienza a orar en silencio, aprieta fuertemente el crucifijo, deseando que las lágrimas corran, pero estas no salen; sus ojos fuertemente cerrados se lo impiden. Alza la mirada:

—Elevo mis ojos al cielo, y busco tu gloria, mi Señor, quítame toda mancha de pensamiento y dame de tu paz interior. Arranca las frazadas de su catre.

Se sienta al borde quitándose los zapatos, se echa sobre la cama, pronunciando para sí mismo «Cristiani».

Dame lo de siempre, ordena Pierre al barman, haciéndole señas: una explosiva combinación de whisky doble y Red Bull helado que le sirve entre la bulla y efectos láser, pastillas de éxtasis, sudor, lentes oscuros, cirios humeantes y buen trance. La gringa Marie France lleva un daiquiri para Ariana, baila mientras se acerca a la mesa, fumando un Marlboro Light, porque le gusta cuidar sus pulmones. La fiesta está maldita, de la puta madre, le grita al oído su amiga, agradeciéndole por el trago. Pierre se sienta junto a ellas, sacude los hielos de su vaso, bebe un sorbo de su whisky y besa a Ariana, mientras el resto de un grupo de amigos sale a bailar.

—Quiero que te cases conmigo, flaca.

Ariana ríe, sin darle importancia:

—Estás borracho, Pierre.

Él queda en silencio, se levanta, baila alrededor de ella.

Ariana lo sigue, se abraza a su cuello mirándolo fijamente a los ojos sin decirle nada. Él la vuelve a besar, le rodea la cintura con las manos moviéndose con el placer que le enrojece los ojos y seducido por el estruendo de la noche.

La misa empieza a las siete, los feligreses entran cada mañana como de costumbre: por fervor, arrepentimiento o para pasar el tiempo. Gabriel se arrodilla al ingresar al altar, lo besa con solemnidad, hace la señal de la cruz, los fieles están de pie para iniciar la liturgia dominical. El joven sacerdote mira entre los parroquianos, saluda a la asamblea allí reunida con una reverencia:

—Antes de iniciar la sagrada misa, pidamos humildemente perdón al Señor por todas nuestras faltas. —Los feligreses enmudecen unos breves segundos, la misa transcurre con normalidad. Los fieles reunidos lo escuchan con atención—: Queridos hermanos, cuántos de vosotros estáis casados y han procreado el fruto de una verdadera familia que son los hijos: los frutos del cariño y del amor, pero, sobre todo, el fruto del respeto entre el marido y mujer; y no se casan para luego separarse o divorciarse porque el hombre engañó a su mujer o porque ella cayó en adulterio, o porque a veces no nos acostumbramos a que el matrimonio es un contrato de amor, donde se deben respetar reglas y ciertas condiciones elementales de la convivencia humana. El hombre se casa para formar una familia, para que su semilla florezca a lo largo de muchas generaciones, generaciones que vienen desde muy atrás, desde Adán y Eva. Por eso ustedes hoy están aquí presentes. —El silencio es interrumpido por el llanto de un bebé, cuya madre intenta calmarlo—. Pero San Pablo también nos dice: si estáis libre no busques mujer, porque el hombre no es un animal irracional que ande por allí apareándose con cuanta mujer encuentre a su paso. —Se oye un estornudo—. San Pablo nos dice: si estáis libre, soltero o soltera tampoco haces mal, porque Pablo comprende que el matrimonio es la consumación de una relación de pareja, luego de conocerse, y que, ante los ojos de Dios, se está libre de pecado porque concluyó en uno de los sacramentos que es el matrimonio. —Desde el púlpito, Gabriel los mira fijamente—. San Pablo termina diciéndonos que los hombres que tienen mujer vivan como si no la tuvieran; y en sus palabras hay sabiduría pura, ¡queridos hermanos!, porque el hombre no puede tener otra fijación más que en su propia mujer. ¡Oiga!, pero allí nos dice otra cosa, el que tiene mujer que viva como si no la tuviera, y no por eso el hombre debe caer en adulterio. —Los asistentes oyen con atención las devotas palabras del padre Gabriel, que se empiezan a alzar—: ¡Y si no tienes una mujer!, entonces no tienes por qué buscar por allí mujerzuelas, o lo que es peor, no tienes ningún derecho de perseguir a quien no te corresponde, a mendigar un amor no correspondido, porque el amor no se puede obtener a cambio del vil metal; el placer carnal, a lo mejor. ¡Pero eso no es amor! y lo vuelvo a repetir, es puro placer, provocado por pensamientos impuros, propios del demonio. Por eso, aquel que ha ido en contra del décimo mandamiento: ¡No desearás la mujer de tu prójimo! comete un terrible pecado. Y San Pablo, con mucha sabiduría, nos dice, si estáis libre, entonces no busques mujer, porque ella sola llegará al hombre.

La mañana es fría, solo una leve y tímida luz ingresa por las rendijas de la persiana. Cubierta por la bata negra de Pierre, Ariana se asoma a la ventana dejando atrás a su novio que duerme envuelto en las frazadas de su dormitorio. Ariana se suelta el cabello, desea irse pronto de allí, superar la noche que se perdió dentro del cuarto de un hombre que la pretende a su manera. Lo ve dormido, lo observa brevemente, enciende un cigarrillo mientras permanece apoyada en el muro de la ventana; una alergia le cosquillea la nariz. Ariana deja caer la bata; bajo ella, lleva solo una larga blusa que trasluce su delgada figura. Da una fumada, apaga el cigarro, recoge las prendas que dejara sobre la alfombra. Vuelve a mirar a Pierre:

—Te amo, loquillo —dice en voz baja.

Se le escapa una sonrisa nerviosa, mientras se viste en silencio para evitar despertarlo. Se pone los aretes sin dejar de observar a Pierre, coge su cartera de la cómoda, se va silenciosamente del cuarto, abre despacio la puerta del departamento, sale a la luz del sol dejando atrás el desenlace de aquella noche.

Chircus es un pequeño mundo andino ubicado en un lejano valle serrano, y si bien es un pueblo aburrido, en el viejo templo hay muchas cosas por hacer. Su construcción alberga un vetusto corral de aves: gallinas que ponen los huevos del desayuno, patos y pollos que terminan convirtiéndose en el almuerzo. Sin embargo, Gabriel ha ordenado que nadie, ni Jovías ni Edson, se atreva a tocar a Clochard, su gallina de color caramelo con el pico quemado, la noble gallina que una vez salvó durante una visita al mercado, cuando estaban a punto de cortarle el pescuezo y descuartizarla para terminar sus días en una olla. Gabriel caminó entre las aves, echándoles maíz, alimento balanceado y hortalizas que no llegan a la ensaladera. Una esquina del convento le sirve para un pequeño huerto destinado a la siembra de rábanos, zanahorias y betarragas. Labrando la tierra, bajo el sol templado y aire fresco, con sandalias franciscanas, Gabriel se sirve de ese suelo fértil para su propio sustento.

—Padre, padre —lo llama Edson—, afuera lo busca la señorita Cristiani. Gabriel, con las manos llenas de barro, siente una felicidad impropia que logra disimular con seriedad.

—Tráeme agua para lavarme. —El sacristán obedece asintiendo—. Edson, espera —Gabriel sonríe—, por favor, dile que espere.

El robusto muchacho da vuelta.

—Voy enseguida, padre.

Cristiani, con su larga cabellera azabache, su falda hasta los tobillos y su chompa de botones abiertos tejida a mano, está sentada en una de las bancas. La iglesia aún no ha abierto sus puertas, pero ella está allí en busca de un consejo sacerdotal. Gabriel se había puesto zapatos, con traje de paisano, se asoma a un lado del altar; sin dejarse oír, observa a lo lejos a la joven mujer de quien se ha enamorado en silencio.

—Cristiani, buenos días. —La saluda con una sonrisa, mientras se acerca.

Ella se levanta.

—Padre Gabriel, buenos días, disculpe haber venido tan temprano, le traje estas fresas de la chacra de mi papá.

Gabriel acepta la pequeña canasta asintiendo, sus ojos resplandecen al verla, simula toser.

—Por favor, siéntate, en qué te puedo ayudar. —Ella no sabe cómo empezar, se queda abstraída un momento—. Cristiani, dime, ¿a qué has venido?, ¿qué tienes que decirme?

Ella lo mira fijamente.

—Padre, estos días han sido para mí de gran alivio, pero también de desconcierto. —El sacerdote la escucha—. La muerte de Lobo fue tan repentina, casi inmediatamente después de confesarle lo que ese hombre me hizo. Yo... yo no le deseaba ningún mal, pero también le tenía odio, lo odiaba con todas mis fuerzas, padre...

Gabriel la corta, entregándole un pañuelo:

—Lo odiabas después de contármelo —replicó él.

Cristiani seca sus lágrimas.

—Esta es la casa de Dios, en ella no puedo mentir: lo seguía odiando, padre, pero me sentía aliviada de confesárselo. Usted me trajo la paz que necesitaba, pero no quería que tuviera esa horrible muerte, no lo sé —titubeó ella—, me siento culpable ante Dios. Pienso que él hizo justicia en la Tierra, si bien fue hace muchos años, nunca pude olvidarlo. Tuvo su merecido, padre, pero entonces estaba llena de rencor, estoy tan confundida.

Gabriel guarda silencio unos segundos:

—Cristiani, lo que le ocurrió a Lobo no es tu culpa. Su muerte fue la consecuencia de sus propios actos, su alma estaba oscurecida por el pecado y ahora purga entre llamas, con gente que fue igual o peor a él, tú solo fuiste una víctima de tu propia inocencia y del inmenso amor que tienes hacia tus padres, y no por eso eres culpable. Olvida lo que pasó. Dios puso una prueba más en tu camino, y esa prueba es la del perdón, perdonar sin represalias ni remordimientos, y estar en paz contigo misma.

Cristiani abraza con fuerza a Gabriel.

—Oh, padre, habla usted tan bonito, sus palabras me dan mucho consuelo, pero he aguantado tantos años este sufrimiento, que siento que mi alma se ahogó en mis lágrimas. Padre, he sentido tanto odio hacia ese hombre.

Gabriel la mira fijamente.

—Cristiani, recuerda que estás en la casa de Dios, ya pasó, ya es parte de tu pasado, no te pido que lo olvides, pero no sigas pensado en lo que te ocurrió, porque tú sola te haces daño. —Se levanta dejando sentada a la muchacha—. Ve a tu casa. —Ella se prendió de la mano de él, dándole un suave beso, Gabriel cerró los ojos cuando su piel sintió sus labios—. Tus padres te esperan, ve tranquila, Cristiani, ve con Dios.

Lima es una gran telaraña que atrapa todo lo que se cruza a su paso. Pierre, siempre perfumado, de sastre impecable, con su maletín en mano, se escabulle entre los autos detenidos por el semáforo. Todas las mañanas se despierta maldiciendo por tener que levantarse temprano para ir a trabajar, pero esta vez parece que llegará tarde si es que no se apura en acelerar el paso. A su alrededor, en esa mañana gris, oficinistas encorbatados se entrecruzan en todas direcciones. Avanza con prisa, furioso con la estridente ciudad. Al fin llega: siete y cincuenta y ocho. Registra con apuro su ingreso, sintiéndose aliviado, avanza despacio por los pasadizos elegantes del

Banco del Pacífico hacia el ascensor. La puerta se abre con su timbre agudo, todos los tardones entran en silencio. Oprime el botón número cuatro. Adentro, la ventilación lo refresca de la maratónica carrera de esa mañana cuando maldijo al encontrar que la batería del Volvo se había bajado por dejarlo toda la noche con el contacto encendido. Se abre la puerta. Ya más tranquilo, se dirige a su escritorio mientras saluda a sus compañeros. Otro lunes de mierda, masculla para sí. Se sienta frente a su escritorio, enciende el computador, se da cuenta de que muere por fumar un cigarrillo; busca la cajetilla en su saco, se apura en dirigirse al baño, pero ese es un mal escondite: ve entrar a uno de los gerentes:

—Mierda —protesta en voz baja y da media vuelta.

—Hola, Pierre. —Escucha una alegre voz femenina a su espalda: es Eva Iglesias, otra de las rubias abogadas del banco, la más bella y joven dentro del cuerpo de veteranas de la oficina legal.

—Hola, Evita —responde él con una sonrisa a secas dándole un beso en su rosada mejilla.

—Tengo un caso muy complicado, quisiera que me ayudaras —le dice ella.

Pierre se va por el desvío.

—De verdad, quisiera ayudarte, pero debo presentar unos informes, si deseas déjame una copia de tu expediente.

Ella lleva uno consigo, se lo entrega de inmediato.

—Aquí está, gracias. —Le sonríe, hace un gesto con los dedos en señal de despedida—: Bye. —Da media vuelta.

Pierre reniega para sí mismo.

—Puta madre, carajo. —Vuelve a su escritorio, deja el expediente en una de sus gavetas—: Bueno, lo revisaré, pero no dije cuándo. —Cierra el cajón golpeando con fuerza, olvidándose del cigarrillo.

De regreso a la chacra, mientras cava con el pico sobre la tierra, Gabriel no deja de pensar en ella. Cada golpe trae consigo el sudor de su esfuerzo, mientras lucha para que su corazón enamorado se olvide de Cristiani. No debo pensar en ella. Gabriel se detiene entre el cacarear de las gallinas, se sacude las manos, dejando la herramienta a un costado para echar un puñado de semillas de rábanos. Un sol aplastante arde sobre el campesino sacerdote, que avanza por los surcos de la huerta. Su camisa remangada deja notar sus brazos oscurecidos por la insolación. Cansado, alza la mirada al cielo en busca de una respuesta, el brillo solar lo enceguece: «Por qué estoy aquí, cuál es mi misión en Chircus, por qué no puedo ser feliz a mi manera». Mira a su alrededor, encuentra la respuesta en el pequeño crucifijo que cuelga de su cuello, lo toca sintiendo una paz que solo la fe puede devolver en momentos de confusión. Queda pensativo, encuentra una señal en aquel silencio. «Mañana buscaré al obispo», dice su voz interior. Gabriel siente una calma que se introduce en su pecho, coge nuevamente el pico y sigue abriendo una zanja para sus semillas.

En la Facultad de Veterinaria, Ariana desea que llegue pronto la noche para encontrarse con Pierre y salir a cenar como se lo había prometido. Está cansada de ir a discotecas los fines de semana o divertirse en el balneario de Costa Azul, está cansada de la misma rutina. Espera una sorpresa, una galantería de su amado que termine en una noche maravillosa. Sonriendo, entra a la biblioteca en busca de algunos libros de zoología. El silencio es profundo, el lugar se encuentra plagado de mesas y estudiantes con aspecto de intelectuales. Se dirige al computador, pero antes de iniciar la búsqueda, su impertinente iPhone la obstaculiza ante las miradas de fastidio y los quejidos que buscan afonía en el lugar. Ariana apresura el paso para salir mientras intenta abrir su mochila:

—Aló, amor —contesta mientras camina unos metros afuera.

—Hola, flaca.

Oye la voz seca de Pierre.

—Hola, ¿te sientes mal?, te escucho desganado —responde ella.

—Sí, este… tengo mucho trabajo en la oficina, debo terminar unos asuntos pendientes, no podré verte hoy, me es imposible, saldré tarde del banco.

Al oírlo, su rostro se contrae.

—Qué, estás loco, hoy cumplimos tres años, ni siquiera me has llamado para saludarme —replica exasperada.

—Discúlpame, flaquita, te iba a llamar antes, pero he tenido un mal día, lo dejamos para mañana, ¿te parece?

Ella se resigna.

—Bueno, qué me queda, pero no me parece. —Corta la llamada.

—¿Aló? Ariana. ¿Aló? —Pierre apaga el smartphone aventándolo sobre el escritorio—: Puta madre, mujeres, carajo, mujeres, ¡cómo les gusta festejar huevadas! —Renegó para en voz baja, volviendo a su sillón.

—Por favor, siéntese padre Gabriel. —El rollizo obispo le señala la silla con gentileza. Gabriel se acomoda en el terciopelo del respaldar, mirando fríamente la cruz de oro que cuelga sobre el prelado, con la seguridad de tener una charla inteligente que le haga cambiar de opinión—. Vamos a ver, bueno, te escucho —dice Renzo Fabiani, dejándose caer en el sillón.

—Monseñor, tal vez lo que le diga le cause una gran angustia, pero he venido ante usted para hallar las respuestas que no he encontrado a mis plegarias.

El obispo se quita sus anteojos redondos, empieza a limpiarlos con una telita blanca, pregunta sin mirarlo:

—A ver a ver, dime, Gabriel, ¿cuál es el motivo de tus plegarias? —El sacerdote de Chircus está dispuesto a todo.

—Siento vergüenza tener que decirlo. He luchado conmigo mismo y evitar cualquier tentación, pero —Gabriel dio un profundo respiro— creo que me he enamorado.

Monseñor Fabiani alza la mano para callarlo, se pone sus gruesos anteojos, clavando su mirada en el joven sacerdote, enmudece unos instantes.

—¿Es una broma? —le pregunta gruñendo. Gabriel niega con la cabeza—. Basta basta basta. ¿Te das cuenta de lo que me dices? ¿Quieres acaso arruinar tu sacerdocio y tu compromiso con Dios para la salvación del mundo? No hay duda de que tu corazón vive una prueba de fe. —Gabriel va a replicar, pero es silenciado—: ¡No diga nada! —Tronó el obispo poniéndose de pie, hizo un gesto para calmarse, sentándose nuevamente—: No te arrojes a la oscuridad. Lo que necesitas es actuar con inteligencia, pero sobre todo con mucha voluntad de tu parte.

»Padre Gabriel, Dios tiene un propósito para usted. —Monseñor retrocede la silla, se levanta pesadamente—: nosotros somos humildes instrumentos de su gloria —Alza la mirada a un crucifijo—, ministros del Altísimo y semillas de su reino, por eso estamos a su servicio, vivimos comprometidos con Cristo y por ello seremos recompensados en el cielo.

»Padre Gabriel, el Señor nos pone a prueba, debemos hacer a un lado los placeres carnales, la búsqueda de la riqueza y de honores fariseos. Todo eso es pura banalidad, y tras un hábito, ¡no se puede vivir en desobediencia a Dios!, sería usted un hombre falso. El buen pastor no arriesga a su rebaño, usted es un ministro de Dios y, como tal, cumple una función de merecida dignidad, de fidelidad a su compromiso de vida. —Fabiani prosigue con voz amistosa—: Tienes la misión de servir a la gran tarea de la santa Iglesia de Dios.

Gabriel replica con una pregunta:

—¿He traicionado a Dios?

El obispo se aleja de su asiento, da pasos alrededor de la habitación.

—Aún no, pero lo harás si persistes y caes en la tentación. Padre Gabriel, cuando se está en confusión, cuando luchamos contra nosotros mismos, nos exigimos pruebas de fe, y las buscamos en nuestras plegarias, en el ayuno —Fabiani alza la voz—, ¡en el retiro espiritual! —Respira profundamente, hace una pausa, entrelazando los dedos.

—Con todo respeto, monseñor, lo sé, no necesita recordármelo, quiero que mis energías estén al servicio de Dios, pero no dejo de pensar en ella. Mi condición de hombre, ¿acaso puedo reprimirla?

Fabiani lo interrumpe.

—Es el equilibrio de la mente sobre el cuerpo. Padre Gabriel, ¿cree usted que va a luchar en contra de la curia romana y la castidad que la Iglesia ha impuesto durante más de dos mil años? Usted es muy inocente, por no llamarlo insolente, porque su sola presencia representa la debilidad de su fe, pero de lo que habla, de enamorarse, es solo un capricho suyo, de ninguna manera siga pensando en eso, jamás le será permitida desobediencia en la Iglesia de Dios.

—¡Me importa un reverendo carajo lo que digas! —dice Pierre al teléfono, dentro del baño de hombres del Banco del Pacífico. Echa un vistazo a los costados, se asegura de que nadie lo escuche. Baja la voz—. Cholo, quiero mi encargo hoy en la noche. —Vuelve a mirar a todos lados—. No sé cómo haces, huevón, pero me lo das hoy, no te voy a esperar un puto día más, tengo que cortar, no puedo hablar... Carajo, no me importa.

Aprieta el botón rojo para terminar, hace un ademán de golpear el espejo, se contiene. Introduce el smartphone en el bolsillo del pantalón, arregla su corbata y se lava las manos. La puerta del baño se abre:

—Buenos días, doctor. —Se dobla un hombre bajito con uniforme de limpieza. Con la mente en otro lado, Pierre no responde, da media vuelta, regresa apurado a su oficina; ya más calmado, revisa uno a uno los expedientes legales que tiene sobre el escritorio, y ordena los más atrasados. Se lleva la mano a la cara, siente la monotonía de su trabajo diario. El smartphone timbra.

—¿Aló? Hola, amigou —saluda Marie France.

—Dime, gringa, habla, qué quieres —responde fríamente.

—¡Oye, qué pagsa!, pog qué me hablas así, ¿estás enfegmou?, ¿qué tienes? Pierre se ríe.

—Nada, gringuita, te estoy vacilando, dime, qué novelas.

Marie France responde entusiasmada.

—Mañanaa hay una fiestaa en la casa de playa de Mayer, istoy llamandou a Agriana perou nou contesta.

Pierre hace una mueca.

—Seguro está en la biblioteca leyendo sobre tripas de sapos.

—Quedó pensativo—: Qué raro que no la hayas visto, si las dos paran juntas, pero buena voz, mañana vamos para allá.

La gringa celebra.

—¡Yeyeye!, you le avisou a Agriana si la veou, nou falten, nou sean mongsés, Pierre la corrige antes de cortar.

—Eso sí aprendes, gringa. Se dice "monses", mongsés, serán tus viejos, que te pagan la universidad y solo vagas.

Marie France alza la voz.

—Estás locou.

Pierre se despide.

—Ya ya, no jodas, gringa, mañana nos vemos, chau.

Apaga el smartphone para que nadie lo interrumpa, se frota las manos sobre el escritorio, lee un expediente. Esta cojudez ya se judicializa, estampa su firma y sella con fuerza, a esta vieja nadie la salva, vaticina con voz cruel, dejando la carpeta a un costado del retrato de Ariana.

Gabriel lleva puesto su traje de paisano, viaja de regreso a Chircus. Está sentado en la parte trasera; apoyado en una de las ventanas del bus, mientras los postes van en sentido contrario y empieza a anochecer. No sacó conclusión alguna en su plática con el obispo, lo que oyó de Renzo Fabiani le pareció repetitivo e insustancial. Las luces se encienden, el bus se detiene para recoger pasajeros. «Cristiani», la llama en silencio mientras la imagina tras el vidrio sonriéndole a la nada, cuando un bus se cruza sin piedad y atropella velozmente aquella imagen que deshace en la autopista. Gabriel se persigna mientras ve que el bus se llena con hombres y mujeres de todas las edades: madres con sus hijos, parejas de enamorados, mujeres con sus esposos, un anciano con una esposa octogenaria. El vehículo empieza a moverse con lentitud, la noche trae consigo una pequeña garúa. Gabriel cierra la ventanilla para evitar el frío; al mirar su reloj, sabe que le esperan seis horas de un aburrido viaje entre los oscuros pastizales, humildes viviendas de adobe, caseríos iluminados escuálidamente por velas y arrolladores buses que pasan en sentido contrario. Cuando cruza los brazos y cierra los ojos para descansar, un ensordecedor golpe aplasta con violencia la carrocería del vehículo expulsando a Gabriel de su asiento. El joven sacerdote cae violentamente al piso del bus mientras las ventanas explotan salpicando una granizada de vidrio. En medio de una fuerte convulsión y la penumbra total del ómnibus, se alzan los gritos de auxilio, desesperación y dolor de los heridos que están a bordo. El anochecer trae consigo la muerte y sufrimiento de regreso a Chircus. Gabriel está derribado bajo algunas maletas y costales que cayeron sobre él, con el rostro teñido de su propia sangre; apenas logra levantarse, siente un fuerte dolor en la rodilla derecha, se apoya sobre el respaldar de un malogrado asiento en donde yace el cadáver de una anciana con un pedazo de vidrio clavado en su arrugada garganta. Gabriel mira la muerte a su alrededor, desencajado, aturdido por los quejidos de auxilio, de angustia y los clamores que piden ayuda. Ve a un niño inconsciente, lo sujeta con fuerza, trata de sacarlo entre los escombros de fierro; de pronto, la débil mano de una mujer bajo los fierros retorcidos lo paraliza del pie.

—Socorro. —Apenas la puede escuchar.

Al mirarla se queda quieto de pavor al ver que la joven tiene la mandíbula destrozada. Quiere ayudarla, pero tiene al niño en brazos y no despierta. Es un escenario doloroso. Gabriel avanza unos pasos logrando sacar al menor por una abertura entre las ventanas y vuelve por la mujer; ante los gritos desesperados de los pasajeros que se han quedado atrapados en los ómnibus, la arrastra cogiéndola de los brazos, pero sus piernas están despedazadas en dos, la sangre comienza a extenderse por el piso: la mujer muere al instante. Una maleta de equipaje se derriba sobre su cabeza, al abrirse, cae al suelo la imagen de un Cristo de bronce, sin un brazo y sin la cruz. Gabriel se siente abandonado:

—Dios mío, ¡¿dónde estás?! —grita con desesperación empujando uno de los asientos para ayudar a sacar a otro de los pasajeros que se encuentra atascado. Sin embargo, todo intento es inútil porque un enorme pedazo del techo lo aprisiona.

—Ayúdenme, por favor, me duele —clama de dolor el hombre.

Gabriel trata con todas sus fuerzas de empujar hacia arriba la parte del latón, que con lentitud empieza a elevarse:

—Trate de salir, rápido, salga.

El individuo se desliza por debajo, adolorido. Gabriel deja

caer aquel pedazo de metal ensangrentado. A través de la ventana, ve que el otro bus empieza a incendiarse mientras voces heridas y agonizantes piden ayuda. Aturdido por la conmoción, nota que las llamas y el calor comienzan a envolver al pesado vehículo. Busca salida por una de las ventanas en medio de alaridos y desesperación. Gabriel apenas consigue escapar del fuego que ilumina la noche. Cerca de unos matorrales que bordea el cerro en la carretera, el clérigo resbala, cae vertiginosamente metros abajo ceñido por una nube de tierra y minúsculas piedras que le caen encima. Gabriel se lastima las piernas y brazos, queda inconsciente en medio de la oscura polvareda.

Quienes lo vieron sintieron lástima por él, dijeron que apenas se podía arrastrar. Una costilla rota había perforado un pulmón debilitando su aliento. Sobre la camilla hay otro can atropellado, al que Ariana debe sacrificar. Cuando se es el mejor amigo del hombre, se es también amigo de la crueldad y la indiferencia humana. Pero Ariana, cubierta en su mandil blanco, ya se ha acostumbrado a aplicar la inyección letal a esos pobres animales. Además, está aburrida de escuchar: "O mio babbino caro", que le impone su jefe, amante de la música lírica, Erick Ayllón. Una llamada de Pierre a su iPhone la interrumpe.

—Flaca, paso por ti al mediodía para ir a la playa.

Ella sonríe, respondiendo con voz masculina:

—Okay, flaco, te llamo luego. —Corta.

Los ojos marrones del animal moribundo la observan levantar la aguja que está a punto de terminar con sus horas de sufrimiento. Ariana pasa suavemente y con acostumbrada naturalidad el algodón con alcohol sobre la zona a hincar; ya no siente tristeza, como sucedió la primera vez, por el desdichado perro cuya lengua colgaba saliva como lágrimas de agonía. Al instante, el animal comienza a temblar, sus pupilas se encogen y se extinguen, es una escena escalofriante del triunfo de la muerte sobre la vida. De espaldas a la camilla, Ariana se quita los guantes, los tira al tacho, luego se lava las manos con jabón antiséptico y las seca rápidamente. En unas horas, el animal muerto dará paso a la luz del conocimiento humano en el aprendizaje de laboratorio.

Cubierto de polvo y sangre seca en su camisa, boca abajo, entre piedras y algunos arbustos que dejan entrar el albor de las primeras horas de la mañana, Gabriel yace inconsciente en medio de matorrales que evitaron que termine a quinientos metros de un precipicio. El viento serrano arroja su frío aliento sobre su rostro queriendo despertarlo de aquel trauma. Uno de los dedos de su adolorida mano izquierda apenas logra moverse. Sintiendo tierra y maleza a su alrededor, Gabriel abre débilmente los ojos: el brillo solar lo aturde, mira sin fuerzas el amanecer en ese despeñadero sin comprender como terminó allí. Su respiración cansada le permite levantarse con debilidad; alza la mano para protegerse del sol; se sujeta con cuidado de unas ramas espinosas; siente dolor en el hombro y las costillas; cae sin fuerzas; tiene cortes en el rostro, brazos y piernas, que parecen hechos por zarpazos y a punta de navaja; su camisa ha quedado desgarrada y siente que las costillas apretujan sus pulmones. Cuando mira al cielo cubierto de nubes, Gabriel trata de alzarse otra vez, se aferra a la tierra con las uñas apoyándose en rocas y arbustos. El viento silbante le escupe polvo a los ojos. Gabriel está exhausto, jadeante, resbalando en cada intento queda echado a la sombra de unos matorrales secos:

—Dios —dice en voz baja—, no me abandones.

Se mira las manos sucias; se lleva al pecho el crucifijo roto que encontró en el bus y esquivó a la muerte; oye súplicas de auxilio que no puede sacar de su cabeza; empieza a llorar desconsoladamente por los fallecidos en esa tragedia, esos desdichados: ancianos, mujeres y niños que tuvieron una trágica y dolorosa muerte. «Por qué el Altísimo permite tanta injusticia, como si la vida fuese una ruleta y marca el destino de cada quien, sobre todo de esa gente humilde, que apenas tuvo un techo donde vivir, llevando una vida miserable, marcada por la angustia y la pobreza». Con las manos en la cabeza, el sacerdote solloza compungido y solitario por ese desastre que nunca debió ser: por lo que cree, Dios jamás debe permitir. Se frota las lágrimas con la manga roída y sucia de su camisa. Intenta subir nuevamente:

—Padre, ayúdame —dice volviendo a trepar.

Gabriel saca fuerzas de su interior y rasguña la tierra, se sostiene de secos enramados pisando entre las grietas; eleva cada brazo una y otra vez, sus manos se adhieren en rocas sólidas con un respiro cada vez más agotador; su rostro lleno de sudor delata un supremo esfuerzo por llegar a la autopista que está metros arriba. Gabriel resbala, no puede seguir, sus manos aprisionan la tierra, siente caer al precipicio, apoya su cabeza en la quebrada sin mirar al barranco; la muerte lo espera con los brazos abiertos. El joven clérigo empieza a perder aliento, cierra los ojos, arrastra una pierna y un brazo para seguir trepando. El sol calcina las piedras con furia y aplasta la sed de aquel hombre solitario que en su silencio invoca ayuda desde las alturas.

—¡Una cuerda, hay un herido! ¡Una cuerda! —Gabriel escucha un grito de auxilio y logra ver que desde arriba cuatro policías con soga en mano vienen a su rescate, llevan una camilla y descienden por el cerro.

Gabriel cierra los ojos, sus brazos caen y su cuerpo se eleva por la mano del hombre. Dios no lo ha abandonado.

Ariana baja del auto de Pierre, sus pequeños pies hacen crujir piedrecillas calientes a unos metros de Playa Blanca. Una brisa fresca le da la bienvenida. La música del auto está en alto volumen. Ariana guiña un ojo y comienza a bailar sensualmente frente a su adorado novio, quien, sentado en el volante, sonríe contemplándola. Ella se le acerca coqueteando con "Again", de Lenny Kravitz. Se mueve sacudiendo su pareo azul marino moviendo seductora sus brazos y sus pequeñas caderas bronceadas. La música llega a un éxtasis de guitarra. Ella siente que se eleva con esos acordes que la embrujan.

—Allí nomás —dice Ariana a secas dejando de moverse.

Pierre sale del Volvo S60, se pone sus lentes de sol; ambos caminan por la arena húmeda, abrazados a la orilla del mar. Las aguas frías del Pacífico bañan sus tobillos. El viento sacude los cabellos de Ariana; ella se los acomoda tras la oreja y sonríe con ternura a Pierre. El calor va en aumento y deciden tender las toallas al lado de unos muros enchapados en piedra.

Ella busca en su bolso playero su bronceador nuevo; él, tras sus gafas oscuras, echa un vistazo por si hay alguien por ahí conocido. Ariana se quita el pareo azul luciendo un bikini negro; sus rodillas quedan sobre su toalla. Pierre destapa una lata de Heineken helada, bebe un largo sorbo y se apoya en sus codos. Ella espera que su novio la cubra de aceite por todo el cuerpo. Pierre destapa el frasco de bronceador. El smartphone empieza a retumbar con aullidos marciales y golpes de Bruce Lee:

—Carajo —dice en voz baja. Sabe es que su jurisconsulto jefe del Banco del Pacífico—. Chino de mierda, no puede hacer nada sin mí.

Ariana le clava los ojos.

—No fastidies, Pierre, no le contestes.

Él solo mira el aparato. Bruce Lee se impacienta: más puñetazos, patadas y gritos de kung fu.

—¿Aló? Doctor Fujimoto, buenos días. No no, dígame, sí, ¿a qué hora?

Ariana se pone de pie.

—No lo puedo creer —dice con fastidio. Sus ojos son de cristal, se cubre nuevamente con el pareo y se pone sus sandalias, sacudiéndose la arena—. Allí estaré, hasta luego.

Pierre enmudece, frunce el cejo con dirección a los bañistas.

—Flaquita, debemos volver, mañana lunes el chino tiene comité mensual, y el reporte que le envié a su correo está dañado, me pide un informe impreso; el baboso ese quiere reunirse conmigo en unas horas. Carajo. —Termina renegando—. Si no fuera urgente lo mandaría a la mierda. En la noche vamos al cine, ¿te parece?

Él se levanta, Ariana está muda. Pierre vive para el trabajo y eso perjudica su relación. La quiere coger de la mano. Ella escapa a su brazo. Avanzan unos metros hasta llegar al Volvo. Ariana da media vuelta. Ella lo ve al otro lado del vehículo. El viento parece empujar su pequeña y frágil figura que no oculta su molestia. Él le abre la puerta para que suba al auto. Pierre se sienta frente al volante, enciende el aire acondicionado, hay un largo silencio. Ariana está muda, prende un cigarrillo, alza el volumen del autorradio: "Oh, come on, baby, baby, baby, light my way, baby, baby, baby, light my way". Da un suspiro mientras menea sus frágiles brazos:

—Me encanta U2, "Ultraviolet, ligth my way", esa canción es preciosa —dice mientras sus ojos se pierden.

Pierre no la mira, tampoco enciende el auto. Ella voltea a verlo.

—No quiero ir al cine en la noche, me quedo en mi depa, tengo tarea de la universidad.

Pierre se da aliento.

—Como quieras —dice él.

Ariana echa el humo soplando al techo del auto.

—No me digas eso, deberías disculparte.

Él permanece callado, enciende el motor mirando por el espejo retrovisor para salir de la playa; las ruedas del auto hacen gruñir las pequeñas piedras del estacionamiento.

—Hoy quería decirte algo, pero ya no —dice Pierre.

—Mal momento, pues —le replica fastidiada.

El auto está en movimiento por la Panamericana Sur de regreso a Lima, en el kilómetro cuarenta y tres en Punta Hermosa. El cielo se cubre de gris y tiñe todo el litoral. Pierre pisa el acelerador, quiere mojar su garganta. A lo lejos divisa una fila de restaurantes y autos estacionados a un lado de la carretera. Los mozos al borde de la autopista lo llaman haciéndole señas para que se detenga; corren maratónicamente hacia el Volvo para que no se estacione frente a la "cochina competencia". Pierre no les hace caso, gira el timón buscando donde estacionarse. Los mozos parecen darse codazos o casi trompearse.

—Señor, aquí: restaurant La sirena.

—Caballero, restaurant Don Mario: lo mejor en cebiches.

—Amigo, venga al restaurant Mar Azul: le damos choritos a la chalaca de cortesía, hay cervecita helada.

—Joven, venga por aquí, Cebichería La Choza Náutica: si no le gusta, no paga, tenemos jaleas, piqueo marino.

Pierre se detiene, apaga el motor frente al restaurant Cancun Beach. Ariana desciende del coche mascando fastidio. Avanzan hasta la mesa más cercana; ella permanece en silencio. Un mozo se acerca con la lista.

—Solo tráenos dos cuzqueñas heladas —ordena él—. Flaquita, perdóname por haberte jodido el día —dice tocándole la mano.

—¿Qué ibas a decirme, Pierre? —Ariana mueve la cabeza sin mirarlo—. Ya, chucky, olvídalo, tú querías decirme algo.

Pierre baja la vista hacia las pequeñas manos de ella, las toca, siente su piel suave, alzándolas sabe que lo arruinó todo, claro que él no:

—Fue Fujimoto, el chino de mierda, ese viejo abogado lleno de pergaminos que no sabe manejar Power Point, carajo —se lamenta Pierre inventando qué decirle—. Tus manos son pequeñas y finas, siempre he tenido en mente que las mujeres de manos bellas y pequeñas, en su otra vida, fueron princesas.

Ariana las mira abriendo sus dedos.

—Sí, son pequeñas. Ya me dio sed, pero mejor tomemos para celebrar.

Ella sonríe al fin. El mozo se acerca trayendo dos cervezas sobre una bandeja, las pone encima de la mesa con un par de vasos, les sirve y se aleja.

Él alza su vaso.

—¿Qué quieres celebrar?

Ariana lo mira fijamente a los ojos.

—Celebrar la maldita paciencia que tengo contigo.

El smartphone de su novio se arrastra sobre la mesa: otra vez los gritos y golpes de Bruce Lee. Pierre suelta una carcajada mientras mira el identificador de su teléfono:

—¿Brindas por tu paciencia? Pues yo brindo por nuestro amor. Que no joda el chino. ¿Regresamos a la playa? ¿Aló?

Gabriel tiene un vendaje y algunos moretones en la cabeza. Una joven enfermera le toma el pulso mientras él mira los rasguños de sus brazos. Había sido encontrado por la policía y los bomberos que acudieron en auxilio del bus siniestrado, y luego llevado inconsciente a un hospital.

—Tuvo suerte de haber sido encontrado con vida por obra del destino o la gracia de Dios. ¿Ya se siente mejor? —le pregunta la enfermera con una sonrisa: sus ojos son negros, brillantes y su mirada es intensa.

—Me duele todo el cuerpo, dice Gabriel llevándose la mano a la cabeza, sintiendo un fuerte dolor en el brazo.

—No tiene fracturas, solo contusiones. Tome esta pastilla, lo va a aliviar.

Ella le alcanza también un vaso con agua. Gabriel bebe con desesperación. La joven le alcanza un paño para secarse.

—Descanse —dice sonriendo y acomodando su almohada.

El sacerdote mira el anochecer por la ventana: había dormido todo el día y no tiene fuerzas para levantarse. Observa los muros celestes de esa gran habitación compartida con tres heridos que ahora duermen y que fueron salvados del fatal accidente: sus familiares y amigos se marcharon horas atrás. Pero a él nadie fue a visitarlo. En su estado inconsciente, no escuchó los llantos desesperados y gritos de dolor de quienes habían perdido a sus seres queridos esa terrible noche horrendamente calcinados o mutilados.

—Espere —dice algo agitado, cogiéndole el brazo—, tenía conmigo un crucifijo, estaba roto, ¿dónde está?

La mujer niega con la cabeza.

—No sabría decirle, no encontré ninguna cruz.

Él se corrigió:

—Es un Cristo de bronce, sin un brazo y no tiene cruz.

Ella solo negó con la cabeza.

—Sus ropas están en el velador, pero están sucias y rotas, es necesario que llame a alguien para que le traiga ropa limpia. —Gabriel la escucha con los ojos cerrados—. Mañana le darán de alta, si usted me da un número telefónico, yo podría llamar a sus parientes.

El sacerdote asiente adolorido.

—Está bien, deme un lapicero y papel donde escribir.

La enfermera saca un bolígrafo del bolsillo de su mandil y se lo entrega junto a un recetario médico.

—Escriba en la parte de atrás. —Gabriel anota rápidamente el número telefónico—. ¿Es de su esposa? —pregunta ella. Una risa parca le contesta—. ¿Algún familiar? —vuelve a preguntar.

—Soy un clérigo, aclara, dando un corto respiro, un sacerdote —le dice mirándola a los ojos—. Pregunte por el padre Jovías, dígale que tuve un accidente, pero que estoy bien, que no se preocupe, que me traiga ropa y zapatos. —La bella muchacha asiente, guarda el número.

—Enfermera, señorita. —La llaman desde otra cama.

—Disculpe, padre, debo atender a los otros pacientes. Saliendo llamo. —Da media vuelta.

—Gracias por su atención —dice Gabriel.

—¡Mi hijo no! ¡Mi hijo! No puede ser, no, Dios mío, no no no. —Se oye llorar desconsoladamente a una mujer desde afuera en el pasadizo.

En la puerta, la enfermera vuelve hacia Gabriel.

—Es otro de los fallecidos en el accidente, todas las víctimas fueron llevadas a la morgue —dice con lástima—. Pobrecita. ¿Usted cree que es la voluntad de Dios? Gabriel mira por la ventana, la habitación se refleja con timidez dentro de ese espejo oscuro:

—¿La voluntad de Dios?

Ella asiente.

Gabriel ve su reflejo en el vidrio.

—¿Cuál es su nombre? Para recordarla.

Ella dibuja una sonrisa.

—Evelin.

Gabriel voltea a verla.

—Evelin. "Evelin" significa 'la que da luz y vida'. Es un lindo nombre. Evelin —repite—, mereces llamarte así. —Da un corto suspiro—. Gracias por cuidarme.

Ella le acomoda la almohada. Allí debajo descansaba el Cristo roto.

—Esto es lo que busca —le dice ella entregándoselo.

Gabriel ve la imagen, se la lleva al pecho, toca las manos que curaron sus heridas. —Gracias, siempre te recordaré, Evelin.

Ariana recoge sus ropas y las guarda en su bolso de playa, quiere irse rápidamente. Agita la toalla, salpicando la arena como astillas, y la arroja a un lado de la maletera del auto. Su piel, tras exponerse varias horas al sol, ha adquirido un tono coral; sus ojos ebullen de cólera, están cubiertos por oscuros lentes, y sus cabellos se sacuden al viento. Ariana se frota las manos y queda en silencio dentro de la cabina.

—Abróchate el cinturón —le dice Pierre sin mirarla mientras enciende el auto.

Ella obedece calladamente. Él gira el volante en retroceso y acelera el paso. Ariana enciende la radio y eleva el volumen. Pierre, presa del fastidio, no quiere verla. Ella observa por la ventana con los brazos cruzados, sus ojos son fuego vivo, no puede ver el mar, sino los cerros interminables que regresan a la ciudad. Ambos han discutido y ninguno da su brazo a torcer. El smartphone de Pierre empieza a sonar, él responde por el hands free:

—Sí, dime. Ahora no puedo, estoy manejando. Sí, estoy regresando a Lima. —Pierre adelanta un auto sin perder la mirada mientras conduce—. Sí, carajo, ya sé, casi me jode el día ese huevón de mierda. Dice que no abre el archivo que le envié, yo tengo una copia en mi laptop. —Esquiva un camión—. Sí, claro, que ese huevón lo imprima, no sé cómo mierda puede ser jefe, es capo el viejo, pero es de la prehistoria. Oye, estoy manejando, después te llamo.

Deja el teléfono a un costado.

Ariana lo queda mirando fijamente.

—¿Ves?, solo le dedicas tiempo a tu trabajo.

Él sigue conduciendo.

—Ariana, no empieces, regresamos a la playa, ¿no? —dice con fastidio.

—Es que no entiendo; no entiendo ese afán tuyo de malograrnos el día para atender al imbécil de tu jefe.

Un enorme bus interprovincial los adelanta velozmente.

—¿Y crees que a mí no me jode, crees que estoy feliz porque regresamos? —Voltea a mirarla girando el timón hacia el carril derecho.

—Era nuestro fin de semana, Pierre, lo habíamos planeado.

Ella busca un cigarrillo de su bolso: la cajetilla está vacía. Ariana sigue revolviendo en su bolso con desesperación, sus ojos empiezan a humedecerse.

—Carajo —dice casi en silencio, con el bolso sobre sus piernas—. Se tapa la boca para contenerse mientras mira por la ventana. Pierre acelera, toma el carril izquierdo y avanza velozmente esquivando autos con la mirada fija en el volante. Ariana, pensativa, mira los cerros con la mano en la sien. Su silencio habla por ella.

—Toma esta taza de café. —Gabriel, recostado en el catre de su recámara asiente agradeciendo al padre Jovías, bebiendo un largo sorbo. Su brazo deja ver las heridas cicatrizantes que le causaron su caída por la colina—. ¿Te sientes mejor? —pregunta el anciano.

—Ya me siento mejor —responde él—, solo que tengo una gran pena, lo que vi no podré olvidarlo nunca, la mayoría de pasajeros no logró salvarse. Dios, muchas víctimas quedaron irreconocibles.

El anciano sacerdote se sienta junto a él.

—Ha sido una tragedia, Gabriel, una tragedia muy lamentable.

El joven religioso toma otro sorbo de café, quedó pensativo.

—La enfermera me dijo que era la voluntad de Dios. Yo no lo creo. ¿Dios quiere que sus hijos mueran así, de esa manera tan horrible? —Imposibles de olvidar, su mente está grabada de visiones espantosas—. Entonces, padre Jovías, dígame, ¿quién perdona a Dios? ¡Niños!, padre Jovías, vi morir niños, todos ellos quemados. Mujeres, hombres y ancianos aprisionados entre fierros retorcidos. Casi todos murieron despedazados por la explosión. ¿Ese era su destino?, ¿esa es la voluntad de Dios? —Su mirada se pierde en esa agua negra que aún humea—. Yo estuve entre ellos, padre Jovías, yo pude morir con ellos, pero me salvé.

El anciano le toca el hombro.

—Te salvó un milagro, hijo, un milagro.

Gabriel deja la taza sobre la mesa.

—¿Y quién soy yo para que Dios se apiade de mí y me deje con vida? —dijo iracundo—. ¿Acaso esos niños tenían menos derecho porque llevo una sotana? —Gabriel mira el crucifijo de su habitación—. La enfermera me preguntó si creía que esas muertes fueron por voluntad de Dios. —Dio un suspiro de cansancio, siente un dolor en las costillas, volvió a recostarse—. No es la voluntad de Dios, sino la irresponsabilidad de un imbécil que invadió el carril contrario y provocó esa tragedia. —El padre Jovías queda sorprendido al escucharlo vociferar—. Lo siento, por favor, perdóneme, todo esto me tiene alterado.

El viejo sacerdote coge la taza y se levanta:

—Te daré unas de mis pastillas para dormir. El café no te hará bien, Gabriel, necesitas descansar, ha sido un viaje largo, debes guardar reposo —dice acomodando las frazadas.

Gabriel, en silencio, mira los cortes en ambas manos, inclina la cabeza hacia atrás y cierra los párpados, pensativo. El padre Jovías apaga la luz y junta la puerta. Gabriel abre los ojos: todo está en penumbra. No concibe una muerte tan absurda: de repente, de la nada, viene la muerte y se los llevó así, sin más; el presente se calcina, los planes futuros se desvanecen, las monedas se las llevan otros, la felicidad se convierte en desolación, los hijos se vuelven huérfanos, los esposos enviudan y de pronto todo se va al diablo: allí nunca está Dios.

El Volvo S60 se detiene frente al departamento de Pierre.

—Espérame un momento —le dice a Ariana, quien sigue de brazos cruzados, sin decir nada.

Él baja del auto mientras el guardián se dirige con apuro a abrirle la puerta del edificio. Ariana saca su iPhone del bolso y llama a Marie France:

—¿Aló? Amiga, dice con voz temblorosa.

—Sí, ¿quí pasaa?, ¿quí tienes? —pregunta la gringa.

Los ojos de Ariana se humedecen.

—Creo que me voy a separar de Pierre; de verdad, ya no soporto su comportamiento.

La sorpresa de Marie France se trasluce en su voz:

—Perou, ¿cómou así?, ¿por quí lou vas a dejar? Si ustedees se llivan bien.

Ariana mira hacia el edificio de Pierre.

—Es que, de verdad, amiga, él ya me tiene podrida con su trabajo, no lo soporto con ese apego estúpido. —Su voz va a explotar.

—Yaa cálmatee, oye, mie asustes.

Pierre sale del apartamento cambiado de ropas y con unos files en la mano.

—Tengo que colgar, amiga, después te llamo.

Guarda su teléfono en el bolso y trata de disimular sus lágrimas con los lentes de sol. La puerta del Volvo se abre, Pierre deja los expedientes en el asiento posterior y se sienta frente al volante, listo para encender el auto.

—Déjame en mi departamento —le dice ella—, si vas a ir donde tu jefe, llévame primero a mí, después ve tus asuntos.

Él mira su reloj y asiente sin decir nada. Pone el vehículo en primera y ella mira por la ventana, conteniendo las lágrimas. Pierre lo puede notar. «Mujeres», piensa, «por qué todas serán así. Se ponen en un plan de mierda». Conduce en silencio, pero con la cabeza a punto de estallar. «Como si yo tuviese la culpa, carajo», se dice por dentro. «Ya se le va a pasar». El semáforo lo detiene, voltea a mirarla tocándole el brazo.

—Cálmate.

Ella se sacude con rapidez, aún en silencio.

Luz verde. Acelera el auto. Avanza unas cuadras hasta el edificio de ella, estaciona lentamente el vehículo bajo la sombra de un árbol a las seis de la tarde. Antes de que él pueda hablar, Ariana abre la puerta apuradamente, coge su bolso playero y se va sin despedirse. Desde el Volvo, Pierre la ve entrar al edificio, enciende el carro y se marcha, llevándose un magro atardecer con él.

El sol empieza a esconderse entre los árboles, Gabriel, ya repuesto de sus heridas, pasea por la plaza principal de Chircus.

—Buenas tardes, padrecito. —Lo saludan las señoras y él responde con una corta sonrisa.

Camina despacio, viendo a los niños jugar con sus camioncitos de madera en los jardines de la plaza. «Dejad que lo niños vengan a mí», es lo primero que se le viene a la mente. Se sienta frente a ellos en una banca, recordando pensativo su infancia y juventud en la capital cuando jugaba con sus amigos en el club de tenis: después de decidirse a consagrar su vida al servicio de Dios, nunca los volvió a ver. Entonces ve caminar a Cristiani junto a su madre llevando una bolsa de pan caliente de las seis de la tarde para comer en la cena. Gabriel quiere levantarse a saludar, pero se contiene. Es imposible. Cierra ambos puños en señal de lucha contra sus esperanzas prohibidas. Niños pequeños empiezan a jugar cerca de él, corren con palos y golpean un árbol de higos sin madurar: las enormes hojas caen mecidas por los golpes de inocencia y juego; luego, esas pequeñas manos cogen los higos verdes que de a pocos van cayendo. Gabriel observa de cerca a aquellos niños despeinados, de ropas miserables, que uno tras otro golpea la higuera; entonces aparece un joven detrás de ellos insultándolos e increpándoles por lo que hacen. Los pequeños se miran temerosos y llenos de espanto ante aquel ser maligno, buscan dónde correr, atrapados por el miedo. Con ojos de fuego, el joven ve cerca que un menor de cinco años que intenta huir tiene una naranja en su pequeña mano. Gabriel, sentado en la banca, solo observa, no interviene. El muchacho patea a aquel niño brutalmente por la espalda, cayendo aplastado al pavimento, raspándose la carita maltrecha. La naranja rueda por la acera. La mirada encendida, llena de odio, de aquel joven, no se quebranta con el llanto ni las lágrimas de ese indefenso niño, ni por los ojos llenos de tristeza de su desaliñada hermanita que mira a un lado. Gabriel los ve, pero no los puede oír. Nadie intervino, la gente sigue paseando indiferente por la plaza, ignoran la triste escena. Su mente se va aclarando. Ya no hay árbol de higos, tampoco niños ni palos. Gabriel se levanta apresurado, buscándolos en vano con la mirada quiere detener a aquel jovenzuelo abusivo, pero ya no lo encuentra, ni a él ni tampoco a esas indefensas criaturas hambrientas y abandonadas. Entonces se llena de vergüenza, se lleva las manos al rostro: «Dios», se dice a sí mismo, «perdóname». Pero ese recuerdo lo lleva dentro de él y el perdón se lo debió pedir a esos desdichados niños. Gabriel siente su alma en tinieblas, contiene sus lamentos de angustia. Una patada e insultos a cambio de un inocente juego para saciar el hambre de esas vidas miserables. Sus ojos vieron un acto abusivo y cruel que nadie más vio. El anochecer tiñe de negro el cielo de Chircus. Gabriel permanece sentado en la banca, los postes de luz se han encendido. Comienza a lloviznar, el sacerdote se levanta lentamente y se dirige a la iglesia: solo allí puede encontrar paz interior y respuesta a sus plegarias que aún no han sido escuchadas.

Sobre la ciudad de Lima se desploma una noche de luna llena y algunas estrellas chispean débilmente en las alturas. Bajo un árbol, Marie France espera encontrarse con su media naranja. Con la impaciencia de una chiquilla ansiosa de conocer a su primer amor, la gringa fuma y exhala nerviosamente mientras espera a su incognito galán que conoció tecleando por internet. Aún no se han visto, y la sorpresa por saber cómo es su pretendiente cibernético la pone aun más nerviosa. Camina despacio sobre uno de los muros y a duras penas contempla el mar desde arriba del malecón de Miraflores. Voltea atrás, inquieta, para ver si alguien se aproxima. Exhala su cigarrillo y mira la hora. Una corriente de viento frío la obliga a frotarse ambos brazos. Mira su reloj, ve también la hora en su celular, esperando impaciente esa llamada que aún no llega. Ambos han acordado encontrarse bajo el arco del Parque del Amor, donde las parejas de enamorados cursis se juran amor eterno o los recién casados se fotografían junto a sus frondosos árboles, ante la mirada de curiosos o vendedores de rosas que por allí deambulan. Marie France ve que alguien camina rumbo hacia ella, no logra distinguir ese rostro que se va aproximando, se emociona. «¿Siráa él?». No hay un tacho cerca, deja caer el cigarrillo sobre el jardín, sus ojos brillan al ver aquel caballero desconocido acercándose; suelta una sonrisa nerviosa al verlo junto a ella. Alto, delgado, guapo, elegante, envuelto en una chalina y de gesto afeminado, el joven sigue su camino ignorándola por completo. Se había equivocado, no era él: «Uf, minous mal», respira aliviada. La gringa enciende otro cigarro Lucky Strike sin darse cuenta que aparece él: autóctono a primera vista, de baja estatura, cabello azabache y largo, nariz aguileña, pómulos anchos, labios gruesos y marrones, lentes redondos sobre sus ojos profundos y negros; camisa amarilla desteñida, chaleco negro con figuras rojas de la cultura nazca y un morral al hombro.

—Hola, ¿Marie France? —dice con timidez.

Ella sonríe.

—Hola, Piter.

Así se llama, Piter, tal como se pronuncia, así le pusieron sus padres, ignorantes y tan indios como él, queriendo disimular sus raíces en un desacertado nombre extranjero.

—¿Hace rato que me esperas? —le pregunta él.

Marie France se descontrola, abrazándolo con todas sus fuerzas:

—Piter, me da muchou gusto conoucerte —le dice con emoción.

Sus miradas se cruzan en un corto silencio, definitivamente le gusta, aunque no sabe qué decirle a su galán andino, solo sonríe.

—¿Te parece si caminamos un rato? —pregunta él.

—Clarou, ser buena idea —dice ella haciéndose a un lado.

Ambos transitan esa mágica noche a lo largo del malecón contemplando el mar relajado.

—¡Qué bonita se ve la playa desde acá! —dice Piter dando un suspiro—. Espera —le dice y saca de su alforja un collar de semillas de girasol—. Toma, es para ti. La gringa se sonroja emocionada:

—¿Para mí? Wow, ¡qué lindou!, gracias.

Él la ayuda a ponérselo en el cuello, Marie France no sabe qué decirle.

—¿Te puedo abrazar mientras caminamos? —pregunta Piter con gentileza.

—Clarou clarou —responde la Gringa sin dejar de sonreírle—. ¿Te parece si vamos a tomar un café?

—Mejor unas cervezas —sugiere él.

La noche miraflorina recién empieza para los dos.

—Bendita, alabada y glorificada sea la Santísima Trinidad, Padre, Hijo y Espíritu Santo, ahora y siempre por los siglos de los siglos. Amén.

En la soledad de su habitación, con los ojos cerrados, Gabriel permanece arrodillado ante la imagen de Jesús crucificado, se persigna y se levanta despacio dando un corto respiro. Se sienta al borde de la cama, mirando las paredes que lo rodean, en busca de una respuesta. «Siento que ya no pertenezco acá», piensa mientras se lleva la mano a la barbilla; luego se quita los zapatos y se tiende lentamente sobre su litera. Entrelaza las manos sobre su pecho mirando fijamente el húmedo techado que empieza a descascararse. Se le ha hecho costumbre pensar cada noche en Cristiani. Hubiese deseado que ella lo fuera visitar al hospital cuando ocurrió aquel accidente, aunque sea unos breves minutos, verla por solo unos instantes, oír su voz, quizá, tocar sus manos. Imagina avistar su rostro cerca de él, en su soledad; sabe que será una larga noche, no debería pensar en ella:

—No debo pensar en ella, Señor, dame fuerzas para quitarla de mi mente. —Se levanta bruscamente, dando un golpe y apoyando la cabeza sobre la pared—. Dios —dice en voz baja—, qué debo hacer para congraciarme contigo, qué debo hacer para purgar mi alma de pensamientos impuros. —Guarda silencio unos segundos. Mira sus manos, toma su crucifijo que lleva colgado con él, entonces se siente aplacado, protegido por su Salvador—. Padre mío, aliméntame con tu presencia celestial, aparta de mí toda forma de pecado, haz que el maligno salga de mi mente, mi corazón solo está dedicado a tu infinito amor y hoy me castiga. —El sacerdote está aprisionado en un fuerte tormento, se levanta rudamente, rompe su camisa blanca con brusquedad, deja caer los trapos al piso, coge su correa y la desabrocha jalándola de un tirón; envuelve su mano por la punta dejando al aire la hebilla de metal. El resplandor de la luna aparece por la ventana y su luz lo alcanza en señal de revelación, de pulcritud a su espíritu manchado, porque es justo y necesario: su compromiso de salvación, la voz interior que nace de su alma, de su conciencia. Tira la correa con fuerza contra su espalda, dejando la primera marca de dolor afónico. Aguanta el sufrimiento, se da otro correazo, sus dientes se aprietan, su brazo le da otro castigo más, su piel se corta, su espalda empieza a enrojecer—. El cuerpo es el templo del hombre, no debo dañarlo, eso también es pecado. —Mira la correa y la aprisiona con ambas manos. Gabriel contiene su furia, avienta la correa al piso, se queda sentado al borde de su catre, sumergido en la oscuridad de la habitación. Mira la cruz y alza las manos en señal de ruego—: Me refugio en ti, Señor, aléjame de toda incitación al pecado —dice con los ojos cerrados—, Jesús, mi salvador, escucha mis súplicas y aleja de mí este sufrimiento, mi vida a ti ha sido consagrada, mi sacrificio y mi dedicación es a tu infinito amor, mi obediencia a tu castidad, tu sabiduría es mi resguardo a toda forma demoníaca que rechace mi vocación y a la negación de tu santa Iglesia. Jesús, padre mío, sálvame y dame fuerzas para vivir en tu luz, amén.

Tras la puerta, el anciano padre Jovías está conmovido, se da cuenta de lo que pasa en el cuarto de Gabriel, se persigna mirando hacia arriba. No puede ingresar a esa habitación, pero se siente en la obligación de interferir.

Toca débilmente la puerta con tres golpes.

—Ariana, ábreme, por favor, no me hagas esperar afuera.

—Ella está sentada en uno de los sillones de sala, un vaso de vodka con jugo de naranja en la mano y un cigarrillo en la otra. La puerta vuelve a sonar un poco más fuerte, luego se escucha el timbre. Ariana no se inmuta, bebe un largo sorbo para darse valor, se levanta pesadamente con el vaso en la mano, gira la manija, lo deja pasar; da media vuelta regresando a su asiento mientras Pierre cierra la puerta—. Se puede saber qué te pasa —le increpa él.

—Papito —Ariana hace una mueca de fastidio—, si has venido para hablarme en ese tonito mejor será que te vayas. —Echa hacia arriba humo del cigarro.

Pierre se sienta junto a ella.

—Hace días que no contestas mis llamadas —dice él.

—Y recién te das cuenta. —Ironiza Ariana, bebiendo un trago.

Pierre se levanta con dirección a la ventana, corre las cortinas y deja que la noche entre en la habitación.

—Perdóname —le dice él con sinceridad, no debí dejar que el trabajo joda nuestra relación.

Ella da una pitada a su cigarrillo.

—Recién te das cuenta —le dice con sorna.

—Te prometo que las cosas van a cambiar de ahora en adelante. —Se aproxima sentándose junto a ella. Los ojos de Ariana están enrojecidos—. Te lo prometo, —repite Pierre—, quiero dedicar mi tiempo libre a ti, la oficina que se vaya al diablo.

Ella sube sus pies al sillón.

—De verdad, ¿lo dices en serio? —pregunta con voz endeble, dudando.

—Sí —afirma Pierre, apoyando su cabeza en el hombro de ella—.

—Mírame a los ojos —ordena Ariana, alzando la voz—, dímelo mirándome a los ojos —repite enérgica. Pierre fija sus ojos en ella, queda en silencio sin pronunciar palabra. Ariana lo avista inconmovible, sus pupilas se dilatan, ninguno pestañea, pero hay tristeza en ella. Pierre cede abrazándola contra él—. No quiero que te alejes de mí, nos vemos tan poco que me da cólera cuando suena tu maldito teléfono.

Él se desajusta la corbata:

—Ya, tranquila, no volverá a pasar. —La empieza a besar echándose junto a ella y entrelazando sus manos.

Ambos están recostados en el sillón, él arriba de ella, como dos amantes dispuestos a luchar por la reconciliación. Ariana le acaricia el rostro mientras él le besa el cuello, el vaso de vodka cae derramándose al piso sin que ninguno se dé cuenta.

Pierre desabrocha uno a uno los botones de la blusa mientras ella sonríe contemplándolo, rozando con sus pequeñas manos cada centímetro de la espalda de él. Su mente se bloquea y su cuerpo perfumado se eriza de pasión, sus labios se humedecen junto con él, sus mejillas enrojecen, su voz se entrecorta y suspira cuando los dedos de Pierre recorren sus muslos de ida y vuelta, el tiempo se detiene, la noche en el silencio de la sala envuelve a los dos: es buena compañera y cómplice de todas las batallas que nacen de la piel y del corazón.

—*Ave Maria gratia plena Dominus tecum benedicta tu in mulieribus et benedictus fructus ventris tui Jesus. Sancta Maria Mater Dei ora pro nobis peccatoribus nunc et in hora mortis.*

El vacío del templo de Chircus absorbe sus plegarias, el sacerdote eleva su rezo al altar de la Virgen. Sus oídos perciben unos pasos de melodía femenina que lentamente avanzan a su espalda y se detienen tras él. «¿Será Cristiani?», Gabriel la percibe, siente la presencia de ella, se guarda para sí el final de su oración, se pone de pie y da media vuelta. No ve a nadie, no deja de pensar en ella, la imagina sentada en primera fila y con lágrimas en los ojos. Tiene un mal presentimiento. Esa mañana, el sol brilla radiante desde muy temprano y su luz ingresa por el viejo portón de la Iglesia. Gabriel sale presuroso rumbo a casa de Cristiani; lleva puesta su sotana y trae consigo una Biblia. Por su mente galopan imágenes. El padre de Cristiani está muy grave, es probable que no se salve; según le dijeron, contrajo neumonía, y se complica con su diabetes. Gabriel apura el paso a su salida del templo, las mujeres lo saludan sonrientes y él responde asintiéndoles con cortesía. Cruza a prisa la plaza, entra por una de las callejuelas del pueblo. Mira su reloj: seis y cuarenta y cinco de la mañana, no llegará a la misa de siete. El padre Jovías se hará cargo, aunque ya está muy viejo y con él la ceremonia se hace lenta y aburrida. A su paso, los moradores se quitan los sombreros para saludar al sacerdote:

—Buenos días, padrecito.

Gabriel alza la mano.

—Buenos días.

Su sonrisa desaparece al ver que se aproxima a la modesta vivienda de Cristiani; se detiene en la acera de enfrente, se encomienda a Dios, llega hasta la puerta, se da un respiro, da dos golpes, aguarda unos segundos; antes que dé el tercer golpe, las bisagras rechinan y la puerta se abre de prisa. Cristiani aparece llorosa, no ha dormido en toda la noche. Queda sorprendida al verlo, allí frente a ella, en su vivienda, envuelto en su oscura sotana, sus ojos se empiezan a enjuagar, no puede contener su tristeza, lo abraza y solloza sobre el pecho. Sorprendido, el joven religioso queda en silencio ante el llanto desesperado de Cristiani, la mujer que ama, y qué mejor momento para estar cerca de ella, no puede dejar pasar la oportunidad que le pone el destino. Entonces la abraza fuertemente contra su pecho apoyando su cabeza sobre la de ella, dándole consuelo espiritual. Cierra los ojos sin querer abrirlos, sintiendo las lágrimas de la joven como suyas, el dolor de ella como propio. Pero el cielo interviene: «Estás soñando despierto, eres un cura, ¡eso es imposible!». Gabriel está estático, sorprendido sin saber qué decir, ella sigue llorando aferrada a él. Él sigue mudo, atónito. Alza lentamente la mano derecha, quiere tocarle el cabello, acariciarla solo un segundo, pero se contiene. Los curiosos empiezan a aparecer, él no los ve, solo ella existe, su mente está en blanco; las miradas silenciosas pronto llevarán el chisme por todo el pueblo. Sin importarle lo que digan, Gabriel la abraza contagiándose de su pena.

Doña Rita, la madre de Cristiani, aparece en la puerta con lágrimas en los ojos.

—Dios bendito —exclama juntando ambas manos.

Se une a ellos en un candoroso abrazo, los fisgones aumentan, pero a ellos no les importa. Entonces la anciana mujer los hace pasar.

—Es mejor que entremos —dice secándose las lágrimas con un pañuelo.

Cristiani se calma, siente vergüenza, se frota los ojos con los dedos de ambas manos.

—Por favor, pase, padre. —La puerta se cierra con un sonoro ruido de madera.

La casa de Cristiani es muy modesta. En la pared cuelga el retrato de sus abuelos; los cojines del viejo mueble hechos en terciopelo ya no dan lucha y se hunden cuando Gabriel se sienta encima de un largo y pálido mantel que oculta sus desgatados colores. Los floreros adornan vacíos la sala junto al comedor. La luz solar ingresa tímidamente por una de las ventanas, impedida por un cortinaje que tiñe el ambiente de rojo. Gabriel está sentado junto a Cristiani, quien más calmada, no deja de mirarlo.

—A quién más puedo recurrir si no es a usted, padre.

Unas lágrimas empezaron a caer de sus mejillas, sus ojos están enrojecidos de tanto llorar; doña Rita, su madre, la mira con angustia.

—Se nos muere, padrecito, mi esposo se nos muere. ¡Ay, Padre celestial! Tantos años de mi vida junto a él, tantos años. ¡Qué dolor! —dice la mujer con desconsuelo.

El sacerdote se levanta apresuradamente.

—Lléveme donde su esposo.

Cristiani lo coge suavemente del brazo:

—Venga, padre, por aquí.

Cruzan el pequeño comedor hasta un estrecho pasadizo, la habitación está abierta pero sumergida en la oscuridad; las enormes ventanas de madera están cerradas, porque al moribundo siempre le gustó la oscuridad. Solo el foco de una pequeña lámpara junto al lecho del moribundo ilumina esa triste escena. Una cama cuidadosamente tendida alberga a un débil anciano que respira las últimas horas de su vida: le habían dado de alta del hospital por falta de catres, pero la verdad es que ya es un hombre viejo, además de pobre, ya no hay nada que se pueda hacer, igual se va a morir bajo tres coloridas mantas. El enfermo apenas puede respirar, ronca con debilidad, está muy delgado, ojeroso, despeinado y sus labios resecos llaman a la muerte.

—Por favor, abran las ventanas, este cuarto necesita luz, necesita ventilación. —La mujer gime de angustia, no sabe qué hacer, a su marido no le gustaría. Gabriel apura el paso, con ambas manos corre las cortinas azules, un destello invade la habitación. El sol nunca fue invitado a entrar y ahora aparece triunfal en esa humilde morada. El aire fresco de la mañana acaricia al anciano y le da tranquilidad a las dos mujeres. Cristiani, a un lado de la puerta, mira al joven sacerdote: piensa que es una señal divina, un ángel que hace el trabajo de Dios cuando la muerte llega para llevarse la existencia del prójimo—. Dios, socorre a este hombre y tiéndele tu mano misericordiosa a tu hijo enfermo —dice Gabriel mirando al anciano y cogiendo su mano—, su dolor y sufrimiento es pasajero, se quedará en el cuerpo, mas no en su espíritu, que será gratificado con la vida eterna. —Voltea a verlas—. Señora Rita, por favor, déjeme solo con su esposo. —Luego mira a Cristiani—. Por favor, déjame a solas con tu padre.

Las dos obedecieron en silencio. Gabriel unge aceite bendecido sobre la frente y las manos del anciano agónico; tras la puerta, dos sombras reposan en el pasadizo y ambas mujeres sienten que el final se acerca; sin embargo, están llenas de alivio y fortalecidas por aquella visita misericordiosa.

—Ese padrecito es un santo —dice la anciana juntando las manos y mirando al cielo—, es un hombre bendito.

Sus ojos azules brillan de emoción al verlo, están quietos, fijos y centrados en él: se ha enamorado a primera vista, algo típico en ella. Sus labios dibujan la felicidad absoluta, su dicha es completa: es el amor de su vida; su alma gemela; es, sin duda, su príncipe azul. No le importa que su rostro cobrizo y hosco le diga en silencio que su amado Piter es un cholo feo, su peor es nada y que el amor es ciego. Marie France no deja de contemplarlo, bebe un sorbo de su café descafeinado mientras él hace aporrear su garganta por cada trago de cerveza y golpea el vaso sobre la mesa cada vez que termina frotándose la boca con la manga de su camisa. Pero eso que importa, si ella lo adora, si está hechizada por un amor andino: es su media naranja, no importa que su sabor sea agrio.

—Tienees muchaa sed —le dice la gringa.

Él sonríe acariciando su mano.

—Por siglos la cerveza ha sido un manantial de vitamina B, el elixir de la vida, de la felicidad, del amor —clava sus ojos en ella—, de la pasión, de nuestros más puros instintos naturales, es el elixir de lo que sentimos. ¿Y sabes qué siento ahora?

Marie France se sonroja, cree saber la respuesta.

—Nou sé, dímelou. —Ella le hace un guiño.

—Siento que los dos nos compenetramos el uno con el otro, somos como el cielo y las estrellas, agua y fuego, mar y tierra. —Se quita los lentes para limpiarlos con una servilleta—. Ahora tú dime algo que se te ocurra.

La gringa arruga la nariz mientras piensa.

—Humm, una página en blancou y un lapiceugo —dice en pésimo español.

Él queda en silencio. Marie France suelta una sonrisa tímida.

—Buena buena. Me haces reír —le dice él. Alza su brazo para llamar al mozo mostrándole la botella—. Una más —ordena Piter.

—Yo quiegou un ameguicanou —pide la gringa.

—Vaya, por lo visto, no te gusta el elixir de la vida. —Él finge tristeza.

—Nou, pagaa nadaa, solo que nou tomo licoj, ispegou que

nou te molestee —dice Marie France acomodándose su rubia melena.

El mozo regresa y deja una botella de cerveza Cuzqueña sobre la mesa.

—Te demoras mucho —dice Piter mirándolo con fastidio por su lentitud, pero el mesero no le toma importancia, deja el café para ella y recoge la botella vacía.

—Aún nou me has dichou a qué te dedicaas, ¿en queé krabajaas? —pregunta sonriendo, mientras Piter bebe del pico de la botella.

—Que los bueyes trabajen. —Se oye tragar su cerveza—. Yo soy un artista, tengo un pequeño taller de artesanía —le dice abriéndose la camisa para mostrarle unos collares que lleva en el pecho.

—¿Agtesaníaa? Oh, tienes un talentou muy integuesantee.

Marie France está fascinada. El indio abre su morral, saca unos brazaletes de alpaca, chaquiras, mostacillas y taguas.

—Mira estas pulseras, yo mismo las hago —dice poniéndolas sobre la mesa.

La gringa remanga su blusa que parece ser de chocolate, sus venas son recorridas por glóbulos de leche, se pone una pulsera y alza la mano para lucirla. —¡Wow!, está bonitou, tienes muchou talentou.

Piter ríe jactancioso, toma otro sorbo de cerveza.

—¡Qué bueno que te guste, me alegra mucho!

Marie France mira el brazalete complacida.

—¡Oh, sí!, tú sej un kran agtistaa, yo siemkree kreí que en mi vidaa anterioj vivía con lous incas.

Piter asiente, toca la mano de la gringa.

—Te queda muy bonito. Esa pulsera vale quince dólares.

—Saca algunos aretes y collares hechos con plumas de pavo real: el cholo empezaba a hacer su agosto.

La misa de las siete de la noche ha terminado. Los fieles lentamente se van retirando y las puertas de la iglesia se cierran. Gabriel permanece sentando en una de las bancas frente al altar. Observa a Jesús moribundo en la cruz, herido y sangrante, con el rostro cansado y de sufrimiento, mirando hacia abajo en señal de agonía.

—He tratado hasta lo imposible por dedicarme a tu enseñanza, pero he fracasado y no soy digno de ti. —Siente el peso de esa enorme cruz como suyo—. Padre, a pesar de servirte, no dejo de pensar como hombre, no me puedo explicar a mí mismo el porqué de esta traición. He fracasado como sacerdote y lo mejor es alejarme de la Iglesia. Padre mío, perdóname. Se persigna y camina por un pasillo angosto que cruza la sacristía en busca del padre Jovías. El anciano sacerdote está en la cocina preparando una olla con caldo de gallina.

—Huele muy bien —le dice Gabriel al entrar.

—Es mi especialidad —contesta el padre Jovías—, una receta que me enseñó mi mamá hace muchos años. —Suspira haciendo una pausa—. Siéntate, te serviré un plato, he picado limón y cebolla china, además he conseguido un vino muy bueno —sonríe.

Gabriel se lava y seca las manos con un paño, jala la silla hacia atrás para sentarse y observa la mesa: los cubiertos puestos, las servilletas dobladas con esmero, una canasta con cuatro panes, un par de vasos y una jarra de limonada. El padre Jovías es muy cuidadoso y detallista para preparar la cena; pese a su ancianidad, es un hombre de gran vitalidad. Faltan solo unos meses para que se retire y deje la sotana, confía mucho en Gabriel y lo considera su hermano menor. El padre Jovías deja el plato de sopa caliente sobre la mesa: su aroma intenso, humeante, invade la cocina; luego sirve otro para él y se sienta frente a Gabriel: los dos se persignan.

—Padre, bendice estos alimentos, hechos con la mano del hombre, te agradecemos por todo lo que nos das y te pedimos por los desamparados que no tienen un mendrugo de pan, dales consuelo y cobijo en tu infinita misericordia, Amén. Bueno, ahora sí, servido —termina Jovías sonriendo.

—Está muy bueno —dice el joven sacerdote llevando la cuchara a la boca.

El viejo permanece callado, exprime un limón cortado sobre su plato y le echa un poco de ají. Gabriel mira comer al anciano y se lamenta no ser como él. Está en silencio, coge un poco de cebolla china picada y la esparce en su sopa. Quiere decirle la verdad, quiere contarle todo, pero no sabe cómo reaccionará. La sopa está muy caliente, pero el viejo tiene una garganta de acero. Gabriel degusta un sorbo de limonada, coge un pan y lo parte en dos, mastica observando al padre Jovías. Entonces el viejo rompe el silencio:

—No dices nada, Gabriel, estás mudo.

Gabriel lo mira.

—No, padre Jovías, está exquisito este caldo de gallina.

—Entonces queda en silencio, pensativo, espantado—. ¡Clochard! —alza la voz—, ¡Clochard! —grita.

—Sí sí, es la gallina, ya estaba vieja —dice Jovías saboreando el caldo.

Gabriel se levanta apresurado dejando caer la silla.

—Usted no tenía ningún derecho. —Suelta su furia, una pierna como presa estaba en su plato; acomoda la silla para apoyarse, apretando con fuerza el espaldar.

—Vamos, hijo, ¿tanta cosa por una gallina? —dice el anciano—, son aves de corral.

Gabriel lo mira fijamente.

—Voy a renunciar —le advierte.

—¿Qué? ¿Cómo dices? —pregunta Jovías sin entender.

—Voy a renunciar al sacerdocio.

El viejo queda pensativo.

—No te entiendo, tanto así, eh, por una gallina.

Gabriel se sienta, arrima el plato de sopa.

—Amo a una mujer, la amo con todas mis fuerzas, por eso no soy digno de estar aquí, puedo ser sacerdote, pero ante todo soy un hombre, un hombre enamorado. —Jovías queda boquiabierto, algo imaginaba, pero igual está sorprendido de lo que escuchó, no sabe qué responder en ese instante—. Estoy enamorado, padre, por más que quise, no pude evitarlo.

El anciano se recuesta en la silla hacia atrás, ha perdido el apetito, se lleva la servilleta a la boca.

—Todo esto es absurdo, tienes la cabeza caliente, a mí alguna vez me pasó en mi juventud, pero la mente domina el cuerpo. ¿Ya olvidaste los votos de castidad? —El anciano comienza a agitarse.

Gabriel lo mira intranquilo.

—Padre Jovías, ¿se encuentra usted bien?

El viejo mira su plato de sopa a medio terminar, cierra los ojos, obligado por el dolor.

—No es nada, no es nada —sacude la mano—, es solo un mareo, no puedo creer lo que he escuchado, no, no es posible —dice en voz baja.

Gabriel vuelve a sentarse.

—Sí es posible, sé que en mi condición de clérigo está mal, pero mi corazón sufre por una mujer; no sabe lo que significa para mí, un sacerdote, salir al mercado, y escuchar por los parlantes una canción romántica y no poder dedicársela a nadie, subir a un ómnibus, ver a una pareja de enamorados; oír por la radio una canción para que un amor vuelva o una canción para un amor que murió. Pero conmigo no hay nadie, solo mi sombra más allá de las lágrimas. —El padre Jovías lo escucha encorvado, tocando su crucifijo; en su silencio, le ruega a Dios que abra los ojos del confundido joven que tiene enfrente—. No puedo evitarlo —persiste Gabriel abatido.

Con el rostro desencajado, Jovías mira sus manos arrugadas, en ese momento se siente más viejo, más débil, sin ganas de nada, dolido, traicionado; sus ojos brillan, se remojan de tristeza.

—Gabriel, jamás pensé que tú... —no pudo continuar—. Debe ser una broma — murmura—. «¿Cuál fue mi error?, ¿en qué fallé todos estos años?», se pregunta, y se llena de ira. Estoy cansado y viejo como para escuchar, a estas alturas de mi vida, tus palabras tan sucias, tan insensatas, tan diabólicas.

Gabriel se levanta a prisa.

—No quise lastimarlo, padre Jovías. Lo siento, lo lamento mucho, pero tarde o temprano debía decírselo.

El viejo alza la voz.

—Decirme qué.

Gabriel siente pena por él.

—La verdad, padre. Mi verdad. Nuestro señor Jesús alguna vez lo dijo: "la verdad nos hará libres".

Pierre revisa con atención cada página del expediente que tiene sobre su escritorio. Deudas, morosos, cobranzas coactivas, refinanciamientos incumplidos, ejecución de garantías, órdenes judiciales de embargo, remates al martillo. Está concentrado, tomando notas y haciendo observaciones. Pero ya es hora de irse. Mira su reloj Guess?: ocho de la noche. Deja todo ordenado y cierra los cajones con llave mientras el resto de sus compañeros de área sigue trabajando.

—Bueno, como dijo periquito, yo soy fuga —dice mientras se pone el saco.

Mira la oscuridad por la ventana, da media vuelta, camina hacia el ascensor y espera paciente unos segundos. La puerta de acero se abre, ingresa, aprieta el botón uno. Alguien se acerca desde afuera:

—Baja, baja, espere.

La puerta se cierra.

—Piña, compadre —murmura para sí mirándose al espejo con una sonrisa perversa; se desajusta la corbata, se arregla el cabello mientras desciende en silencio. El número uno se enciende, suena un débil timbre, la puerta se abre, Pierre apura el paso; marca su salida, guarda el fotocheck; el vigilante lo saluda y él se despide a prisa. La noche lo recibe abiertamente, pero en la puerta lo detienen:

—Disculpe, doctor Ferreyra, lo llama el doctor Fujimoto.

Pierre frunce el cejo. «Por la puta madre», reniega en silencio. El vigilante le pasa el teléfono:

—Doctor Ferreyra, venga solo un momento.

El abogado levanta el brazo, mira la hora, ve salir a otros trabajadores bancarios: algunos conversan sonrientes.

—Sí, está bien, subo enseguida.

Cuelga el teléfono, el vigilante lo mira: sabe que debe regresar. Ferreyra da un respiro profundo, voltea de regreso a los ascensores, espera que se abran las puertas.

—Chau, Pierrecito. —Se despiden de él las secretarias de la oficina legal.

Ingresa al elevador, aprieta el botón doce, la puerta se cierra. Pierre está solo. Todos bajan, él es el único que sube, hierve de cólera, quiere putear a medio mundo. Se mira en el espejo, se ajusta la corbata. «Mierda», da un puñete en el interior, se contiene, oye un débil timbre, el número doce se enciende, el elevador se detiene. La puerta se abre y Pierre sale despacio, maldice en el fondo a su jefe; por fuera ríe, por dentro su esencia más pura quiere mandarlo a la mierda:

—Dígame, doctor Fujimoto.

Sentado en su sillón jefatural, un hombre flaco, ojeroso, con el pelo engominado y pequeños ojos rasgados le hace una seña para se siente frente a él.

—¿No me dirá que ya se iba?

Pierre suelta una sonrisa.

—No, para nada, solo bajaba para darle un encargo a un amigo.

Fujimoto asiente.

—Bien bien. Hay mucho trabajo por hacer. —Dio un soplido de cansancio—. Aún no hemos llegado a la meta propuesta y tengo a la gerencia presionándome con los reportes de calificación de garantías. Arriba me están fastidiando con la inscripción de poderes del directorio. No tengo nada que ver con eso, pero, bueno —no quiso decir más—, al menos me puedo apoyar en ti, eres muy necesario en la oficina. No confío en nadie más.

Pierre asiente agradecido.

—Sabe que no lo defraudaré, doctor Fujimoto.

Su jefe se levanta del sillón.

—Lo sé lo sé —dice cortándolo—, por eso quiero encargarte la jefatura, saldré de licencia un mes y te he recomendado para el puesto. Sé que mi despacho queda en buenas manos. Se te otorgará un bono por el tiempo que estés aquí.

Pierre se siente extraño, solo calla, no sabe qué decir, por dentro quiere explotar de felicidad, aunque tenga que tragar de su propia esencia.

Gabriel ingresa por la nave lateral del obispado, en medio de paredes revestidas de azulejos españoles y pisos señoriales del siglo XVIII. En el acto, es irrumpido por un intenso aroma a antiguo que añora a una época de fervor eclesial más elegante. Cruza los grandes portones de madera oscurecida, labrados en forma de arco, con enormes cerrojos de hierro. Admira a lo largo del pasadizo una hilera de valiosos cuadros de óleo con retratos de santos enmarcados en pan de oro, que reposan en los muros y arcos coloniales con vista a los rosales del jardín interior de la diócesis. Un candelabro de seis ramas, con efigies de ángeles repujados en bronce dorado, cuelga de una larga cadena en lo alto de una viga del techo del despacho de monseñor Renzo Fabiani. El obispo es un hombre de prominente barriga, de mediana estatura, pequeños y vivaces ojos marrones y frente amplia, y se encuentra sentado tras un escritorio de caoba; lleva un solideo en la cabeza de color violeta, que cubre su calvicie, y una cruz pectoral labrada en oro, adornada con piedras preciosas.

—Enhorabuena, padre Gabriel —dice el obispo apurando su taza de té—, ¡qué alegría me da ver que ya esté recuperado de ese fatal accidente! —agrega frotándose la barriga.

Gabriel asiente cortésmente.

—Fue una tragedia, imposible de olvidar. —Mueve la cabeza—. Imposible.

Fabiani le señala una de las sillas.

—Siéntese siéntese. —Abre uno de los cajones, saca unos papeles con apuntes de puño y letra y los deja sobre su escritorio: una feria caótica de reliquias, libros y documentos desperdigados al lado de un antiguo teléfono—. Estuve muy preocupado por su salud, oré mucho por usted y por esas pobres víctimas. —Hace una pausa—. Pero, bueno..., en fin... —Gesticula con las manos, apoyándolas sobre su barriga—. ¿Sabe usted por qué lo mandé a llamar?

Gabriel admite:

—Sí, excelencia. Supongo que habló con el padre Jovías,

pero lamento que su valioso tiempo lo desperdicie en una audiencia con una persona que traicionó a su consagración.

Monseñor Fabiani pone ambas manos sobre los apoyos de su silla obispal revestida en rojo notándose una mitra tallada en el cabezal. Frunce el ceño, pero sonríe.

—La palabra correcta no es traición a Dios ni a la práctica de los consejos evangélicos. Todas las personas consagradas, sacerdotes y religiosos deben meditar silenciosa y profundamente sus acciones. Yo diría, más bien, que es una prueba a la cual lo somete nuestro Señor. Padre Gabriel, usted puede construir una gran historia y enriquecerla, y producto de ese carismático don, busque un llamado profundo a su vocación de servicio, pero, sobre todo, busque un llamado personal con Dios. Usted, como miembro de la Iglesia, es parte de nuestra gran reserva espiritual. Enfrente este problema con responsabilidad, no eche a perder su consagración por cuestiones de índole carnal. Usted eligió seguir a Cristo y si está confundido, él le mostrará el camino, lo cubrirá con su manto de paz y le extenderá su mano misericordiosa. Como ministro de la Iglesia, cumpla solemnemente los consejos evangélicos, y agradezca el don de la vida consagrada que se le ha conferido, a él le debe fidelidad y el celibato es la máxima expresión de amor y un regalo de Dios que alberga a Jesús en vuestro corazón. —El obispo hace una breve pausa—. Pero el demonio está en todas partes, quiere que caigamos en pecado. ¡Cristo!, nuestro supremo consagrado, enviado hombre al reino del Padre, fue tentado por el maligno, y debe tomarlo como un ejemplo de grandeza: caer en la tentación de la carne demuestra debilidad. Resístase a ello. Jesús vio en su Padre su único amor: un ejemplo de su castidad, y eso es para siempre —alzó la mano—, *ad aeternum*. La riqueza que nuestro Padre difundía está en lo alto, en su reino, y por eso vino al mundo pobre, cumpliendo fielmente su voluntad hasta morir. ¿No es eso, acaso, maravilloso y de obediencia pura a tan hermosos preceptos? La ventolera de renunciar por una mujer es pasajera, ya verá usted que con el tiempo habrá olvidado que quiso lanzarse a una aventurilla sin importancia.

—¡No es una aventura, excelencia! —Gabriel lo interrumpe. El obispo pierde aliento por el exabrupto, sus pequeños y casi nublados ojos muestran desaire. Sin hablarle, apoya su mano en la sien—. Lo lamento, lo lamento, perdí la compostura, estoy un poco nervioso —dice Gabriel cabizbajo—, pero mi decisión está tomada, renunciaré a la diócesis, dejaré los hábitos y asumiré con hombría sus consecuencias.

—¡Hombría! ¡Dice usted hombría! —lo corta Fabiani—, vaya perorata. Cálmese, padre, no se mueve una hoja sin la voluntad del Señor, entiéndalo de una buena vez, el celibato es un don de la pureza por haberse entregado como hombre a la Iglesia y al llamado espiritual que le hizo el Padre Eterno. Como hombre de fe a la palabra que le pide Dios, cumpla su apostolado.

Gabriel está decidido a todo, levanta la cabeza.

—Quiero hacerla mi esposa.

El obispo asiente sin mirarlo, se pone de pie.

—¿Esposa? —se pregunta en voz baja—, esto sí es grave. —Se acerca y le palmea suavemente el hombro. Entonces da tres pasos para cerrar una pequeña puerta de madera que está detrás de un cortinaje rojo y que se halla entreabierta—. Padre

Gabriel, ¿dónde está su fortaleza? —El obispo vuelve a su asiento—. Satanás quiere hacerlo caer en pecado, el Maligno oscurece su mente, en este mal momento de su vida, usted ya está casado con la Iglesia, que es la gran obra de Dios, y si no respeta el celibato cometerá un pecado, se condenaría. Gabriel lo mira fijamente y con alivio:

—Gracias por decirlo, monseñor; Dios me perdonará, él perdona nuestros pecados.

Monseñor Fabiani se ofusca.

—Es usted un insolente que niega los misterios de la fe cristiana, a Dios no se le engaña.

Gabriel permanece en su silla, sus ojos están fijos en la Biblia.

—Que la iglesia cambie su doctrina, que cambie su código de derecho canónico. Monseñor da un golpe sobre su escritorio, levantándose de su asiento.

—¡Basta! Es usted un irrespetuoso, no predica con el ejemplo.

Gabriel se pone de pie, enfrentándose cara a cara con el obispo.

—Pues entonces me someto a los códigos de la Iglesia, exponga mi decisión ante la autoridad eclesiástica, excomúlguenme si quieren, pero la justicia no la escriben los hombres, sino la razón del tiempo y la historia, porque de ellas nacerá su perdón. Que el clero se conmocione, porque como los falsos profetas, también hay un falso clero, pero, ¡oh, no!, qué vergüenza para la Iglesia católica, que esconde curas pedófilos, preocupados más por el qué dirán que por las víctimas. Una Iglesia que no cumple bien sus preceptos, ni siquiera el Vaticano arrojaría la primera piedra.

Monseñor lo interrumpe.

—¡Basta! Es suficiente, padre Gabriel, usted no reaccionará nunca, por lo visto su orden sacerdotal no es un ejemplo para los curas jóvenes. No discutiré con usted, ya tomó su decisión, si se quiere reducir al estado laico, hágalo; el tiempo le dará una respuesta, y si esta es violenta, asuma las consecuencias — hace una pausa—; sin embargo —monseñor cae en su asiento, abrumado—, rezaré por sus actos, que por cada tipo como usted, aparezcan más jóvenes decididos a seguir fielmente la vocación pastoral. Eso es todo, la audiencia ha terminado, puede irse. —El obispo coge un lapicero y empieza a hacer unas anotaciones—. Que Dios se apiade de usted. —Terminó con decepción—.

Gabriel hace una reverencia antes de salir del despacho, abre la puerta y sale conturbado. Camina por el pasadizo y se desvía hacia una hornacina con remarco en pan de oro y vidrio, con la imagen sagrada de la Virgen María que le extiende sus brazos y guarda su secreto. Cabizbajo, se sienta en frente para meditar, luego se arrodilla en señal de expiación apoyándose en la banca que está junto a él; apoya la frente en ambas manos.

—Virgen Santísima, recurro en tu auxilio en busca de consuelo con el alma afligida y extraviada. Ruega por mí para no vivir en pecado, despliega en mí tus manos y hazme ser digno de ti y de tu hijo.

Quiere otra oportunidad, se persigna y da media vuelta, desea disculparse con el obispo. Regresa al despacho del obispo Fabiani, la puerta está entreabierta. Gabriel da unos pasos y se acerca; tras esta, una voz que se quebranta reprende a una mujer de unos cuarenta años, sobria y elegante.

—¿Quién te hizo entrar? ¿Por qué has venido? ¿No te he dicho acaso que no quiero que me busques aquí, que te lo he prohibido?

Ella está dispuesta a todo.

—Si no me visto de esta manera y no me tiño el pelo, nunca me harían entrar. Bueno, pues, ya no tengo dinero, lo que me das no me alcanza, debo alimentar a los niños, darles ropa y zapatos. ¡Son tus hijos! Asume tu obligación de padre.

Fabiani se desespera:

—Shshsh, silencio. No hagas bulla, que te pueden oír.

La mujer se sienta y cruza las piernas.

—Me vas a dar la plata, si no de aquí no me muevo.

Monseñor, con la mano, se da golpecitos en la frente.

—Plata plata plata, es para pagar tu borrachera, eres una alcohólica, para eso quieres el dinero. Pero no te daré ni un centavo.

Gabriel mira y escucha sorprendido a través de la pequeña rendija que se forma entre la pared y la puerta de caoba.

—Entonces no me iré.

Fabiani coge el teléfono.

—Ordenaré que te echen.

Ella se eriza desafiante.

—¡Hazlo! Atrévete, cura pendejo, y te hago un escándalo, que todos sepan que tú, el obispo inmaculado, tiene dos hijos de puta.

Él gesticula con los dedos sobre la boca y bajando la voz:

—Cállate, carajo. —Levanta la cabeza mirando al techo,

cierra sus pequeños ojos, dobla ambos brazos apretando los puños.

Gabriel retrocede con cuidado, evitando hacer el mínimo ruido; entonces voltea para ver si alguien lo vio, pero no hay nadie. Camina recostado contra a la pared, perdiéndose tras los arcos frente a los rosales blancos del jardín interior, sale velozmente del obispado; solo los azulejos que dibujan imágenes de santos lo acompañan en su nuevo secreto, cómplices ahora de un espía insospechado. Gabriel ha encontrado la respuesta que tanto buscaba: cuando no encuentras a Dios, el Diablo tiende su mano.

El indio ha conquistado a una bella mujer europea y sus únicas armas fueron sus pequeños objetos de artesanía. Marie France está fascinada con aquel oriundo seductor de las montañas, se ha contagiado de sus mismos gustos: ahora se peina con trenzas, utiliza zapatos planos, pantalones sueltos, blusa blanca, chaleco negro con coloridas líneas incaicas, lleva un morral al hombro con diseños prehispánicos donde guarda sus libros y apuntes. Así, ante la mirada curiosa de sus compañeros de clases, recorre la Facultad de Veterinaria: todo, en nombre del amor, paz y amor. Siempre le dice Piter: "Esa mierda utópica de los tontos soñadores, los hippies de los años sesenta: paz y amor como excusa para vagar por los parques, escuchar a Jim Morrison y drogarse". Al menos, para ella la vestimenta solo es una moda. Ariana la encuentra sentada sobre una banca, leyendo un libro de la historia de los incas.

—Hola, gringa, qué tal el cambio de look, ¿desde cuándo te interesa la cultura inca? —le pregunta sorprendida por su nuevo aspecto.

Marie France suspira.

—You kreou que en mi vidaa anteguiour he pegtenecidou a lous incas, ellous sej una cultuga fascinatee.

Ariana frunce el entrecejo.

—Primera noticia, amiga, llevas dos años en Perú y nunca me lo habías dicho.

La gringa sonríe, sus ojos azules resplandecen de emoción.

—Es quee he enconkradou a mi homgre pegfectou, mi media naranja. Él me dijou que mis antepasados viviegoun aquí en el Pegroú, por esou gustagme muchou su cultura, es tan bella e imkresionantee.

Ariana queda pensativa: la gringa ha conocido un brichero, esos tipos que aprovechan su aspecto indígena, que hablan de las maravillas del Perú y dominan el inglés para enamorar a las extranjeras aburridas de ver todo el tiempo gringos pálidos y desabridos, que llegan al Perú en busca de un cholo fuerte, cobrizo, autóctono y delicioso como un queso serrano; ellas sucumben con facilidad a su embrujo, a su naturaleza indígena, a su raza bronceada, pero la mayoría de ellos solo buscan que los rescaten y los lleven al norte del continente o al viejo mundo: mientras ellas quieren quedarse, ellos gritan: "Freedom".

—¿Y cómo se llama tu galán? —pregunta Ariana.

La gringa tiene pajaritos a su alrededor.

—Se llama Piter.

Su amiga cree comprender.

—Ah, Peter, lo imaginaba.

Marie France precisa:

—Buenou, en realidad, él me dijou que es Piter, y no Peter, ¡qué extrañou!, ¿nou? Es un amouj de gente.

Ariana se sienta junto a ella.

—Me gustaría conocerlo. Le puedo decir a Pierre para salir los cuatro.

La gringa celebra.

—Es una muy bonitaa idea. —Abraza feliz a Ariana mientras esta duda de las intenciones del nuevo amor de su mejor amiga.

Gabriel guarda sus pocas ropas en una mochila que acaba de comprar en el mercado de Chircus. Sobre la cama cuidadosamente tendida, va doblando sus prendas y las acomoda a la vista del crucifijo que todo lo ve. Ha decidido marcharse por la mañana muy temprano, cuando el gallo anuncie el nuevo amanecer que depara el volver a la vida terrenal y lo aleje de su valle de lágrimas. Tiene en sus manos el Cristo roto, arrancado de su cruz y que creyó haber perdido cuando fue llevado al hospital; sabe que es su propio estigma y esa mutilación la siente como suya. Mientras empaca mira a su alrededor: el vacío de la habitación se rompe brevemente con su vieja cama y la mesa de noche, una celda casi oscura y sin vida. Entonces observa la sotana que llevó por varios años, una sencilla prenda que guarda las confesiones más lóbregas; siempre creyó que era por eso que los curas llevan sotanas de color negro, porque en ellas se ocultan todos los pecados del hombre. Gabriel da un soplido corto de cansancio y se sienta sobre su litera, pensativo por algunos segundos: será su última noche en la vieja iglesia del pueblo. Y de allí, ¿qué? Deberá emprender un éxodo a la capital, Lima. Sabe que no es posible tocar la puerta de Cristiani y declararle su amor abiertamente, sabe que el pueblo se le vendría encima, las mujeres con perfumes de incienso no se lo perdonarían. "¡Qué horror!", "¡Dios mío!", dirían pasmadas y se persignarían repetidas veces. Si algunas hasta lo consideran santo, estarían aterradas, pero tampoco le escupirían y lo golpearían. Entonces, ¿cómo lo hará? Ya dio el primer paso, el más importante: ya dejó los hábitos por ella. Gabriel tiene en sus manos una carta para el padre Jovías, para que la lea cuando amanezca, sabiendo que jamás lo volverá a ver. Se levanta y termina rápidamente de guardar sus prendas, coloca la mochila sobre su hombro derecho; ya no se siente con derecho a dormir allí. Apaga la débil luz y sale de la habitación; la puerta se cierra dejando en penumbra aquellas cuatro paredes solitarias bajo la custodia del Cristo crucificado.

Pierre y Patrick entran al bar para tomar unos tragos; quieren ir sazonados antes de partir a The Church. Sentados frente a la barra, ordenan un cóctel de whisky Chivas y energizante.

—Ariana me dice que la gringa va a venir con su enamorado.

Patrick abre una cajetilla de Marlboro rojos.

—¿Tú lo conoces? —le pregunta llevándose el cigarrillo a la boca.

El barman se acerca dejando los tragos sobre la barra, resplandecida a media luz. —No sé quién será ese huevón —dice Pierre desinteresado empinando el codo—, últimamente la gringa está media rara, no sé, media loca, me dicen que se ha cambiado de look, que se ha entregado a la vida espiritual y huevada y media. —Choclo bebe un sorbo—. Tú sabes cómo son las gringas, así de medio cojudas y zanahorias, solo espero que no se la haya levantado un brichero de mierda. Choclo carcajea.

—¿Un brichero? Sería un cague de risa esa huevada.

Pierre enciende un cigarrillo.

—Ariana se está alistando, me dijo que Marie France va ir a su departamento. De acá nos vamos a recogerlas. —Bebe un trago largo—. Choclo, ¿tienes algo de polvo?

Patrick saca un caja de fósforos y se la entrega. Pierre la guarda en su bolsillo, guiña el ojo y se levanta con dirección al baño. Choclo observa el lugar: muchos oficinistas llegan después del trabajo y discuten sobre sus mujeres, política o cuestiones laborales. Él no encaja allí, le gustaría salir de allí, fumar marihuana y surfear toda la noche. Termina su trago, guarda la cajetilla de Marlboro en su bolsillo, se levanta apresurado, deja un billete de cien soles sobre la barra, se mira el cabello teñido frente al espejo.

—Cóbrate los dos. —Paga el trago de Pierre.

El cajero le da su cambio.

—¿Boleta, señor?

Patrick guarda el vuelto, se va sin responder; en la puerta de salida saca su moderno celular y llama a su compañero de juerga.

—Oye, te espero afuera en la moto.

En el baño, Pierre da una última aspirada, aprieta la mandíbula con el aparato al oído.

—Ya ya. —Guarda el teléfono dando un golpe sobre el

lavatorio. Más calmado, se mira al espejo pasándose la mano por la nariz. Quita el seguro de la puerta, abre la manija. El smartphone timbra de nuevo. «Carajo», se dice con fastidio—. Hola, flaca, ya estoy yendo para allá.

Ariana está sentada en uno de los muebles de la sala.

—Apúrate, pues, la gringa dice que nos alcanza allá.

Pierre asiente.

—Ya estoy en camino. —Guarda el aparato en el bolsillo.

Ariana lanza su iPhone a uno de los sillones.

—¡Cómo odio que me corte el teléfono! —Se levanta aprisa hacia el pequeño balcón de su departamento, corre la puerta y se apoya en la baranda contemplando el parque de enfrente: siente que algo no anda bien con Pierre, que las cosas ya no son como antes. Lo siente más alejado, con menos pasión que antes, cada vez más colérico y estresado. Mira a los autos moverse en todas direcciones, alza la mirada y ve las estrellas que brillan en la noche. El viento fresco sopla a su alrededor robándole una lágrima que trata de contener. Cruza los brazos y se apoya en la pared: su silencio lo dice todo. «Quisiera que las cosas cambien». Cierra los ojos y respira profundo. A veces, la noche es la mejor compañera; en su silencio, las palabras o los sentimientos se encuentran y allí también se pierden. Ariana se deja caer y se sienta en el piso, enciende un cigarro, pero luego se desanima, lo aplasta en el porcelanato y lo arroja a un lado del balcón. Se acuerda de la gringa y sonríe: se alegra por la felicidad de ella, aunque por dentro una gran pena la embargue. Empieza a dudar del amor de Pierre. Se puede tener a alguien a lado y a la vez estar solo. La noche es la mejor compañera de la soledad, ambas se complementan, pero la noche también es consejera y la invita a salir. Ariana se levanta para terminar de alistarse. Abajo, el Volvo gris se estaciona frente al edificio; la ruidosa Kawasaki verde de Choclo pasa cerca y se les adelanta; sobre el sillón, el iPhone empieza a vibrar, el registro identifica una llamada de nombre "Amorcito", ella contesta brevemente—: Ya bajo. Deja el aparato sobre la mesa y entra al tocador, se arregla el cabello frente al espejo, sale apurada, recoge el teléfono, las llaves y las deja caer en su cartera. Sabe que esa noche será muy corta.

El postigo de la gran puerta de madera de la antigua iglesia de Chircus se abre con pesadez dando un quejido agónico. Gabriel da el primer paso hacia la calle, mira la plaza y los alrededores; se siente extraño, parece perdido, como si en realidad escapase de alguien: de sí mismo. Cierra despacio el enorme portón, avanza unos pasos y voltea a mirar hacia el campanario. Ya no hay camino de regreso, se aleja lentamente, con la mochila sobre el hombro y siente que ha vuelto a nacer. La noche sobre el pueblo recién empieza y lo cobija en su nueva vida. Gabriel camina en dirección a la modesta casa de Cristiani, lleva puesta una gorra negra y una casaca beige que lo abriga del frío. En Chircus hay pequeños negocios y las calles son poco transitadas. Gabriel aprovecha ese silencio cómplice. Ve aparecer a unas tres personas en dirección a él; finge toser para no ser reconocido, cruza hacia la vereda de enfrente «¿Por qué lo hago?», se pregunta a sí mismo. Siente vergüenza y que es un traidor a sus fieles, que por eso se oculta tras una gorra oscura. Cualquiera lo confundiría con un mochilero despistado en busca de un lugar donde pasar la noche. El exsacerdote llega a la puerta de su amada, ella aún no sabe que lo es. Gabriel se queda abstraído unos segundos sin saber qué hacer. Mira su reloj: las ocho en punto. Da un respiro para darse valor, golpea la puerta tres veces, transpira por el nerviosismo y, sin saber qué decir, se pregunta cuál será la reacción de Cristiani, pero también, en su autodestierro, imagina qué pensarán las mujeres del pueblo sobre Cristiani: "Seguro ella engatusó al padrecito, esa mosquita muerta, el demonio la ha poseído para capturar al curita". Gabriel vuelve a tocar la puerta, esta vez da dos golpes débilmente, casi arrepintiéndose. Escucha un ruido de llaves en su interior, su corazón empieza a latir con fuerza, sus ojos brillan de turbación, la ventana se ilumina, la manija gira y escucha el rechinar de la portezuela. Aparece la delgada y bella figura de Cristiani.

—¿Sí? ¿Busca a alguien? —pregunta detrás de la puerta.

Gabriel alza la mirada, sus ojos parecen decirlo todo: felicidad, miedo, amor y vergüenza a la vez. Se quita la gorra.

—Soy yo Cristiani, soy Gabriel.

Ella queda asombrada de verlo, sin saber qué decir. Sin sotana le parece un completo extraño, no comprende nada. «¿Por qué el padre Gabriel viste así, tan raro?» «¿Por qué me busca a estas horas?». Se pregunta en silencio. Cristiani finalmente abre por completo la puerta, invitándolo a entrar.

—Pase padre, por favor, pase. —Es la segunda vez en su vida que Gabriel entra en aquella morada y había memorizado por completo su interior—. Siéntese padre. —Le señala un pequeño sofá cubierto con un manto, y se sienta frente de él—. Mi mamá ya está descansando, está con un poco de tos.

Gabriel asiente.

—Tu mamá, ¿está tomando algún medicamento?

Ella se encoge de hombros.

—Solo le preparé una infusión de hierbas para los bronquios, usted sabe, desde que murió papá tenemos muy poco dinero.

Él se levanta.

—Vamos a la farmacia, le compraré un jarabe para la tos.

—Cristiani lo mira confundida, él sonríe—. Vamos, tu mamá necesita ese remedio, le hará bien.

Ella afirma con la cabeza, siente vergüenza.

—Pero le pagaré después —dice con miedo.

Él le alcanza su chompa.

—No te preocupes —dice—, poniéndose nuevamente el gorro.

Los dos salen y caminan a la farmacia del pueblo. Gabriel saca un billete de su casaca y se lo entrega, compra un jarabe para la tos con expectorante, ella ingresa a la botica mientras él la espera afuera, nervioso y abochornado. Mira al cielo y las estrellas que brillan en el anochecer de Chircus, siente que no ha cumplido aún su misión; quiere dar un paso y alejarse de allí, aprieta el puño con fuerza para dominarse. Cristiani sale del establecimiento con la medicina.

—Tenga. —Le entrega unas monedas de vuelto. Ambos regresan rumbo a la casa de ella. Mientras caminan aprisa por las calles estrechas del pueblo Gabriel siente ganas de abrazarla, de besarla, nadie lo ha reconocido, y pese a estar muy cerca, el camino se le hace largo. Cristiani saca las llaves y abre la puerta—. Pase, padre. —Gabriel entra a la sala y permanece de pie. Ella se quita la chompa y la deja sobre el sofá—. Gracias, padre Gabriel, es usted tan bueno, le prometo que apenas pueda...

Él alza la mano para callarla.

—No te preocupes, no me prometas nada.

Ella voltea.

—Voy a darle el jarabe a mi mamá. —Gabriel observa la pobreza de aquel lugar, donde el tiempo nunca fue bueno ni elegante: muebles y adornos viejos, pero limpios de polvo y bien cuidados, y luego, el retrato de ella: siente que la ha querido durante toda la vida. Mira el curso de la noche tras la cortina—. Ya la dejé recostada. —Cristiani aparece en el pasillo—. Mi mamá le da las gracias y le da pena no poder verlo.

Gabriel sonríe.

—Me alegra mucho poderlas ayudar. En lo que me necesites, solo búscame — respira hondo para darse valor—; sin embargo, el motivo de mi visita es otro. —Ella se sienta junto a él: sus ojos caramelo encienden su tierna mirada—. Bueno... no sé cómo empezar... —Gabriel suelta una risa fingida, la mira con emoción, con miedo y ansiedad—. Cristiani, ya no soy más el padre Gabriel, ya no soy un sacerdote, he renunciado a la Iglesia.

Un súbito frío le recorre el cuerpo, está impresionada.

—Pero ¿por qué?

Gabriel se levanta.

—Porque mi naturaleza de hombre es más fuerte que mi amor a Dios. —Ella mueve la cabeza sin entender—. Es mejor que me vaya —le dice él. Se pone la gorra y se dirige a la puerta.

Cristiani se pone de pie.

—Entonces, ¿se irá del pueblo? ¿Lo volveré a ver?

Aquella pregunta le da fortaleza y lo llena de esperanzas.

—Te buscaré mañana en la noche. —Quiere despedirse con un beso, pero se domina—. Buenas noches, Cristiani.

Ella no le contesta, solo lo ve alejarse con rumbo desconocido, cierra la puerta y apoya su espalda en ella, suspirando sin entender.

Ariana, sin soltar su cigarrillo, baja del auto, Pierre cierra la puerta, conecta la alarma y camina con ella hacia la puerta de la discoteca. Muestra al vigilante su vip-pass, pero ella lo detiene.

—¿Qué?, ¿no vamos a esperar a la gringa?

Pierre hace una mueca de fastidio.

—Seré su mamá.

Ella retrocede.

—No te pases, quedamos en que íbamos los cuatro juntos, ella y su enamorado. Choclo, que había llegado minutos antes en su Kawasaki, ríe.

—¿Qué?, ¿yo no existo?

Ariana lo ignora.

Pierre la coge del brazo.

—Vamos más allá. —Regresan al Volvo—. ¿Qué te pasa? ¿Por qué te pones así?

Ella cruza los brazos, da una pitada fugaz, mirando para todos lados.

—Te dije que saldríamos los cuatro juntos, debemos esperarlos.

Pierre se exaspera.

—¿Y si no vienen? Me dijiste que la gringa iba a ir a tu casa con un huevón que no sé quién es, y no fue; quedamos a las once y nada. Van a ser las doce y no aparecen, ni siquiera te contesta. —Ariana voltea a todos lados, buscándola, luego insiste llamando al celular de la gringa. Pierre, ofuscado, mueve la cabeza con impaciencia, entra al auto dejando la puerta abierta, enciende el autorradio. Choclo no los espera, no se compra pleito ajeno. Ingresa presuroso a la discoteca. Los ojos de Ariana se parten al ver a su amiga llegar, se aleja del auto y saluda a Marie France. Desde el volante, Pierre mira extrañado al acompañante de la gringa: cobrizo de piel, pantalón negro y ancho, camisa blanca y chaleco marrón con el dibujo de una llama a cada lado. No lo puede creer—. Carajo, dice en voz baja, la gringa está con ese huevón de mierda. —Se apoya en el espaldar del asiento, observando por el espejo. Los tres se acercan al auto.

—Hola, la gringa saluda con su risa de oreja a oreja.

Pierre simula hablar por teléfono, guiñándole el ojo.

—Vayan avanzando, ahora voy.

Ariana reconoce la molestia de Pierre.

—Marie France, please, espéranos un ratito.

La gringa asiente, coge de la mano a Piter.

—Okey amiga, nou se demoguen, que la nouche es jouven, yeyeye —dice soltando al cholo y alzando los brazos de contenta.

Ariana entra al Volvo.

—¿Qué pasa?

Pierre baja el volumen del autorradio.

—Tú sabes bien qué pasa —dice irascible.

Ella enciende otro cigarro.

—Es por ese amigo, ¿no?

Pierre alza la voz.

—Su amigo, su novio, su brichero o lo que mierda sea, no viene con nosotros, ¿acaso no te das cuenta de que no lo van a dejar entrar? ¿Quieres que hagamos el ridículo frente a todos en la puerta? Le van a pedir su "carné de socio", lo van a cojudear frente a todos.

Ariana echa las cenizas de su cigarrillo por la ventana, a unos metros Marie France se besa con Piter.

—Entonces vamos a otro lado.

Pierre la mira fijamente.

—Ni tú ni yo, no tenemos por qué irnos, que la gringa se joda sola, nosotros entramos igual.

Desde afuera, Marie France les hace señas.

—Hey, amiga, apúguense, yeyeye.

Ariana sonríe por su amiga.

—Pierre, por favor —le toca el brazo—, vamos a otro lado —le suplicó.

Él da una pitada al cigarrillo.

—Como quieras, flaca, pero ese huevón no sube a mi auto.

Cristiani está intranquila. Aquella espera la hace mirar a todos lados en esa oscuridad que nace de entre los árboles. Gabriel le dijo que la buscara allí, tras la iglesia, junto al huerto donde él aprendiera a sembrar y cosechar. Cristiani no sabe qué decirle, presiente algo extraño en él, que no le ha dicho la verdad. El viento se divierte a su alrededor. Ella siente un poco de frío, abotona su chompa, alza los ojos y aparece él:

lleva puesta esa gorra negra que lo encarcela y que lo llena de vergüenza, pero también lo libera ante ella. El exsacerdote lleva encima una casaca gris. Verlo vestido así jamás la haría imaginar que algún día ese apuesto hombre hubiera sido el párroco del pueblo. Cristiani pensó que lo encontraría con la sotana encima. Él sonríe al verla, quiso llevarle flores, pero eso se lo deja a los tontos románticos y él no lo es, solo está enamorado.

—Padre Gabriel —dice ella, asustada por encontrarse allí: siente que se esconden de alguien.

—Me alegra mucho que estés acá, que hayas venido —le dice Gabriel. —Ella sigue sin entender. Gabriel la lleva a una banca de la huerta donde el padre Jovías gustaba sentarse y disfrutar del atardecer. La mira fijamente, contemplándola sin saber qué decir. Ella sonríe, inquieta—. Cristiani, de verdad —se da un respiro—, no sé cómo empezar —le dice apretando los labios y respirando profundamente—, desde que te conocí, siempre me pareciste la mejor, la más bella de todas las mujeres del pueblo —ella queda perpleja al oírlo—, siempre admiré el amor que le das a tus padres, tu esfuerzo por salir adelante —Gabriel da un soplo de aliento—; quiero que sepas que todo eso hizo que me fijara en ti, Cristiani, eres única... estoy enamorado de ti.

Los ojos de Cristiani se abren como un amanecer de flores bajo la luz de la luna, se siente sorprendida y estremecida con las palabras de Gabriel.

—Pero, padre, cómo me dice eso, usted es un sacerdote.

Cristiani se levanta avergonzada.

—No, Cristiani, ya no lo soy —alza la mirada—, he

renunciado al sacerdocio. —Ella está tensa, se lleva la mano a la boca para evitar hablarle—. Por favor, siéntate —le dice él—, jamás haría algo que te hiciera daño —la coge de la mano; es la primera vez que ella siente que un hombre la toca por amor, se sienta frente a él.

—Ya no es curita —dice apenada.

—Soy un hombre libre —contesta él.

Cristiani siente su sinceridad.

—Pero, pad… —hace una pausa—, Gabriel, no crea todo lo que me dice, tal vez no sea lo que usted piensa, yo tengo muchos defectos.

Gabriel se acerca tomándole ambas manos.

—No creo que tengas defectos.

Ella, con helada frialdad, retrocede al espaldar de la banca de madera.

—Por favor, no me diga que no tengo defectos, porque los tengo. —Gabriel la mira firmemente, ella está conturbada—. No sé qué decirle, pero creo que no está bien, no debería estar acá, sola con usted, escondiéndonos —dice casi llorosa y con la mirada perdida—, es pecado, está mal, me hace sentir miedo. Usted nos habló de un lugar allá arriba, y si ha dejado los hábitos por mí, para estar conmigo, yo seré la culpable, me sentiré sucia por hacer que usted, un hombre de bien, ya no pueda ir al paraíso.

Gabriel se acerca a ella, acaricia su rostro con ternura:

—Y eso qué importa, Cristiani, mi paraíso eres tú.

Ella sonríe con dulzura mientras lo piensa, no dice nada y por momentos mira las flores que nacen de los sembríos en el huerto. Gabriel, sentado junto a ella, espera pacientemente la respuesta de aquella joven que tanto ama, que nutre las esperanzas de poder conquistarla esa noche. Ella lo mira tímidamente, le sonríe con los ojos humedecidos. En ese cortijo bajo la oscuridad y en su silencio, Gabriel la venera, la pone en un altar, la glorifica mientras ella lo sigue pensando. Cristiani rompe el silencio.

—La verdad, no sé qué decir, yo en realidad sí lo quiero, pero...

Él puso un dedo en la boca de ella.

—¿Me quieres? Yo quiero que me ames con el corazón, di que sí, prometo hacerte feliz, darte todo lo que esté a mi alcance, no te prometo la luna, porque tú eres mi luna, iluminas mi alma.

Ella sigue mirando las flores, sonríe por esa cursilería, hasta que al fin:

—Está bien, Gabriel, acepto, acepto estar contigo.

Gabriel la apresa de las manos, se acerca lentamente a sus labios. Ella está temerosa. Ambos cierran los ojos, se besan con cuidado, como dos novatos que inician su amor. Un hombre hecho a la imagen y semejanza de Dios, a quien se le diera una compañera que surgió de una costilla. Los dos abrazados bajo el árbol de la vida que los resguarda esa noche, un gallo que desde el corral canta y los interrumpe. ¿Será una mala señal? Ambos ríen sin darle importancia. Dios nos mira y está en todas partes. ¿Acaso nos puede juzgar cuando encontramos una respuesta que no le gusta? ¿Dónde queda lo lícito y la trasgresión de lo prohibido si solo la verdad nos hace libres, si es Dios quien escribe nuestro destino? El gallo vuelve a cantar; nunca lo había hecho en la tarde, menos a las once de la noche.

—Gracias, amor, me haces el hombre más feliz de la Tierra —
dice Gabriel volviéndola a besar.

El gallo se envanece, se encrespa, rasca el piso del corral,
estira el cuello y canta por tercera vez. Gabriel abraza al
amor de su vida, mira hacia arriba: ve la luna y las nubes
entremezcladas con las estrellas.

—Mi padre me contaba que cada estrella es un ángel que
nos cuida —dice Cristiani sin bajar la mirada.

Gabriel tiene suficientes motivos para sentirse un hombre
de verdad; para él valió la pena dejar la Iglesia, las misas y
los días de guardar oración a Dios; desde ahora, Cristiani
ocupa el lugar de los santos que veneraba; es su nueva fe.
Ya no más sermones domingueros ni pasar la canasta de
limosnas, el confesionario cerró sus puertas, Gabriel pudo
bajar de su cruz.

Marie France lleva consigo una gran pena. No puede
entender cómo su media naranja, su amor andino, el amor
de su vida, ha sido maltratado, despreciado y humillado,
aislado y ultrajado por uno de sus compatriotas; cómo puede
pasar en pleno siglo XXI. Pero si eso es primitivo y racista,
sobre todo aquí en el Perú, el país de todas las sangres y
colores, de incas, los ingas y mandingas. ¡Qué horror! Eso
la llena de rabia y pena. No comprende cómo a su adorado
Piter, el hombre que la ha cautivado hasta los huesos, no se
le permite subir al Volvo S60, de ninguna manera, porque
su dueño se reserva el derecho admisión y ya no hay espacio.

—Estáj muchou molesta, esas cosas nou pasan en mi
país ¡¿Quién se ha kreídou el Pierre para trataj a mi nouvio

así?! —Marie France mastica su rabia y su retórica, de brazos cruzados, va de un lado a otro en los jardines de la Facultad de Veterinaria—. Piter ser un agtistaa, ¡Por qué lo han tratadou así! —grita encolerizada.

Los alumnos, que conversan entre ellos, voltean y la miran de reojo. Ariana, incómoda, trata de calmarla.

—Ay, amiga, lo siento mucho, no sabía que Pierre se iba a poner así.

La gringa está furiosa.

—Es que, o sea, pouj sej indiou, nou tienee degrechous, qué cosa es estou, cómou podej Pierre decij a mi noviou que no suba a su autou. ¿Acasou es una limousine? —Marie France se sienta sobre la banca; una lágrima cae sobre su mejilla, sus ojos azules se comenzaban a empañar. Ariana, en silencio, tiene sus libros sobre las piernas—. Tú nou me defendiste —le increpa la gringa decepcionada. —La noche previa, fuera de la discoteca The Church, Pierre estaba al volante, subió las lunas polarizadas, Ariana entró al auto, la gringa abrió la puerta posterior izquierda, una vez que ella entró, avanzó con la puerta abierta dejando afuera a Piter, quien, con medio pie adentro, casi cae al pavimento—. Nou, nou avances todavíaa, ¡detén el autou! —Pierre no hace caso, cierra la puerta. Marie France le dijo—: Nou, nou, ciegrou nada, afuera está mi noviou Piter. Paga el autou, me bajou, ya nou quiegou estaj acá —vociferó la rubia belga. Pierre detuvo el vehículo. Ariana, que está sentada a su lado, lo miró extrañada.

—¿Qué haces? —le preguntó a él.

El motor del Volvo se apagó.

—Bájate, gringa. —La puerta seguía abierta.

Piter, que unos metros atrás estaba quieto, con las manos en los bolsillos, dio media vuelta.

—Piter, ¡espégramee! —gritó Marie France. El vehículo está quieto; Pierre bajó a cerrar la puerta y la gringa volteó a verlo—. Tú ser un completou estúpidou —dijo con dureza, corriendo hacia el indio humillado: los dos se abrazaron fuertemente. Pierre, mal encarado, dio media vuelta, apretó la cajetilla de cigarros y la aventó a un lado; cerró la puerta regresando al volante. Ariana está apenada por lo ocurrido.

—Déjame en mi casa —le dijo ella en voz baja.

Pierre hizo contacto y encendió el auto.

—No sabe la clase de rufián con el que se mete, carajo, algún día me lo va a agradecer —bajó las lunas eléctricas—; no se da cuenta —dijo él.

—¿Acaso lo conoces? —preguntó Ariana.

El Volvo empezó a andar, corría mucho viento, la ventana subió nuevamente.

—No sé quién será ese pendejo —dijo desinteresado.

—¿Por qué te expresas así? —agregó mortificada—. No me gusta que me hables así. Abrió su cartera, sacó unos audífonos y los conectó a su celular, no sé qué te pasa hoy.

Él siguió manejando sin decir nada. Ella se está hartando de él.

El soplo intenso de la noche anuncia el final del invierno; Cristiani apretó los labios, se encoge de frío. Gabriel, junto a ella, la abraza por la espalda, mientras le roza el brazo para brindarle calor. Ella, con las manos cubiertas por guantes de lana negra, toca tímidamente el rostro claro y reflexivo del exsacerdote. Gabriel levanta los ojos hacia la joven mujer y suavemente acaricia sus cabellos, mientras Cristiani, maravillada por ese hombre que la envuelve en una burbuja de cautivación, contempla la ternura de sus gestos, la sutileza de su seducción.

—Eres un alma herida —le dice ella.

Gabriel toca los labios rosados de la joven y bella mujer que desea, y por quien presurosamente ha dejado para siempre los hábitos negros y su vocación pastoral. Cristiani siente cómo Gabriel la besa con pasión, con la brutalidad alocada de un novato imberbe, una estocada húmeda que le atraviesa la garganta. En medio de la seducción de la noche, bajo un arbusto con flores de campana, ambos gozan de ese encarnizado placer. Cristiani le responde con las mismas armas, presionando sus manos con fuerza, con un roce felino que la eriza, que la hace inclinarse hacia atrás mientras pierde energías entre suspiros entrecortados. Para él, es una batalla feliz y que su mente eclipsada no quiere ver. La sombra del crucifijo ya no se interpone entre ellos. Aquella lucha nocturna entre amantes bajo la luna creciente convierte a los alrededores desolados y a los árboles ensombrecidos en mudos testigos de un fugaz escenario pasional. Él se levanta y la toma de las manos. Sabe que el padre Jovías ha viajado al obispado en busca de su reemplazo. La puerta de la celda que jamás pensó que volvería a ver se abre en silencio y a oscuras. Cristiani siente miedo, está muda de la impresión, pero ya no puede retroceder. Ella se deja caer sobre el lecho donde él antes la soñaba y la rechazaba por ser un pensamiento impuro; es el inicio del pacto y ambos gozan de esa complicidad sublime.

Gabriel la abraza con ardor, la mira y toca sus mejillas, siente su rostro tibio y la lleva hasta su pecho, deseándola, amándola, sabiendo que sus esfuerzos no fueron en vano. Entonces, hágase su voluntad sobre ella: se deja atrapar por el hechizo de esa muchacha que lo atrae a los misterios de esa piel de extenso desierto, surcando lentamente las dunas en cuyo centro está el cráter apagado por el tiempo, que simboliza la aurora y el eje naciente de ese mundo arenoso, y que hoy le anuncia que más allá, llegando por el sur, encontrará un extraño oasis de enraizada oscuridad, que cubre el subsuelo de un mundo profundo y desconocido. Los dos juntan sus manos y cierran los ojos, experimentan la resurrección liberadora en la que estaban atrapados. Gabriel, en su silencio de hombre feliz y amado, siente un centelleo interior que calcina con inexperta avidez. Saborea los deseos profanos y febriles del exsacerdote que muere lentamente en su interior al encontrarse en el cuerpo desértico de Cristiani: el sabor de la fruta que le era prohibida, el camino de libertad que siempre buscó; su propio Edén, el paraíso terrenal que lo aturdía y lo desesperaba, que creía no ver jamás. Cada latido de su corazón se rebela ante el tiempo perdido en las cuatro paredes de enyesado liso y pintura deteriorada de la antigua iglesia. Gabriel ya no es un hombre solo, lo acompaña ahora la intensidad de un ser enamorado que combate cuerpo a cuerpo el derecho de su primera conquista, de su primer amor. Ella deja que aquel explorador pagano continúe la búsqueda de dónde afincarse, un territorio habitable para instaurar sus dominios. Siente que una parte de él es absorbida por la calentura de esas arenas; un lugar de cuya oscuridad florecerá la existencia a la luz naciente.

Gabriel goza con aquella complicidad sublime olvidando los flagelos de su vida anterior. La penumbra de la habitación se ilumina con el encuentro de los dos enamorados bajo las sábanas. Las caricias entre ambos y las miradas marcan su destino, el camino de luz y esperanza sella el comienzo de la nueva alianza y un acto de fe. El crucifijo, colgado en la pared, está sobre ellos. ¿Estará Dios avergonzado? ¿Resistirá lo que ven sus ojos marcados por el dolor agónico y el desaliento? ¿Acaso el cordero que se aleja del rebaño debe ser sacrificado? ¿Hasta dónde puede llegar su egoísmo? Amaos los unos a los otros. Pero quién sí y quién no tiene el derecho de amar, si está en la naturaleza y en el corazón del hombre, y en Dios el perdón a sus hijos. *Alter Christus ipse Christus.*

Ariana no ha contestado las insistentes llamadas de Pierre, tampoco ha ido a la Facultad. Ha llorado mucho. Por primera vez se siente sola en cuerpo y alma. «¿Vale la pena seguir con él?», piensa. Querer cuando no se siente querida, o siente que no la quieren a su manera, o como ella desease sentirse querida. Se pregunta: «A dónde voy a llegar con esta relación que no va a ningún lado, él solo tiene cabeza para su trabajo. Cree que soy un simple objeto», piensa echada en su sillón, descalza, con los ojos cristalinos, recluida en el silencio que se adueñó de su sala. Ariana se siente dolida sin haber sido atacada, pero Pierre es hiriente a su estilo, no se da cuenta de la profundidad del daño causado. Los libros y sus cuadernos de apuntes están sobre la alfombra; ella ha cerrado las cortinas del departamento y recuerda los mejores momentos con Pierre: cuando se le declaró al recogerla de la universidad, saliendo del cine, frente al mar, la noche de un lunes de verano; siempre con su traje elegante, encorbatado, con esa mirada de inquisidor. Sonríe, pero también desea llorar amargamente; sin embargo, las lágrimas no le brotan, están aprisionadas y ahogan sus ojos. Recuerda el primer beso de aquella noche, la primera caricia, sus atenciones, las primeras flores —que fueron las últimas—, y, conforme pasaba el tiempo, todo eso dejó de ser. La oficina lo ha absorbido por completo, ya no es el mismo, es un maniquí que solo piensa en él, un robot configurado para el trabajo, que la ha dejado relegada, distanciada como si no la viera, estando tan cerca de ella. Ya no hay palabras románticas. Cree que los sentimientos de Pierre ya no son los mismos: él ya no la sorprende como antes. En su corazón generoso, Ariana siente que el amor se apaga. Pero es la forma de amar de Pierre, aunque no lo parezca. Él la ama como mierda y eso no es nada elegante. ¿Para qué seguir con algo que no puede ser? Eso la embarga de lágrimas vacías, no hay peor dolor que lo que no duele físicamente. El timbre suena dos veces. Ariana oye que tocan la puerta pero está inmóvil, echada en el sillón con pijama corta, las piernas recogidas que rozan su delgado abdomen. El timbre suena con insistencia: sabe que es Pierre. Ariana sigue quieta con un mudo sollozo, la mirada fija en la puerta. Tras ella, Pierre apoya un brazo en la pared, cabizbajo, con un inesperado ramo de rosas rojas en la mano: quiere su perdón, sorprenderla como antes, cuando empezaron hace tres años. Piensa que es inútil. Ella una vez le dijo: "Los hombres que regalan flores son los peores". Toca el timbre nuevamente. Ella no atina a nada. Pierre mira su reloj, luego fija los ojos en las flores. «Al menos lo intentó», piensa. Da media vuelta, presiona el botón del elevador: este indica piso seis y aún sube, no quiere esperar: solo son tres pisos para llegar a la salida. Pierre se dirige a las escaleras, menos mal que no compró un maldito peluche. Traga su rabia, se siente en ridículo, un tonto, un completo idiota, un gran cojudo. No quiere llegar hasta su auto con un ramo de flores, rechazado por una puerta que no se abrió. El conserje cruza el hall de ingreso, se dirige a abrirle la puerta cortésmente, él sale sin decir nada, apura el paso. Desde arriba, ella lo mira por la ventana y, por fin, hace una mueca: «Así hay que tratarlos». Pierre entra al auto. El Volvo S60 emprende la ida, se aleja del lugar. Ella deja caer lentamente las cortinas, al igual que las flores sobre el oscuro asfalto.

Marie France recibe, de manos del cholo, un humilde ramo de flores que fueron cortadas de cualquier parque de la ciudad. Cierra los ojos, las lleva hacia la nariz, percibe la suave fragancia de coloridas flores, pequeñas y sencillas; sus ojos brillan de emoción al mirarlas y verlo a él, con la ternura de una mujer seducida por su gentleman andino. Se siente perdida en las nubes, suspira de emoción por tan divino regalo.

—Wow, egres muy atentou, kraciaas, Piter, egues muy amable, las flogres están muy bounitas.

Los dos están sentados sobre el verde césped del Parque del Amor. Él la abraza, la besa dócilmente. La parejita se recuesta ante la mirada atónita de curiosos que observan la escena.

—¿Habéis visto eso? —dice una mujer madura, de cabellos castaños, de acento español, a una de sus acompañantes.

—¡Qué guarrada! —contesta otra.

Pero al tórtolo y a su gaviota no les importa, no escuchan nada y así son felices: elevan sus alas libres al viento. Piter la mira con ojos enamorados, juega con la rubia cabellera de Marie France.

—Guau, gringuita, ¡qué linda eres! —le dice cariñosamente—. Quisiera que conozcas el pueblito donde nací, me gustaría llevarte a que conozcas muchos lugares y paisajes bonitos.

Ella lo mira con ojos maravillados.

—Wow, de vegdad, ¿me llevagrías a tu pueblou?

Él apresa sus manos, besándola finamente.

—Sí, mi gringuita.

Marie France junta sus labios con los de Piter, ambos se revolcaban de amor en el parque del malecón frente al mar y espléndidos edificios. Dos colores de piel se juntan, se unen atraídos por la distancia de sus diferentes orígenes, fascinados uno del otro, y el sol los bendice desde las alturas. Piter lanza un corto suspiro.

—Qué pasa, mi amouj.

El cholo apoya sus brazos hacia atrás.

—Bueno, es que hay un pequeño problema, pero, no te preocupes, yo de eso me encargo, ya veré como hago.

La gringa le habla acostada en el gras, mirando las nubes enrojecer.

—Dime queé pasa, qué tienes.

Piter se echa mirando al cielo.

—Es que necesito juntar dinero para pagar los pasajes, mis ventas han bajado estos días.

Marie France se recuesta a su lado.

—Esou nou sej ningún proublema, yo podej pagaj todou lo que cuestee, además me encantaa viajaj.

Piter abre su morral, busca entre sus objetos y adornos de artesanía, saca una pulsera de alambre broncíneo con pequeñas piedras de ónix y semillas huairuro. —Ten —jala el brazo de ella para ponérselo—, es para ti, el sello de nuestro amor. Ella sonríe encantada. Él está más que feliz, el viaje y la estadía salieron baratos.

Un sol irritado incendió las nubes en el cielo gris, se disipa ensombreciendo los cerros, se pierde en el ocaso y da paso al anochecer. Gabriel deja correr las horas en espera de ver nuevamente a Cristiani, alojado en un modesto hostal; observa por la ventana el anochecer sobre San Esmeril, pueblo vecino a Chircus: un lugar cerca y lejos, donde nadie lo conoce ni puede señalarlo. Sobre la cómoda junto a la cama, hay un vaso con agua que sirve de florero a un solitario clavel rojo y, a un lado, una Biblia que lo acompaña en su peregrinación de hombre enamorado: un libro de aplacamiento para la expiación de su alma. Descalzo, se sienta sobre su litera dejando pasar los minutos, quiere ir a Chircus, pero no puede, prefiere que Cristiani lo busque allí y lo espere en la pileta de la pequeña plaza de San Esmeril. Se recuesta hacia atrás, sobre las sábanas, mira el techo de la habitación que lo refugia; sus ojos están llenos de luz, de motivación y fuerzas de ánimo. El reloj marca las siete de la noche. Gabriel se dirige al baño para ducharse, gira la manija y un largo chorro de agua fría cae sobre él. Se apoya pareciendo querer romper la pared: se siente un indecente con Dios, ensuciado por el Demonio.

Se frota la cara con ambas manos. Extraña que alguna vez fue sacerdote, no quiere ver su realidad, no acepta su propia verdad; pero es él o Dios. Él está en la Tierra y el Señor en los cielos; él ama a una mujer y el Señor nos ama como a sus hijos sin importarle nuestros pecados; Él sabrá perdonar, así nos lo han enseñado y así está escrito. El agua sigue aclarando sus ideas, lo empapa, lo hace cavilar. Cierra la llave de la ducha y regresa a la habitación: sobre la cómoda hay un cofrecillo que contiene una sortija de plata, la observa, está feliz: hoy la verá, le pedirá que se case con él, no quiere esperar más, no quiere enfermarse de amor, de sufrir su propio exilio cada mañana y que las noches sin Cristiani se vuelvan interminables. Mira su reloj, se alista para salir, coge el pequeño cofre envuelto en terciopelo verde, lo guarda consigo, esconde el clavel en el interior de su saco: será una sorpresa para ella. Apaga la luz, cierra despacio la puerta y sale del hostal. Llega a la plaza, se sienta en una de las bancas que rodean la pileta, esperándola con ilusión. A unos metros, la delgada silueta de Cristiani hace su aparición; él la ve acercarse. Ambos sonríen. Gabriel se levanta, da dos pasos, la abraza como si fuese la primera vez, toma sus manos. Se sientan. Detrás caen chorros de agua en la pileta. Hay unos segundos de silencio, él la contempla con la mirada: «Qué bella eres», piensa, sabiendo que sus ojos delatan su amor. Cristiani baja la mirada. No saben qué decirse, solo sonríen.

—Perdóname por no ser tan romántico —le dice mientras ella se recuesta en su hombro.

—Yo tampoco soy muy romántica —le contesta.

—Ya estamos iguales. —Sonríe él. Una brisa de aire fresco

los rodea, entran nuevamente en silencio. Nubes grises desfilan sobre San Esmeril en esa noche solitaria: no hay gente en los alrededores. Gabriel siente calor y se quita el saco, da un corto suspiro de alegría—. Cierra tus ojos, Cristiani, no los abras hasta que yo te diga. —Gabriel saca con cuidado el clavel que ha ocultado en su saco, lo pone frente a los párpados cerrados de ella—. Ahora, ábrelos, cielo. —Cristiani dio un lento pestañeo, la oscuridad se vuelve una amalgama de luz cobriza, ve una sencilla flor roja, ella se sorprende, no había notado que Gabriel trajera una flor consigo, un clavel.

—Está hermoso, me gustan los claveles. Gracias, Gabriel.

Ella coge el clavel y huele su aroma. Sin embargo, los ojos de Cristiani delatan un estrellar de olas que trata de contener. Le da un corto beso en la mejilla. Él esperaba otra respuesta. "No soy muy romántica", le dijo minutos antes. Él tampoco lo es, o al menos trataba de serlo.

—Tengo algo para ti —le dice.

Ella lo mira inquieta.

—¿Algo más?

Gabriel saca el cofrecillo en cuyo interior guarda el anillo de plata: quiere comprometerse. Ella intuye el contenido en esa cajita de color verde, lo más sublime que puede esperar una mujer, cuando un corazón rompe su coraza de soledad: la vida en pareja, el amor conyugal, la fidelidad, la futura familia, el despertar de un hermoso sueño.

—No, por favor, no, no puedo aceptarlo, no me tienes que dar nada, no estás obligado a hacerlo.

La sonrisa de Gabriel se estremece, lo hace enmudecer, sus ojos brillan, esa no es la respuesta que espera y que tanto busca, no logra entender nada. La mano derecha de Gabriel sujeta el cofrecillo abierto, la sortija reluce.

—Cristiani, es el primer mes que estamos juntos, esto representa lo mucho que te quiero, lo importante que eres para mí. Cristiani, te amo, cásate conmigo.

Ella baja la mirada, cruza los brazos, da un respiro, se tapa los ojos con una mano. Él espera un sí por respuesta. Ella cierra el pequeño cofre, le baja el brazo. —No, Gabriel, te he dicho que no me lo des, yo no soy de celebrar, ni te he dicho que te quiero conmigo.

Gabriel la mira fijamente, suelta una risa nerviosa.

—Amor, ¿qué es lo que pasa?, ¿por qué me dices eso?

Ella se puso de pie.

—No voy a dejar a mi madre. Sabes que ella no lo aceptaría. Desde que murió papá, yo me encargo de la granja y los animales. No podríamos vivir juntos en el pueblo, no quiero esconderme de nadie. Gabriel, perdóname, pero, esto no funciona. Dios no ve bien nuestra relación.

El otrora clérigo recibe las palabras de Cristiani como un filudo puñal que lo atraviesa, que le hace añicos el corazón. Cuando las palabras no salen del alma, duelen más que cualquier golpe.

Él asiente.

—Cristiani, mírame, estoy junto a ti, ya no soy un sacerdote, no me cayó el cielo encima, la Tierra sigue su curso, lo nuestro es algo normal, es parte de la vida de dos personas que se quieren, que se aman, que crean su propio destino —los ojos de Gabriel se empiezan a cristalizar—, y mi destino eres tú, Cristiani, eres mi vida, eres mi todo, eres mi mundo, no te cambiaría por nadie. —Su voz parece derrumbarse. Hubo un largo silencio, ella no contesta, él baja los ojos, mira el cofre que tiene entre sus manos: «Vaya», se dice a sí mismo, moviendo la cabeza. Da un respiro. Los ojos de Cristiani contemplan la fuente salpicado de amarillo por la luz de los faroles. Gabriel observa la sortija de plata que había comprado horas antes. Pero ella no está interesada en esa joya. Gabriel cierra la pequeña caja verde, la guarda en el bolsillo. «¿Será la voluntad de Dios?». Se levanta de la banca, la mira con ojos vidriosos—. Dejé todo por ti —él mueve la cabeza sin entender—, renuncié a mis principios, luché contra la Iglesia, contra todo, para estar contigo. —Gabriel siente desesperar, queda de rodillas, postrado ante ella como un siervo, frente a la mujer que ama—. Cristiani, mi amor, solo di que sí, una palabra tuya bastará para sanarme. Cásate conmigo.

Ella se contagia de sus ojos, con una mirada nostálgica y compasiva.

—Eres una linda persona, eres muy bueno Gabriel, pero yo solo te quiero como amigo.

Él baja la mirada, sus sentimientos son encontrados.

—Me quieres, como amigo —dijo derrotado. La ve lagrimear—. Cuánto desearía que me ames con el corazón, solo eso. —Dio un suspiro, bajó la cabeza.

—Eres un hombre bueno —le dijo ella.

Gabriel sonrió en su tristeza.

—Es una lástima que las mujeres no se fijen en los hombres buenos.

Ella le tocó el rostro. Él se levantó sin decir más apoyando su mano en la banca. —No, no digas eso, Gabriel. Pero yo no te pedí que renunciaras a la Iglesia. —Al oírla, Gabriel casi pierde el equilibrio. Queda pasmado unos segundos, no comprende nada, mira el cielo de San Esmeril, cierra los ojos, muerde su rabia, contiene la angustia, oprime su dolor interno, queda en silencio agónico, ya no puede volver atrás. Comprende el castigo a su desobediencia, apretuja el cofrecillo y, con él, ahorca su propia alma. Tiene ganas de lanzarlo contra la pileta. Lo guarda en el bolsillo. Permanece callado. No voltea a verla. Coge su saco, empieza a caminar, sus pasos lo alejan de ella—. ¿A dónde vas? —Mira su reloj—. Van a ser las nueve, ya no hay carro de regreso, no puedes dejarme aquí. —Se levantó con prisa, Gabriel da media vuelta.

—Sí puedo hacerlo, a pesar de vivir con tus padres, toda tu vida has estado sola, ya no me importa saber de ti. Da media vuelta y empieza a andar. Cristiani lo sigue detrás.

—Por lo menos llévame a casa.

Él se detiene un instante. Quisiera llevarla de regreso, verla por última vez, despedirse de ella, darle un beso por lo que nunca fue.

—Tú puedes irte sola —le dice sin voltear.

—Hemos terminado. —Escucha Gabriel a sus espaldas mientras se va alejando. Gira a verla.

—Si nunca empezamos, no terminamos nada —sentencia Gabriel.

Una ligera garúa empieza a caer sobre la plaza. Cristiani regresa hacia la banca, alza su pequeña cartera, camina en busca de algún colectivo o bus que la lleve de vuelta mientras la sombra del exsacerdote, agotado por el sufrimiento, se pierde en esa oscuridad de San Esmeril.

La pareja de enamorados viaja sentada en uno de los sillones dobles del tren. Al tiempo que los asientos se sacuden, Marie France apoya su cabeza en el hombro de Piter y duerme plácidamente. Por la ventanilla, los cerros y las verdes praderas indican que ya están muy alejados de la capital de Cusco. Bajo un cielo esplendoroso y un sol imponente, el recorrido apresurado de los vagones a lo largo de la vía férrea va por entre montañas donde alguna vez, siglos atrás, habitaran los ancestros de una cultura dominante y legendaria perennizando en majestuosas murallas de piedra su huella en monumentales restos arqueológicos que embellecen aquel paisaje serrano: los incas. Piter apoya sus piernas sobre el asiento que tiene en frente, lee una vieja y descolorida historieta de *La pequeña Lulu*, bebe un sorbo de agua de coco que lleva en una botella descartable, cierra la tapa, guarda la bebida en su morral. El Urubamba, un río de aguas indómitas, atraviesa el camino como guía de su destino, signo de que las lluvias están por venir. La madre tierra o Pachamama saciará la sed que imploran los campos en época de siembra. Marie France despierta y se cuelga del brazo de su amor serrano.

—Wow, me quedeé dogmida. —Su pequeña mano blanca cubre la boca para disimular un largo bostezo de cansancio; observa a algunos turistas entusiasmados por la hermosa vista de los parajes y lugareños de miradas aburridas que no se inmutan por ver lo mismo de siempre, que solo esperan llegar pronto a su destino.

—Has dormido bastante, ya no falta mucho, debemos llegar en cinco minutos —le dice Piter con un bostezo que parece tragarse todos los pasajeros del vagón.

La gringa se acurruca junto a él.

—Qué buenou, ya nou estaj cansadaa, todou sej muy, muy bonitou.

El tren se detiene lentamente, solo está en un pueblo de paso, luego proseguirá rumbo al distrito de Aguas Calientes, destino final antes de subir hasta la antigua ciudad incaica de Machu Picchu. Algunos turistas se alistan a desembarcar mientras otros viajeros observan desde las ventanas el brillante cielo que dibuja espumosas nubes sobre las montañas de Cusco. Ambos se ayudan con las mochilas a la espalda, descienden del vagón ante un gran letrero que dice: "Bienvenidos a Trespi Trespi". Un aire frío los recibe. Marie France, con gafas oscuras, levanta los brazos en señal de triunfo.

—Ye ye ye ye, al fin llegamous, ¡qué lugaj más bonitou!

El tren se aleja despacio. Piter, con las manos, aleja a los niños que les ofrecen artesanías y otras baratijas de arcilla.

—Debemos alquilar unos caballos —le dice.

—Caballitous, ye ye ye, esou me encantaa.

Los caminos están enlodados por la lluvia de la noche anterior, condimentados por hedores de las presencias equinas. Una muchacha cobriza, de cachetes colorados les ofrece dos caballos escuálidos y sedientos.

—Maamacita, caaballerito, baaratito nomás, qué dicen, anímense adentrar, los dos caballitos por quince dólares nomás y los lleva arribita hasta la plaza aquicito cerca está.

La gringa está emocionada.

—Sí sí sí, Piter, vamous en caballous hasta la colinaa, ¡yuju! —alza los brazos triunfante—, ye ye ye ye. —El cholo frunce el cejo, no quiere cabalgar, mucho menos pagar el corto viaje a lomo peludo—. Yo pagou, nou te kreoucupes.

La cara de Piter cambia al instante.

—Claro, amor, vamos, te ayudo a subir.

Marie France se quita sus lentes oscuros, aparta su enorme mochila de la espalda, Piter la ayuda con su equipaje. El caballo se inquieta, la chiquilla sostiene una cuerda atada al pescuezo y el hocico del animal.

—Sujetalou bien, quee me puedou caej. —Ella levanta con dificultad el pie izquierdo sobre un viejo estribo artesanal. El cholo mañoso la sostiene de la cintura. Una vez arriba se sujeta con ambas manos en las riendas—. Yuju, qué bonitou, amouj, sube a tu caballou. —Piter, de un salto, ya está montado sobre el animal—. Wow, qué magnificou jinete eres, además de guapou, ye ye ye.

La muchacha de pueblo coge la soga del caballo que monta Marie France; emprenden el viaje cuesta arriba. El sempiterno polvo de la miseria del campo se alza en cada paso. Trespi Trespi es hermoso en paisajes naturales: imponentes cumbres se alzan sobre campiñas, sus tierras son ricas en legumbres y frutos estupendos, pero también son pobres en su gente y en sus moradas, donde, en pleno siglo XXI, en algunas zonas cocinan con leña: un lugar a donde no ha llegado Dios, a lo mejor porque Jesús fue un carpintero que trabajaba la madera a pedido y no eligió ser un desventurado agricultor.

Ariana sale rápidamente del salón de clases. En el apuro, uno de sus cuadernos cae al piso; ella intenta recogerlo, sujeta sus libros y cuadernos con una mano. Su iPhone timbra, debe contestar con dificultad, los libros caen estrepitosamente; ella se desespera. «Carajo», dice en voz baja. Ha tenido un mal día y ha desaprobado un examen.

—¿Aló?

—Aló, flaca, te estoy esperando afuera.

—Okay, ya salgo.

Han vuelto a amistar. Recoge los cuadernos del suelo uno sobre otro, camina por los pasadizos de la Facultad, se despide de sus amigas al vuelo. Afuera, el Volvo la espera con el motor encendido. Pierre jala la manija de la puerta para que pueda entrar. Ariana suspira de cansancio, deja sus libros y apuntes en el asiento posterior, se coloca el cinturón de seguridad y baja la ventana eléctrica del vehículo.

—¿Y mi beso? —pregunta él.

Ella cierra los ojos, ruborizada.

—Ay, amor, discúlpame. —Le da un corto beso.

El S60 avanza lentamente por la avenida Benavides, hay un tráfico intenso, el semáforo cambia a rojo; el auto se detiene. Un sujeto con la cara pintada de negro, con el torso desnudo, se acerca hacia ellos haciendo señas para limpiar el parabrisas.

—Sube la luna —dice Pierre en señal de advertencia. — Ariana observa a aquel hombre con miedo. Pierre le mueve la mano con negación. El tipo, de unos treinta años, tiene cortes en los brazos; no hace caso, escupe sobre el parabrisas, pasa un trapo enjuagando su asquerosa saliva. —¡Carajo! —protesta él. Le sigue haciendo señas—. Vete, lárgate. —El tipo se echa sobre el capot y sigue limpiando; Pierre abre la puerta.

—¿Qué vas a hacer? No bajes —dice ella asustada.

El semáforo cambia a verde. Pierre, enfurecido, lo sujeta del cuello.

—Oye, carajo, qué te dije. —Se acerca, estrujándolo como un trapo, lo empuja estrellándolo contra el pavimento; levanta la cabeza, ve las miradas atónitas de los peatones. Detrás de él, los autos tocan el claxon para que el Volvo avance. Pierre coge el sucio trapo sobre el capot, lo lanza en la cara del infeliz sujeto, regresa al vehículo, cierra la puerta—. Ese imbécil escupió a mi auto. —Pisa el acelerador, al mismo tiempo acaricia la pierna de Ariana—. Ya pasó, flaca, cálmate.

Ella aprieta un botón, la ventana eléctrica sube.

—Qué nervios. Ese hombre era de terror, parecía un loco —dice algo asustada—, son rateros o fumones de mierda, que se hacen pasar por locos, se pintan la cara para espantar a la gente y consiguen dinero por miedo.

—Vamos, ya pasó, tranquilízate, vamos a tomar algo, quiero lavarme las manos. —El auto da vuelta por el Parque Central de Miraflores, llegando a la avenida Larco, se detiene en un estacionamiento público. Salen del Volvo. Pierre conecta la alarma. Mientras avanza, ve su reloj: las seis de la tarde. Ariana le coge el brazo, apoya su cabeza en el hombro de él—. Ya no pienses en ese tarado —le dice su novio.

—Me asustó mucho, pensé que te podía hacer algo; ay, Dios, qué miedo.

Pierre la abraza, no le presta importancia al asunto.

—Ya olvídalo, flaca, no pasó nada.

Cruzan la avenida Benavides, llegan al Chef's Café, casi todas las mesas están ocupadas por turistas, ven al fondo una mesa vacía.

—Voy al tocador —dice ella soltando el brazo de Pierre.

Un mozo se acerca saludando cortésmente, les deja la carta.

—Un chocolate caliente para la señorita y un americano. Trae también dos bocapizzas de jamón y tomate. —Pierre saca de su bolsillo un anillo de compromiso que ha comprado horas antes; quiere darle una sorpresa de oro y brillante. Mira a su alrededor: mozos tomando nota, un cliente lee la revista *Hola*, otro sirve pastelitos a dos mesas juntas para un té de tías. Piensa un instante, guarda la sortija en el saco: «No es el mejor momento». Ariana se acerca a la mesa; al verla, él se levanta—. Voy a lavarme las manos —dice con fastidio, mirándolas: las siente pegajosas por culpa de ese mugroso que se acercó a su elegante Volvo. Ella contempla el lugar: es acogedor, no es pequeño ni grande, cuadros con paisajes en sepia cuelgan en las paredes, los mozos sirven con esmero. Dos hombres sexagenarios sentados a la mesa fuman mientras conversan. Al lado de ellos, una joven pareja juega con las manos, sonríen con ojos de enamorados, Ariana se pone nostálgica, piensa los motivos por los que Pierre no es así con ella. A pesar de todo, no se siente feliz. Sus ojos se cristalizan. Él se acerca. Se sienta junto a ella—. Te pedí un chocolate caliente, es muy bueno, ¿está bien?

Ariana asiente:

—Sí, claro, estamos en zona de fumadores ¿no? —Saca un cigarrillo, lo lleva a la boca; Pierre se lo enciende. El mozo lleva en la bandeja una taza con chocolate espeso, acompañado con una galletita de vainilla.

—Servido, señores, en un momento les traigo las bocapizzas. —Se retira.

—¡Qué rico chocolate! —dice ella—, está buenazo, tienes un punto más a tu favor.

Pierre alza su taza.

—Bueno, brindemos con esto. —Ella lo imita.

—¿Y por qué brindamos? —dice Ariana; sus ojos aún se estremecen.

Pierre mira su taza, bebe un sorbo, sonríe acariciándole la mano.

—Por nosotros, flaquita, por nuestra felicidad. —Ella no sabe qué decir, sus labios esperan que Pierre hable por ella—. Las cosas están mejorando en el banco, mis objetivos van por buen camino.

Gabriel, desalentado, sube lentamente las escaleras hacia su habitación del modesto hotel de San Esmeril. Abre la puerta e ingresa a la noche más oscura y amarga, que hoy lo acompaña en su propio destierro. Enciende la lámpara que ilumina débilmente el cuarto, se sienta sobre la cama; conturbado, mira sus manos sin comprender, ve el vaso sobre la cómoda donde reposaba el clavel. Su visión empieza a ahogarse, se pasa la mano sobre la cabeza sin entender lo sucedido. Sus ojos se clavan en el piso de madera: allí no hay respuestas ni señales. Le brotan lágrimas que se niegan a caer, se muerde los nudillos para contenerse, aprieta el puño con fuerza para luchar contra sí mismo. Mueve la cabeza con negación, comprime los labios antes de que expulsen su gran dolor. Se aferra a las sábanas de la cama sintiéndose a punto de caer: sabe que lo ha perdido todo, que el Señor lo observa desde las alturas; que no hay marcha atrás para el cordero que escapó del rebaño y escogió su propio camino. Enfurecido, arroja el vaso de la cómoda, la lámpara cae al piso, permanece encendida; la

Biblia también cae, pero no se abren sus páginas. El puño de su propia vergüenza, de su profundo dolor, por lo que cree una traición, lo devasta hasta hacerlo caer de rodillas. Se sostiene de las sábanas que se hunden sobre el piso. Gabriel solloza como un niño recién nacido, por sus sentimientos lastimados, como hombre falso, por la soledad y el desamor de lo que creyó era un gran sueño, que hoy lo empapa con lágrimas de un mundo real: el silencioso sermón de su amargura, de su rabia, por algo que nunca fue, que no debió suceder. Llora por aquel sufrimiento encarnado en una imagen de cabellos largos que dejó atrás, solitaria en la plaza y por aquel encierro que lo estremece sin encontrar consuelo alguno. Allí, caído en el suelo de la derrota, junta las manos, pide perdón al Creador; es demasiado tarde: los que traicionan a Dios serán aquellos que jamás verán el cielo. La clemencia no es para un hombre afligido por su ingratitud, un pecador obstinado que rechazó su propia fe, que se alejó del camino de salvación, atado, angustiado en su abandono y en ese llanto atronador, sin saber qué es un diálogo sincero con Dios. Su abatimiento le atraviesa el pecho, su debilidad de mortal no entiende que todo lo que empieza también termina, que hay un principio y un final, que le tocó perder porque la fe no responde a la racionalidad del corazón. No halla consuelo ni esperanzas para pedir fuerzas; ya es muy tarde, ya no es dueño de sus decisiones. Llora por sí mismo y para obtener el perdón de Dios, vuelve la cabeza con remordimiento, observa la Sagrada Escritura que arrojó encolerizado; la coge en busca de paz llevándola al pecho. En esa larga noche de llanto amargo, que nace del fondo de su corazón, no anhela que sus caminos se crucen de nuevo. Fue a buscarla, pero se tropezó con la sombra que lo perseguirá por siempre: su miedo de no olvidar. Gabriel fue en busca de ella pero se encontró con Dios.

Marie France lleva puesto un pantalón de kaki con bolsillos en las rodillas. Camina fortalecida por el campo, lejos del bullicio contaminante de la ciudad. Se siente parte de la naturaleza, cree que el origen de sus raíces se dio en esas tierras lejanas, a muchos kilómetros de su natal Bélgica. Se siente agradecida por ello, bendecida por dioses ancestrales: los apus, iluminada por el esplendoroso sol que da vida al paisaje serrano, por el cielo puro, sin contaminación y nubes magníficas que parecen de algodón. Camina junto a Piter por una trocha en medio de casas construidas con ladrillos de adobe sin tarrajear.

—Wow, pagreceen casas de chocolatee, ¡qué gricou! —dice con alegría de gringa inocente, emocionada por lo que ve. —Las abejas vuelan alrededor de las flores, camina hacia un pozo seco, se apoya para ver su profundidad—. Está muy oscugro. —Da media vuelta, sorprende a Piter con su cámara digital. Le toma fotos a todo lo que se cruza a su paso: llamas, carretas, caballos, dos niños a lomo de burro, campesinos trabajando la tierra, cabras pastando y mujeres de todas las edades cargando leña. Piter le muestra las riberas del río Tircus, cuyas aguas cristalinas avanzan sobre rocas y habitan camarones—. Wow, estaa tiegra benditaa, tu país sej muy, muy bonitou.

El cholo se acerca a Marie France, pega sus labios a los de ella; el viejo y el nuevo mundo se vuelven a encontrar, pero quién es el conquistador y quién el conquistado

—Más allá hay un pequeño lago, donde se puede pescar

truchas —dice Piter, señalando metros arriba—, acá las aguas son turbulentas, buenas para practicar canotaje.

La gringa alza los brazos colgándose del cuello de él.

—Nou sé cómou explicaglou, nou puedou deskribij lo que sientou, pegrou sej muy hegmosou, es magníficou, es magravillosou, me sientou tan feliz entre tantaa natugraleza, sientou que soy pagtee de aquí, es tan inspigradouj, todou sej tan espléndidou.

Piter sonríe.

—Me alegra que te guste mi tierra, tus palabras tan bonitas me hacen muy feliz, mi gringuita linda.

La abraza fuertemente, una cosa lleva a la otra, como una niña engreída que se aferra a su juguete más preciado y no lo quiere soltar jamás.

Pierre saca del bolsillo la cajita donde guarda el anillo de compromiso. La abre, ve la sortija de oro con un reluciente diamante que le dará a Ariana. Quiere formalizar su relación, llevarla al altar: está decidido a hacerlo, quiere que ella sea la mujer con quien construya un hogar y establezca una familia. Cierra la caja y la vuelve a guardar. Entonces, la realidad de los files que tiene a lado lo despierta: ahora él es el jefe del Saneamiento Inmobiliario, además de encargado de la Jefatura de Recuperaciones. En su escritorio tiene tres teléfonos que por momentos no lo dejan en paz. El clima organizacional es bueno, tiene más responsabilidad; el personal a su cargo se triplicó, ahora cumple metas y aumentan las reuniones con la Gerencia de Asesoría Legal; sin embargo, llegar muy temprano y salir del banco entrada la noche o medianoche lo asfixia. El aire acondicionado lo enferma, le enfría la espalda, lo congestiona, lo ha vuelto alérgico, a veces irritable con sus subordinados. Mira en la pantalla del computador, la información sobre la cautela de garantías de terceros a favor del banco, quiere encender un cigarrillo prohibido, daría su sueldo si pudiese ir a fumar a la calle solo dos minutos. Gira el sillón al escritorio: los expedientes están uno sobre otro esperando su sello y visto bueno. De reojo, mira por el cubil de vidrio, ve que todos están ocupados, los observa fijamente uno a uno, algunos conversan, hacen anotaciones, analizan y redactan informes, un joven practicante saca copias y hace bromas; su secretaria, la gentil señora Haydee, espera su turno. Otros imprimen reportes o hablan por teléfono. Da vuelta al sillón; suena el teléfono. Pierre contesta, coge el aparato equivocado.

—Carajo. —Sigue timbrando—. ¿Aló? —dice parco.

—Doctor Ferreyra, tiene una llamada de recepción.

Él asiente.

—Pásemela. —Hay un breve corte.

—Buenos días, ¿doctor Ferreyra?

—Sí, dígame.

—Aquí lo busca el señor Carlos Varlcárcel, dice que desea conversar con usted.

—No lo conozco, pregúntele qué desea. —Hay una pausa.

—Dice que es personal.

—No atiendo asuntos personales en el banco y menos con alguien que no conozco. —Otra pausa.

—Aló, doctor, dice que es cliente, que viene a hablar sobre una hipoteca.

—Dígale que suba. —Coge el anexo, llama a su secretaria—: Señora Haydee.

—Dígame, doctor.

—Que venga el doctor Castillo. —Corta el auricular.

Roberto Castillo es su asistente adjunto, un hombre de baja estatura, casi calvo, frente ancha, pequeños bigotes, casi siempre de buen humor, pero cuando reniega es un viejito cascarrabias; sin duda, un excelente abogado, es lo que importa, Pierre confía en él. A pocos metros, el ascensor abre sus puertas, sale un hombre alto, maceteado, con una camisa tropical y zapatos, lleva un fólder naranja. Se acerca al módulo de la secretaria, pregunta por el jefe; ella le señala la oficina. Su asistente adjunto aparece en la puerta del despacho de Pierre.

—Dígame, doctor. —Roberto Castillo asiente con saludo militar y golpea los tacos de sus pequeños zapatos.

La señora Haydee se acerca también.

—Doctor Ferreyra, afuera está el señor Carlos Valcárcel, desea conversar con usted.

Uno de los teléfonos empieza a sonar; ahora el aparato del costado timbra, el otro también, Pierre refunfuña, fija la mirada en Roberto Castillo, le hace una seña con los dedos:

—Pasa, Robertito, por favor. Atiéndalo usted.

La lluvia cae con fuerza en la antigua y descuidada carretera a las afueras de Chircus dejando Gabriel atrás los recuerdos de la noche más triste de su vida. Hay una estación informal donde los buses se detienen uno tras otro dejando o subiendo pasajeros que están de paso por el pueblo o que solo van en corto viaje. Los bulliciosos tripulantes de cabina ofertan pasajes por trasladarlos a la capital. Gabriel, con una mochila al hombro, sube lentamente al vehículo que lo lleva de regreso a Lima, lleva consigo algunas ropas y su sotana. Afuera, en las bodegas del bus, los pasajeros pugnan por guardar sus maletas y encomiendas. El exsacerdote siente que lleva sobre su espalda un pesado campanario. Camina despacio por el pasillo para escoger asiento, observa a los pasajeros: casi todos lugareños, acomodan su equipaje, miran por las ventanas, compran mandarinas, maní tostado, galletas, refrescos, dulces de membrillo, manzanas, alfajores para endulzar el camino. Gabriel se sienta al lado derecho de la penúltima fila, junto a la ventanilla. Cuando era niño su padre le dijo: "Los últimos asientos en un avión son más seguros porque cuando se caen la cola queda intacta". Coloca la mochila sobre sus piernas, una joven terramoza lleva puesto un descolorido uniforme negro con dos líneas doradas en cada manga del brazo y un quepí sobre la cabeza. Da la bienvenida con una sonrisa, algunos viajantes la ignoran, orienta a los pasajeros que abordan por el estrecho pasillo, indica las normas de seguridad, hace señas con los brazos como si el ómnibus tuviese una cola, dos alas y fuera a despegar por los aires. Gabriel mira a través del vidrio mojado, observa su rededor: pequeñas casitas, comercios y cerros. Seis y ocho minutos de la mañana. El ómnibus enciende su ruidoso motor y emprende un viaje con destino a las tres de la tarde dejando atrás una historia que no sucedió. La iglesia, la plaza donde sobrevuelan palomas hasta el campanario, ahora solo son recuerdos, sobre todo una joven mujer que no olvidará. Gabriel se frota el rostro de cansancio, cruza los brazos para abrigarse, se recuesta en el asiento. Trata de descansar cerrando las cortinas para evitar la luz; no ha dormido en toda la noche, sus ojos aún enrojecidos delatan una profunda tristeza. Ha perdido el apetito, su desaliento es grande, alejado de Dios y de Cristiani. ¡Qué ironía!, ¡Cristiani!, que viene de "Cristo"; él fue un siervo de Cristo y un siervo de ella. Mira su reloj, sabe que el viaje será largo, cierra los ojos, se persigna encomendándose a Dios, ora en silencio para que todos lleguen a salvo a su destino. Apoya la cabeza en la ventana empañada por la lluvia, quiere dormir unas horas. El chofer enciende los monitores de DVD: "Los tres chiflados", Larry, Curly y Moho en blanco y negro. Cruza los brazos, abatido, sin saber qué le espera en su regreso a la ciudad. El bus corre velozmente y la neblina empieza a despejarse. Conforme pasan los minutos y kilómetros en la carretera, Gabriel renuncia a sus recuerdos, se van quedando tras los cerros y campiñas. Por momentos, el sol se oculta tras los árboles. El bus no se detiene, recorre arenales desérticos, cañaverales, llanuras, maizales, caseríos, bosques de eucaliptos, acequias, precipicios; otra vez cerros. Gabriel solo duerme sin sentir las horas, ni siquiera ha probado su refrigerio. Cuando despierta, siente los ojos cansados. Su cabeza aún se recuesta en la ventana. Ahora está solo, extraña cada minuto a la mujer que ama, que no le correspondió. El ómnibus se detiene en una estación de gasolina, frente a un puesto policial a un lado de la carretera; el chofer conversa amenamente con un agente de control, caminan a un lado del bus, revisa que los papeles estén en regla. Gabriel vuelve a ver su reloj: está a una hora de Lima. Si no hay más inconvenientes, llegará a las cuatro de la tarde.

En un gran precipicio, en las serranías de Trespi Trespi, hay un balcón natural donde se aprecian las imponentes y heladas aguas del río Tircus; en lo alto, magníficos cóndores despliegan sus alas y vuelan alrededor de los cerros dejando una huella imborrable en los ojos de Marie France. Sus cabellos vuelan al viento, alza los brazos, siente la energía del sol, se emociona con cada foto que toma, todo allí le apasiona, ve los andenes, esas colosales y enigmáticas escalinatas construidas en las pendientes de las montañas por antiguos pobladores del incanato, rellenadas con tierras de cultivo, cubiertas por muros de piedra para aprovechar el agua de las lluvias.

—Ya debemos bajar —dice Piter, aburrido. Escupe a un lado; tira a la tierra una cascara de maní.

Subir a la cima les ha tardado casi una hora a caballo.

—Okay, vamous a almogzaaj algou gricou, tengou muchaa haamgre. —El cholo la abraza, con la otra mano se apoya de un palo que le sirve de bastón. Caminaron hacia los caballos, listos para emprender el regreso al pueblo—. Ayúdame, poj favoj. —Piter la sostiene de la pierna de apoyo mientras Marie France trepa con facilidad sobre el animal—. Wow wow, ahogra sí que fuee fácil —dice ella, sosteniéndose de la cuerda. Cabalgan hasta la entrada al pueblo. Tienen que cruzar un viejo puente de soga y madera que parece desmoronarse. La gringa se coge del brazo de Piter con cierto temor pensando que en cualquier momento los dos pueden caerse y ser tragados por ese río endemoniado. Una vez a salvo, ella contempla el lugar, toma fotos a un hombre sin manos, que usa hábilmente sus muñones para martillar una mesa cerca de su campesina mujer que ofrece paltas, manzanas y mandarinas—. Dóndee vamous a almogzaar —dice la gringa bostezando de hambre, cubriéndose la boca.

—Vamos a comer en el mercado, allí preparan trucha frita con ensalada, caldo de gallina o si lo prefieres una sopa de cabeza de carnero. Te va a gustar —dice Piter.

—Bueno, ahí vemos. —Ella hace una mueca de duda—. ¿Cabezaa de cagnegrou? Explícame, ¿el animalitou? — Entran al pueblo de Trespi Trespi. Piter le guarda la cámara fotográfica en su mochila. Las calles son estrechas, las casitas son de adobe, con tejados en hileras, no tienen más de dos pisos. Algunos hombres se movilizan en mulas. Unos turistas franceses se cruzan en su camino: dos hombres y dos mujeres, parece que fueran de safari, saludan inclinando la cabeza. Piter se suelta el pelo, se amarra un pañuelo negro en la cabeza, deja lucir su larga cabellera. Se acerca a una mujer que vende maní y habas tostadas, compra seis bolsitas; le ofrece una a la gringa, rompe la cáscara, come el maní crujiente—. Estou en Méxicou, le llaman, cacahuatee, a mí me gusta. —Un letrero que reza Moderno Mercado, junto a la bandera de colores que flamea al viento, indica su destino. Las paisanas, de pie tras los puestos rudimentarios, les ofrecen verduras, choclos, paltas, tomates, limones, manzanas, naranjas, peras. Ellos caminan por los pasadizos del mercado, Marie France mira con fascinación todo lo que la rodea: hierbas medicinales, alfalfa para los conejos, variedades de quesos, huevos frescos de granja. Ella se sorprende al ver pollos desplumados, patos y gallinas degolladas que cuelgan en ganchos de acero junto a un puesto de vísceras de res. Todos los vendedores llaman para tratar de venderles su mercadería. La radio local anuncia la rifa de una carretilla que exhiben en medio del mercado, rodeada en cintas, coloridos globos y serpentinas. Llegan a un puesto de comida donde una mosca verde hace de anfitrión, aterriza en la mesa donde deben sentarse. Por el alto parlante se oye un coro de mujeres que parecen maullar como gatos al ritmo de una arpa. Piter le ofrece una silla de madera y paja. Ella le sonríe, pone la mochila sobre sus piernas, mira a su alrededor. Una niña del lugar coloca sobre la mesa una pequeña vasija de madera con maíz tostado, cancha salada o piqueo andino; encima del mantel hay un pequeño plato de acero con cebolla china picada y limones cortados.

—Sírvenos dos sopas con presa —ordena Piter alzando la mano. La mujer que atiende el negocio asiente tras la baranda de mayólica—. Amor, vas a probar un sustancioso caldo de gallina, riquísimo —dice el cholo orgulloso—; primero, de entrada, te sugiero que pidamos una porción de choclo con queso serrano y una papa huayro con huevo sancochado, más su ajicito de huatacay. Esto no lo vas a encontrar jamás en ningún lugar de Europa, nos tomamos refresco de cebada y nada de coca colas, es barato y nutritivo. La cerveza para la noche. —Le da un sonoro beso. Los ojos de Marie France brillan de felicidad junto a su amado, no le importa comer gusanos o carne de mono con tal de complacerlo.

Es una mañana con densa neblina. Las calles aledañas al centro histórico de Lima no son la mejor careta de bienvenida de una metrópoli que el alcalde denomina "un modelo de belleza"; solo es un maquillaje artificial de balcones y viejas casonas. Cerca de la Plaza Mayor, las vías están saturadas de ruidosos talleres de imprentas, restaurantes, paredes empapeladas con anuncios de conciertos de música tropical o vernaculares; mendigos que estiran el brazo por una moneda para comer; niños explotados que deambulan con bolsas de caramelos y que merodean en la vieja capital que llaman "la horrible", y que jamás fue la ciudad de los reyes. Gabriel acaba de llegar, se encuentra en un bus de transporte urbano que lo lleva de regreso a lo que alguna vez fuera su hogar. Apoya su cabeza en la ventana sin encontrar nada que lo entretenga; su mirada se disipa en su mente en blanco. El viaje no es placentero, nunca lo es si se está en el centro del tráfico infernal de la capital. Gabriel se recuesta hacia atrás, cruza los brazos; está ya por cerrar los ojos, ve que el vehículo ha sido abordado por dos niños pequeños, de entre cinco y siete años de edad, quizá más, pero la desnutrición les resta desarrollo. Gabriel no les presta atención; el mayor canta desafinando, golpea una lata de leche con un peine; el menor baila como un monito amaestrado que obedece a su instinto por unas monedas que les sirvan para comer. Gabriel tiene el rostro adusto, se mantiene calmado; sabe que ese dinero que tienen en manos no les pertenece, que algún rufián o mujerzuela de mala entraña se lo quitará. Los niños avanzan de un lado a otro, extendiendo la mano a los pasajeros, algunos les dan unas monedas, otros son indiferentes, no les hacen el menor caso. Gabriel los mira con pena, siente lástima por el más pequeño, por lo que la vida les puede deparar: hambre, indigencia, drogas, violencia, una vida miserable sin acercarse a Dios. Y si el Señor no se acuerda de ellos, mucho menos la sociedad y el Estado. Cuando el mayor de ellos se acerca, Gabriel saca de su mochila un paquete de galletas, se lo entrega: los niños lo reciben con una sonrisa de agradecimiento, dan vuelta, al detenerse el bus bajan apresurados. El exsacerdote los observa subir a otro ómnibus del que bajan otros niños iguales a ellos. El vehículo sigue avanzando, el viaje que lo regresa a su hogar se va acortando, las feas y congestionadas calles van evolucionando a la modernidad: parques bien cuidados, edificios recién estrenados, centros comerciales, avenidas donde se instalan bancos y empresas. Gabriel mira como su pasado, donde viviera su infancia, su juventud, se ha transformado en una urbe flamante, sembrada de vidrio verde o azul, de cemento que se va elevando. A cientos de kilómetros, muy lejos de Chircus, cierra los ojos, no quiere abrirlos hasta llegar a su destino.

Sentados junto a una pequeña palmera en la terraza con vista al Boulevard San Ramón, esperan que el mozo les sirva una pizza de jamón, champiñones y tomates. Ariana hubiese querido una cena más íntima, ir a una trattoria a media luz, pedir un piqueo antipasto, tomar un buen vino argentino y comer pastas; pero a Pierre ese lugar de bohemia, donde se juntan bares y restaurantes de comida italiana, le recuerda sus viejos tiempos. Gente de todas las edades, parejas, turistas en grupo y jovenzuelos transitan bulliciosamente en busca de un lugar donde pasarla bien; allí nadie se aburre.

—Caballerito, compre una linda rosa para esta bella dama. —Pierre no lo mira, lo ignora, conversa con Ariana. El vendedor es un joven de raza negra, viste una camisa blanca, percudida pero limpia; la quimba y la sonrisita están en su naturaleza—. Obséquiele una rosa a la señorita que es tan bonita, la reina de su corazón. —Lo interrumpe el negro, él alza la mirada.

—No he venido a comprar nada.

Tiene las rosas frente a su cara, ella no se incomoda.

—No sea malito, joven, cómprele una rosita para su soberana.

Pierre es rotundo:

—¡No! No voy a comprar nada, vete.

El zambo insiste poniéndose a un lado de Ariana.

—Una rosita, regálele una rosita para la señorita. —Pierre lo increpa con los ojos. Le divierte su disgusto al vendedor, quien le muestra un paquete de golosinas de menta.

—Cómpreme unas mentas, nada más, colabórame, ¿sí?

Pierre trata de dominarse.

—No, no te voy a comprar, retírate.

El negro persiste.

—Solo un paquetito de caramelitos, ya pe, amiguito.

Pierre se levanta con violencia, coge al zambo de la camisa.

—Eres imbécil o qué, ¿no entiendes?, carajo, no quiero nada, no jodas, lárgate o te boto a patadas.

Lo empuja con debilidad como quien no quiere la cosa, regresa a su sitio, desde otras mesas lo observan. Ariana trata de calmarlo.

—Ya, tranquilo, oye, ya se va. Él está irascible.

—Es que, carajo, me desesperan estos huevones, uno ya no puede venir a este sitio porque si no es este negro que vende rosas, viene un pastrulo a vender versos, o si no, viene un cajonero a cantar valses o, carajo, vienen esos afeminados de negro con guitarras y pantimedias.

Ariana carcajea tocándole el brazo.

—Me haces reír. Pero qué te han hecho las tunas, eres un renegón. —Coge el Zippo y enciende un Marlboro light—. Bueno, brindemos porque la noche sea propicia.

Juntan los vasos de cerveza. Pierre sigue quejándose.

—Es que joden, vas a ver que viene un chiquillo a vender Frunas y como no le compras te mira con pena y te piden que les regales tu pizza. No sé para qué carajo vinimos a parar aquí.

Ariana asiente resignada.

—Pero es la situación del país, debes comprender que ellos se ganan la vida con honradez.

Él bebe su trago de un sorbo.

—No, pues, no me vengas con eso, suficiente tengo esta noche como para escuchar que el país está en crisis; ¿no ves que comprándoles una rosita se va a acabar la crisis? No. Ya no volveremos aquí, joderán de nuevo y la crisis va a seguir.

—Ariana está acostumbrada a él, se hace hígado por todo, se ha amoldado a su carácter. Baja la mirada cuando lo oye ser tan soez. Pierre se da cuenta: siente que el negro le ha malogrado la noche—. Okey, flaquita, discúlpame —le coge la mejilla—, dame un beso.

La noche en Wahalijo es solitaria y alejada de Trespi Trespi. En el cielo, alrededor de la luna serrana, las estrellas relucen sobre el valle. Las brasas de la fogata hacen crujir el leño que se enrojece frente a dos enamorados que disfrutan de esa mágica oscuridad en un lugar de culto ancestral.

—Todo esto es tan hegmoso. —Ella queda tras él, lo abraza por la espalda—. Es comou un suegño hecho krealidad, quisiega que la noche no tegminase nunca. —Ella se apoya sobre el pastizal a un lado del campamento, con su iPhone en la mano, le muestra fascinada a su admirado Piter un video de folclore que filmó días antes en la plaza de Cusco. Él bebe un largo sorbo de cerveza.

—Ah, la bebida de los dioses.

La gringa se echa apoyada en los codos.

—Yo nou creo que la cegveza sea la bebida de lous dioses; adegmás, en el megcado, tú me invitaste licoj de chicha de joga, debegrías tomaj eso en lugaj de cegveza. Piter asiente sonriendo, da una pitada al cigarrillo de marihuana que había encendido en la hoguera: su pestífero olor la fastidia.

—Hey, ¿tú fumaas eso? —Le ofrece goma de mascar.

—No gracias —dice él—, yo masco cancha en lugar de chicle. —Abre su morral, saca una pequeña bolsa, es maíz tostado andino, saca también un colorido chullo, lo coloca sobre la cabeza de ella.

—Wow, egues muy galantee.

Él acaricia sus mejillas.

—Mi gringuita linda, encuentro poesía en cada sonrisa tuya, eres tan hermosa. Ella se conmueve con sus palabras.

—Tú egues tan tiegno.

Piter se acerca a ella.

—El destino nos ha unido desde tan lejos. —Él acaricia la rubia cabellera de la gringa, ella está cautivada, le contesta mirándole a los ojos:

—Si tuviega que escogej enkre diamantes y piekras, te elegigría a ti.

El indio apoya su cabeza en el hombro de la gringa.

—Recuerda que soy un artista, un artista del amor, del corazón. —Junta sus labios a los de ella. —Los dos se dejan caer, atrapados por esa noche de estrellas, de atracción de polos opuestos. Marie France cierra los ojos, se deja llevar—. Solo mírame —le dice él. Su cabeza encima, frente a la de ella. Marie France está hipnotizada, ve en él al hombre perfecto, a un indio de vida simple que le robó el corazón: rústico, de piel cobriza, con sus pequeños anteojos de John Lenon andino, siente que la acaricia por todo el cuerpo, que despierta sus emociones. Ella busca sentirse cómoda, se quita la casaca acolchada, siente calor, suspira, se agita, pierde la respiración, estira el cuello hacia atrás, para ella no es una aventura: es una noche romántica, mágica, silenciosa, perfecta para el amor. Siente que unas toscas manos la invaden, la violentan debajo de su chompa, ella se sacude.

—No no no, Piter, poj favoj, eso no, no. —Él sigue encima de ella, deja salir a su interior primitivo, la mordisquea, ensaliva su escote como un puma al acecho. Le presiona ambas manos, la gringa se retuerce—. No, no, basta, no gustagme, poj favoj, Piter, no, tú hacegme daño. —Él se quita los lentes, su máscara de seducción, la mira con furia, con ojos de diablo, alcoholizado, encima de ella, de su presa invadida por el miedo—. No, déjame, no.

Piter, grita con desesperación:

—¡Cállate! —Le da un puñetazo en el rostro, luego una certera bofetada, le tapa la boca, aprieta sus dientes, su corazón oxidado da latidos de odio: ella es un trofeo de ojos azules al lado de una fogata más. —Piter le cubre el rostro jalándole el chullo. Ella libera una mano: en su bolsillo tiene una pistola de electroshock, la presiona con fuerza, se la hunde en la garganta, un sonido eléctrico, un pequeño destello, cuatro segundos de alto voltaje liberan sobre el indio una descarga de veinte mil voltios en su pescuezo. Él suelta un grito ahogado, se desploma sobre ella, inconsciente, adolorido, desorientado. Marie France respira agitada, siente el peso del cholo como una gran roca que la aplasta, a duras penas logra zafarse; respira agitada, con lágrimas en los ojos. La fogata empieza a apagarse, el lugar se tiñe de oscuridad a su alrededor; solo las estrellas son mudos testigos de lo que allí pasó. La gringa se siente burlada, traicionada, llora lágrimas negras. Piter empieza a sacudirse, quiere levantar inútilmente un brazo. Ella tiene la pistola en la mano, se deja caer de rodillas, la presiona contra la nuca de aquella bestia de presa con rostro humano, lanza una nueva descarga de ira, de desengaño, de tristeza, de dolor. Marie France se siente morir, se levanta sin fuerzas dejándolo aturdido. El silencio se vuelve aterrador. Ella toma su mochila y saca una pequeña toalla para limpiarse el rostro, mira a su alrededor, se pregunta en qué dirección escapar; se siente desorientada, quiere correr; siente que se queda sin aire, en cada paso busca una explicación a lo sucedido, a lo que paso con él. La luna ilumina aquellos campos sombríos, una región agreste donde los cerros grises parecen estar custodiados por rocas enormes como demonios petrificados. Marie France encuentra un camino de trocha, sigue las luces que a lo lejos brillan sobre Trespi Trespi.

Gabriel regresa a Miraflores, el moderno distrito donde vivió sus años de infancia y juventud. El barrio no ha cambiado nada:

a comparación de la modernidad de los alrededores, todo sigue igual. El tiempo se ha detenido allí. Gabriel recuerda a la mujer demente que solía andar cargando bolsas y una vieja escoba, ve que aún sigue allí: ahora es una débil anciana que duerme recostada en la puerta de una casa contigua esperando, quién sabe, un plato de comida, viviendo siempre de la caridad de los vecinos, acostumbrados tantos años a verla barrer las veredas mientras habla sola. A veces, desaparecía semanas o meses y luego, repentinamente volvía al distrito, barriendo en círculos discutiendo con nadie, y jamás se supo dónde dormía, pero ahí estaba, la volvía a ver después de muchos años: desgreñada, con canas encima, con una escoba nueva, dormida, acurrucada en su locura. Gabriel siente lástima por ella, evoca anécdotas de malos recuerdos: cuando una vez, de chico, sus amigos y él rodearon a la loca, la mojaron ferozmente por carnavales; lo recuerda bien, la empaparon en un charco de agua, le echaron talco sobre su esmirriado cuerpo. La mujer gritaba insultándolos, apartándolos inútilmente con su escoba. Ahora la tiene otra vez enfrente de él, la vuelve a ver, siente lástima por ella, se arrepiente de tan cruel actitud. La desequilibrada mujer ronca frente al antiguo Teatro Italiano del que, en otros tiempos, sus funciones de gala atraían a los más connotados artistas de ese entonces. Hoy solo es un monumento abandonado como un gran mausoleo, un quebrado edificio de paredes marmóreas. La mujer despierta susurrando, lo mira fijamente; Gabriel se le acerca, introduce su mano al bolsillo, le ofrece un billete.

—Tenga.

Ella deja de hablar sola, lo ve con fastidio, como si él invadiese su territorio.

—No, señor, eso no es mío. —Voltea indiferente.

—Es suyo, se le ha caído.

Ella se irrita.

—Le he dicho que esa plata no es mía, no la quiero, váyase, váyase.

Gabriel da un corto respiro, guarda el dinero, cruza la pista; avanza por el parque donde jugaba de niño trepando árboles, jugando pelota: ya no están esos árboles, solo hay arbustos. Ve su hogar, con el mismo color blanco de siempre, las rejas, los jardines esmeradamente cuidados, el césped recién cortado, las flores que anuncian la nueva estación. Se queda frente a la puerta, las higueras que sirven de cerco permanecen inalteradas. Recuerda cuando de niño trepaba con sus amigos para arrancar los higos más grandes y negros, las enormes hojas de esos árboles. En esos tiempos nunca compartía los frutos con quienes desde la calle arrancaban algunos higos todavía verdes; él, con apenas once o doce años, les gritaba a esos intrusos con voz de pito: "Oye, carajo, no te robes mis higos". Qué diferencia ahora, cuando está dispuesto a compartir sus higos con todos, porque son frutos de la naturaleza, porque la naturaleza es una creación del Señor. Se da un respiro antes de tocar el timbre, oprime el botón dos veces.

La puerta se abre con prontitud, Ariana salta hacia sus brazos, llena de felicidad. Él sonríe, comparte con ella otro logro profesional que le permite planificar su futuro. Pierre es ahora Subgerente Adjunto de Asesoría Legal. La emoción los embarga. Ella cierra la puerta con el pie. Sigue trepada a su cuello. Pierre la recuesta en el sillón. Ariana arrima los libros al piso, deja espacio para los dos. Él se quita el saco.

—Hoy hubo mucho trabajo —dice Pierre desajustándose la corbata—, invítame un cigarrillo. —Ella abre su cartera, saca una cajetilla de Marlboro a medio llenar, le da uno, le sujeta el encendedor. Pierre acerca el cigarrillo al fuego, se recuesta, echa el humo hacia arriba, cierra los ojos de cansancio—. Estoy cansado, hoy presenté mi plan de trabajo —bosteza mientras le habla—, ya me lo aprobó el comité, estaba preocupado, menos mal que ya es fin de semana.

Ariana le tiende el brazo.

—Ven, acércate, échate —le dice ella acariciándolo. Él queda recostado en el sofá sobre las piernas de ella, podría permanecer así toda la noche; Pierre no se mueve, parece estar en trance. Ella lo mira sonriendo—. El abuelito tiene sueño —sonríe Ariana—, duerma, mi abu. —Da un breve suspiro mientras le toca el pelo, los ojos de Pierre están cerrados de fatiga, duerme profundamente. Ella solo le conversa en silencio: «A veces no sé si de verdad me amas o si yo te amo a ti, Pierre, mi querido Pierre, no sé qué es lo que siento por ti, o que sientes tú por mí, es tan extraño —ella lo ve con ojos perdidos en él—, pero me gustas así». Pasa su pequeña mano sobre los cabellos de él, ve cerca el control remoto del equipo de sonido, oprime el botón de encendido, música de Enya para ese momento especial: "Only Time", pero aquella voz mágica, esa hermosa melodía la hace estremecer: sus ojos se enjuagan en sus propias lágrimas. Pierre se recoge entre sus brazos, se empequeñece en ese sillón, ella lo mira con amor de mujer, con esa adhesión pura, tierna, honesta, cómplice, como solo las mujeres lo saben hacer, dan todo de sí, cuando aman verdaderamente, convierten los desiertos en bellos jardines y lo sacrifican todo por estar junto al hombre que aman, soportando el intenso dolor que causan las espinas de la indiferencia, que punzan el corazón y que duelen en el alma; se entregan de lleno a ese sacrificio. Todo en nombre del amor.

Pese a ser las siete de la mañana, el sol brilla radiante, la luz de aquella habitación permanece encendida. Marie France se ha hospedado en uno de los modestos hostales de Trespi Trespi; espera la llegada del tren de las doce. Había corrido hasta más no poder, casi sin oxigeno, caminó solitaria en medio del silencio nocturno de las montañas sin detenerse por casi tres horas desde los cerros de Wahalijo. Llegó agitada de cansancio al pueblo, con las manos entumecidas por el frío y punzándole las piernas, llorando sus ilusiones, intentado encontrar una respuesta a esa terrible noche de decepción. Lleva sobre sí una gruesa manta para abrigarse del frío y la vergüenza, está sentada sobre la cama, sin ganas de dormir. Se siente humillada, burlada, reducida a nada. Apoya su espalda a la pared, siente escalofríos, su piel se pone de gallina cuando mira la pistola de electroshock que puso sobre la mesa de noche, piensa que la volverá a usar contra Piter si es que aparece en la estación del tren. Se frota ambos brazos, siente terror por lo que pudo suceder, empieza a temblar. ¿Qué le pasó? ¿Se volvió loco? ¿Drogas? ¿Tomó mucho alcohol? Aún siente el puñetazo que le cortó el labio, que la hace llorar de dolor. Sufre el desconsuelo por lo sucedido, siente miedo a esos brazos que la aprisionaban, cree que cayó en una burda trampa. «¡Qué tounta jui!, ¿cómo no dagme cuenta?». Todo fue un engaño, un perverso y bien calculado engaño a sus sentimientos, a sus deseos truncos. Desde el día en que lo conoció, cuando le regaló un collar de chaquiras y alpaca, que ahora se arranca del cuello, arrojándolo sin fuerzas al piso, con desprecio y lágrimas de frustración. «Te elegiría a ti si debo de elegir entre diamantes y piedras». Qué equivocada estaba, se lamenta; si el corazón de Piter es duro como la roca, negro como un carbón que arde entre sus cenizas. Ella creyó que había encontrado a una joya en él, a su príncipe marrón. Marie France se había enamorado a primera vista, quedó cautivada desde la primera vez que lo vio, ella lo amaba: qué buena engatusada le tendió el cholo. Su teléfono timbra, identifica la llamada desde un teléfono público, no quiere contestar, sigue timbrando, empieza a odiar ese maldito bullicio, solo se resigna a mirar el pequeño iPhone, pero su corazón nunca fue vengativo: sus ojos humedecidos se enrojecen por su amargo lamento, solo quiere regresar a Lima, alistar maletas hacia el otro continente, volver a su lejano país.

Piensa en lo que le dirá su madre apenas lo vea. «La habré decepcionado, tal vez para felicidad del viejo». Su mamá siempre quiso que fuera sacerdote; su padre, un influyente abogado: lo crio bajo los principios de ley, orden y disciplina. Cuando lo internaron en el colegio militar, se desató un gran altercado entre la pareja de esposos, que motivó una separación conyugal que pudo ser conciliada por el orgulloso apellido y el temor del qué dirán. Así se decidió que el primogénito entraría al colegio militar para formarse como hombre: firme, decidido y con carácter. Luego, él mismo decidiría su futuro: alguien respetable, abogado, en primer lugar, militar, médico, pero ¿cura? Eso enervó a su padre. Gabriel sigue de pie en la entrada, aún no le abren la puerta. Frente a él, en una casa vecina, se abre una reja, ve salir a una enfermera que se apresta a ayudar a otra mujer de blanco: la silla de ruedas lleva al viejo general Villareal, otrora hombre fuerte del gobierno militar de la década de los setenta. Antes siempre altivo, cuando Gabriel era niño, el general retirado solía pasear por las calles enfundado en una gabardina negra, con el cuello envuelto en una chalina roja, siempre con un puro en mano. Hoy se ha convertido en un contraído, vetusto y arrugado muñeco de carne; sus huesos se redujeron a la mínima expresión de la ancianidad.

—A ver, abuelito chaposito, lo vamos a llevar al parque de paseo.

El general es una estatua que respira. Si cierra los ojos una vez es sí, dos veces, no. Él cierra los párpados una vez, la enfermera de chompa azul le acomoda una gorra sobre su cabeza cana y gafas oscuras para protegerlo del sol; empuja la silla mientras otra enfermera, más joven que la anterior, camina a su lado con una sombrilla.

—No puede ser —dice Gabriel y quiere acercarse al enfermo para saludarlo, a lo mejor ya no lo reconoce; se frota el rostro, toca nuevamente el timbre.

Ha pasado mucho tiempo desde que partió a Chircus. Retrocede unos pasos. Unos segundos después, una regordeta figura le abre la puerta: el mandil puesto, las trenzas le dicen que es la nueva sirvienta; ¿nueva o vieja? pero si llegó cuando él se fue. Han pasado muchos calendarios desde que dejó la casa, qué será de la señora Inés, así llamaba a la última doméstica que viera en su residencia.

—Sí, joven, ¿a quién busca? —dice ella tras la puerta.

—Busco a la señora Marisol.

La gorda sirvienta lo mira de pies a cabeza, posiblemente sea un vendedor o un delincuente, porque una nunca sabe.

—Parte de quién —le pregunta.

—De su hijo Gabriel.

La cara circular de la mujer parece estallar cuando escucha semejante respuesta. —Espere, joven, ahorita le aviso, por favor.

Lo va a invitar a pasar, pero tiene sus dudas. Cierra la puerta. Sus zapatos golpean el piso por cada paso que arremete con velocidad. Gabriel espera unos segundos. Al instante la puerta se abre, aparece su madre en el jardín: sus ojos brillan al ver a su hijo nuevamente en casa, con una mochila que cuelga del brazo. —Gabriel, hijito mío, ¡qué alegría volver a verte! —Su madre alza los brazos sobre él, lo llena de besos, lo aprisiona con fuerza maternal, junta su rostro al de él, cierra los ojos de felicidad—. ¿Por qué nunca llamaste? ¿Estás de vacaciones? ¿Cómo has estado? Tantos años han pasado, pero sigues igual, mi apuesto hijo, mi querido hijo, mi hijo adorado.

Gabriel corta la ráfaga cariñosa de su madre tocando sus hombros, mirando a los lentes que están sobre los ojos de su progenitora.

—Mamá, me alegra de verte, aquí estoy nuevamente, he venido para quedarme —su madre pierde el aliento de felicidad—, pero no permaneceré en la casa —continúa él, ella queda inmóvil, la sirvienta observa a un lado a ese joven tan parecido a su padre.

—Pasa, hijito, tu papá se alegrará de verte. —Caminan juntos hasta la sala, el viejo juego de muebles ya no está, cambiaron las cortinas, el despacho de su padre lo aguarda.

—¿Y mi padre? —le pregunta a su madre.

—Le darás una sorpresa —le dice llevándolo del hombro. La puerta está cerrada, igual que el día en que se marchó al Seminario. Respira profundamente mientras, atrás, su madre, cuyos cabellos dejan notar que el tiempo no pasa en vano, se queda a unos metros de él, pero no ingresa. Toca la puerta tres veces cortas.

—Pasa, vieja, entra. —La puerta se abre lentamente, su padre está revisando unos documentos; pese a ser un notable jurista, sus abogados se ocupan de sus negocios. La atmósfera está saturada en olor a cigarro. La gran biblioteca de compendios de derecho, el enorme cuadro en óleo de su abuelo, sus títulos y diplomas, el escritorio lleno de papeles y libros: todo sigue igual. El viejo no descansa, siempre trae el trabajo y los negocios a la casa. Gabriel se acerca al escritorio. Su padre no lo ha notado, no levanta cabeza, lee *The Economist*.

—Hola, papá —dice fríamente.

Su padre se queda estático, mira adelante con lentitud, ve sorprendido a Gabriel, deja el cigarro a medio terminar en el cenicero. Ese silencio le dice todo en unos segundos que se hacen interminables. Entonces él se levanta hacia Gabriel sin decir nada, lo mira de pies a cabeza, sorprendido, emocionado.

—Hijo. —Lo abraza fuertemente, Gabriel le corresponde. Su madre ingresa en ese momento, una leve sonrisa ilumina el rostro de su padre—. ¿Por qué estás acá? Pensé que ya no te volvería a ver, han pasado tantos años. —Lo coge de los hombros volviéndolo a mirar—. Eres un hombre, carajo, pero... ¿y la Iglesia?, ¿los curas también tienen vacaciones?

Gabriel asiente, deja la mochila en el piso.

—He venido para quedarme solo un tiempo, después me iré, papá.

Su madre se toca el rostro.

—Te irás pronto.

Él voltea a ver a su mamá.

—Sí, es mi decisión, quiero estar un tiempo con ustedes y luego me iré. Me da gusto volver a verlos. Espero que me perdonen, pero estoy cansado, permiso. —Alza su mochila, da media vuelta. Su madre quiere tocarlo tímidamente.

—Déjalo —dice su progenitor—, déjalo —repite. Regresa a su escritorio, enciende un cigarro—. Mujer, cierra la puerta —le ordena—, no quiero que nadie interrumpa.

Pierre iba a poner primera y acelerar, pero un taxi casi lo embiste en su intento por ganar al semáforo.

—Este animal, carajo. —Gruñe irritado por el corrosivo tráfico de la avenida Javier Prado en San Isidro. Ariana lo coge del brazo, se percata que ella no lleva puesto el cinturón de seguridad—. Ponte la correa, flaca. —Luz verde, pisa el acelerador de su Volvo hasta dar alcance al taxi Daewoo Tico amarillo que se ha apropiado de una esquina para ofrecer sus servicios.

—Ay, no —dice ella en voz baja—, ya comienza. —Mueve la cabeza fastidiada. Pierre acerca su auto junto al Tico, el chofer reacciona mirándolo con sorpresa.

—Oye, animal, no sabes manejar, carajo, ¡casi me chocas huevón!

El taxista suelta una mueca.

—Qué tienes, oe, ya bájame la voz, cuñao, das pena, on.

Ariana está en medio del pleito, es espectadora de una discusión inútil.

—Anormal de mierda, a los burros como tú no deberían darles brevete.

El chofer se ríe, le causan gracia las recriminaciones, parece no importarle.

—¿Burro, yo? Uno tiene que ser vivo, ¿ya? Que te quede en la cabeza, pa' tu libro, yo soy vivo, ya, soy pendejo.

Con la mirada, Ariana le pide a Pierre arrancar el auto: quiere salir de esa infructuosa disputa.

—¿Pendejo? Tú no eres pendejo, huevón, si no, no serías taxista.

Ariana le hace una seña.

Gira el timón, acelera el Volvo. Este último comentario hace carcajear a Ariana.

—Ay, amor, por qué le haces caso a ese atorrante, te rebajas a su nivel.

Él sigue manejando.

—Casi me choca el carro ese infeliz, y después ¿tú crees que me va a poder pagar el muerto de hambre ese? Si me paga, su familia no come un mes.

Ariana mira su reloj.

—Mejor apúrate, las chicas ya deben haber llegado, mañana tenemos examen. Pierre vacila.

—Oye, flaquita, ¿y ya has visto a un perro abierto, así, deshuesado como carnero, con las tripas afuera, ya les has metido cuchillo?

Ella siente asco.

—Oye, cállate, no seas chucky, ¿quién crees que soy?, ¿una carnicera? —El iPhone de Ariana empieza a vibrar, abre su cartera con apuro, su mano busca el aparato entre cosméticos y cepillos—. ¿Dónde está el teléfono? —No lo ve, se da cuenta de que está en el bolsillo de su saco, reniega—. Ay, qué tonta, él sigue manejando sin prestarle atención, solo ríe, ve una llamada perdida: era Marie France.

Gabriel entra al cuarto que dejara diez años atrás para seguir los caminos del Señor. Se sienta sobre la cama tendida, deja la mochila sobre una silla. Se echa hacia atrás, suelta un suspiro de paz en su nuevo hogar, que siempre fue el mismo, que lo recibe nuevamente con las puertas abiertas. Se frota el rostro una y otra vez, mira el techo. En ese cuarto de aislamiento y meditación, las cortinas impiden el ingreso de luz solar. Se levanta, abre los cajones del armario como si buscara algo: todos están vacíos, solo contienen la soledad de los recuerdos de su niñez, de su juventud. Se acerca a la ventana, corre las cortinas, un tenue resplandor empieza a relucir en la habitación; desde allí ve la higuera del jardín exterior. Vesilio es el mismo jardinero, más delgado, más arrugado y siempre con su vieja bicicleta que estaciona dentro de la cochera, corta el césped y poda los rosales. Guanilo, el chofer, debe ser nuevo o no tan nuevo, lee un periódico dentro de un lujoso Mercedes Benz negro, junto a la aún reluciente Jeep Grand Cherokee verde petróleo. Unos metros arriba, sobre la cama, todavía cuelga el retrato de Jesucristo que perteneció a su abuela Cayetana. Su cuarto siempre fue el mismo, su madre se esmeró en mantenerlo limpio, ordenado desde el día en que se alejó de ella, como si fuese un santuario de peregrinación. Ella solía subir por las escaleras y dejar flores frescas sobre la repisa, a un lado de una Biblia que le regaló de niño, cuando hizo su primera comunión, que permanece allí, esperando el día en que volviera. Se quita los zapatos, las medias, se levanta, mira nuevamente el retrato que cuelga en la pared, le dice que Cristo sigue allí, y Cristiani no. Baja la mirada con vergüenza. Entra al baño de la habitación, se mira frente al espejo, cansado por el viaje, sin afeitarse. Gira las manijas de la ducha; el agua empieza a caer con fuerza sobre la tina; escucha que tocan débilmente la puerta. Gabriel se acerca descalzo, la abre apenas: la sirvienta le trae un vaso de jugo de naranja en una bandeja. Él estira el brazo: solo asiente de agradecimiento, cierra la puerta. Tiene sed, bebe el líquido de un solo sorbo, deja el vaso sobre la cómoda, se recuesta en la cama cuidadosamente tendida; en su mente tiene el nombre de Cristiani, no puede dejar de pensar en ella, en esa mirada tierna, en su sonrisa que invita a salir al sol. Cristiani, mi amor, sus ojos se empiezan a cerrar débilmente de agotamiento, de desazón, de culpa y frustración, se queda profundamente dormido. El aguacero de esa ducha de sanación azota el interior de su dormitorio sin mojarlo ni purgar su espíritu.

Cuando Ariana terminó de dar su último examen, el sol se escondió cinco veces, dando fin al ciclo académico en la Facultad de Veterinaria, que cerraba sus portones hasta la apertura del siguiente ciclo académico. La universidad va a enviar un informe a Bélgica, declarando en abandono de cátedra a Marie France y, por ende, la pérdida de todos sus derechos de seguir cursando sus estudios, así como sus derechos de alimentación y hospedaje. La joven ya ha sido notificada de la respectiva resolución; sin embargo, esta nunca fue apelada ni respondida. La gringa se ha autoexiliado en el departamento de Ariana; sus ojos aún enrojecidos denotan que sufre una gran tristeza que le es muy difícil de superar: recostada en pijama, sin ganas de nada, el trauma de lo vivido en Wahalijo parece haber quedado en ella como una cicatriz imborrable que le hiere profundamente en el alma, que deja muchas lágrimas por llorar. Ariana se contagia de la pena de su amiga, tiene la mirada perdida, solloza desconsolada, arrumada en uno de los sillones, desde la noche en que llegó solitaria a su departamento, abatida por la desolación, con el corazón despedazado por esos recuerdos terribles que quedaron como un cruel estigma en su memoria. Ariana se acerca a ella; quiere tocarla, la mira sin saber qué decirle, se sienta a su lado sin fuerzas para poderle hablar.

—Amiga —le dice en voz baja—, ya no llores, por favor, ya no llores. —Ariana se llena de tristeza.

Marie France la abraza con todas sus fuerzas.

—Poj qué, poj qué me pasó esto a mí, poj qué, Diog mío —dice llorando, aferrando los brazos a su mejor amiga. Cierra los ojos de congoja, suspira desolación por algo que pudo ser peor, tal vez una muerte violenta.

—Tranquilízate —le dice Ariana—, ya no estés así, a mí también me pones muy triste, no soporto verte así, amiga. —Se levanta para traerle un vaso con agua tibia y una pastilla para la ansiedad. En la cocina, Ariana se queda tras la puerta, deja caer una lágrima por lo que le sucede a Marie France y su dramática historia, sabe que ese trauma vivido con aquel cholo infame puede hacerle caer en una profunda depresión; coge una jarra, sirve agua en el vaso. Con la pastilla en la mano, regresa a la sala, se acerca nuevamente a la gringa. El iPhone timbra, identifica la llamada de Pierre—. ¿Aló?

—Hola, flaca.

—Hola. Perdóname, hoy no podré verte, Marie France aún se siente mal. Mañana podría ser, yo te aviso, ¿ok? Yo también te quiero mucho, un beso.

Es medio día y la ciudad se reviste de un cielo gris. Gabriel transita por el Parque Central sin rumbo fijo, recorre las calles de Miraflores, observa cuánto ha cambiado en todos los años en que vivió fuera; hoy es una urbe rejuvenecida, moderna, pero con un tráfico bullicioso y caótico en la avenida Larco. Camina con las manos en los bolsillos, mira de un lado a otro: tiendas comerciales, bancos, restaurantes de comida rápida, en frente del parque está la iglesia donde una vez fue bautizado y recibió su primera comunión. Espera que el semáforo cambie a rojo para cruzar, los autos se detienen, mira hacia arriba: dos gallinazos sobre el reloj, al lado del campanario. Se persigna en señal de respeto, siente la obligación de entrar, de andar por dentro. Ve el altar barroco, las imágenes de los santos que posan sobre tallados de madera, esmeradamente bañados en pan de oro; velas encendidas, grandes bancas de cedro. Solo quiere un momento de paz, aunque también desea confesarse. Fija su mirada en el Cristo crucificado. Algunos fieles rezan en voz baja. Le parece sentirse en casa, casi, solo eso. Baja la mirada, cierra los ojos, toca una de las bancas, le recuerda lo modesta que era la iglesia de Chircus, pero eso qué puede importar ahora si ya no tiene noticias del pueblo ni del viejo padre Jovías. Se acerca al confesionario y, tras la rejilla, escucha una voz decrépita.

—Rápido, hijo, apura el paso. —Él se arrodilló—. Estoy apurado, hijo, dentro de algunos minutos tengo que dar una misa, te escucho. —Gabriel no alcanza a oír el Ave María Purísima, queda en silencio algunos segundos—. Bueno, hijo —le dice el sacerdote con voz de apuro—, ¿hace cuánto que no te confiesas?

—Hace muchos años, padre.

—¿Eres casado?

—No.

—¿Soltero?

—Sí.

—¿Tienes pareja?

—No —le responde.

—Me refiero pues a si tienes hembrita, hijo. —Gabriel quiere la confesión, no el ametrallante interrogatorio de un cura pendejo—. ¿Tienes hembrita? —repitió. Se le quitan las ganas de estar allí.

—No, padre, no tengo pareja. —No le quiere decir que también fue sacerdote, se siente estúpido arrodillado frente a alguien que se rebobina como grabadora y oculta su rostro alimentándose de una curiosidad enfermiza.

—¿No tienes hembrita? —inquirió sorprendido.

Gabriel asiente.

—Necesito ayuda, padre, un consejo espiritual.

Hubo un silencio, oye una extraña respuesta.

—¿Vienes a confesarte o quieres recibir un consejo?

—Tal vez una orientación —él asiente otra vez—, quiero escuchar a la voz que protege. —Por la rejilla ve al sacerdote que busca la hora.

—Hijo, se me hace tarde, discúlpame, eh, se acabó el tiempo, tengo que ofrecer la misa, ven cuando quieras, por favor, discúlpame, eh, voy a rezar mucho por ti, eh. Ah, y búscate una hembrita, allí está la respuesta. —Le da su bendición haciendo la señal de la cruz con rapidez.

Gabriel sonríe aliviado, fija su mirada en el viejo sacerdote que se retira del confesionario. «No sé para qué vine, se dice a sí mismo». Sale de la iglesia, decepcionado por ese momento: no quiere regresar a casa, sabe que su madre lo martillará con preguntas y no tiene ganas de hablar con ella. Busca un lugar donde almorzar, transita despacio por la avenida Diagonal. Lo que acaba de ocurrirle lo lleva a comprender por qué la Iglesia de dos mil años que legó el hijo de un carpintero ha sido relegada por templos evangélicos o falsos cristianos; se ha generado la proliferación de elegantes charlatanes, miembros del ejército de Satanás que toman el nombre de Dios para enriquecerse en nombre de la fe.

Un hombre joven con lentes oscuros habla por el celular, voltea la cabeza al escote de una guapa mujer. Gabriel, abstraído, se tropieza con aquel tipo.

—Camina bien, carajo —le dice el extraño.

Gabriel queda frío.

—Por favor, discúlpeme, me distraje.

El individuo se quita los lentes.

—¿Ga... Ga briel? —pregunta con asombro.

Los ojos del exsacerdote reconocen al instante a aquel bravucón.

—¡Pierre!, ¿eres tú?

Los dos ríen, se enfundan en fuerte abrazo. No se han visto desde que Gabriel dejó la universidad para irse al Seminario.

—Carajo, huevón, quién lo iba a creer —dice Pierre—, tú, un sacerdote.

Gabriel sonríe.

—No, ya no lo soy —dice a secas.

Pierre no deja de reír.

—¿Qué?, ¿ya no eres cura? Oye, yo pensaba que eras un monje con hábito y que tenías tu pelada de santo. —Lo vacila—. ¿Y tus sandalias? Esto es un acontecimiento, huevón, vamos, te invito a almorzar. —Caminan unos minutos hasta llegar a La Hacienda del Marqués, un acogedor restaurante ambientado a la época de la Colonia, que le recomendaron unos amigos. El lugar está abarrotado de comensales. Una anfitriona los lleva hasta una mesa, se sientan, una joven se les acerca con la carta del día. Gabriel observa a su alrededor, divisa algunos escudos de armas que cuelgan en las paredes del comedor; siente curiosidad por saber a qué apellidos corresponden—. Cuéntame, dónde estuviste todo este tiempo —pregunta Pierre.

—Estuve en Chircus, es un pequeño pueblo serrano —dijo con nostalgia.

—¿Chircus? ¿Dónde queda eso? ¿En la prehistoria? —Bromea su amigo—. Bueno, vamos a ver —dice Pierre cogiendo la carta—, veamos la recomendación del chef: menú

ejecutivo, a ver, sopa de casa hecha con la receta de la abuela
—hizo una mueca—, la receta de la abuela, carajo, cojudeces
escriben —dice desinteresado —Gabriel sonríe—, debe ser la
receta secreta —Pierre continúa—, guisado de carne sazonado
en finas hierbas. ¿Has oído?, sazonado, en finas hierbas, carajo,
aquí son más exquisitos para un simple estofado, mucha
poesía para un plato de comida —continúa leyendo—; a ver,
qué más hay, jugo de frutas de la estación, ¿y qué frutas, carajo,
crecen en esta estación?, payasos; de postre, kake de frutos del
bosque, carajo, ¡cómo les gusta jugar a las adivinanzas a estos
huevones!, un poco más y te dicen kake del bosque mágico,
seguro el cocinero es un maricón. Es que yo no me trago
ese cuento de ahora que dicen que la comida es una obra de
arte, ¡de cuándo acá!, o sea, debemos enorgullecernos de un
plato de lomo saltado y celebrar que los gringos comen pollo
congelado y comida chatarra: ese es un cuentazo, hombre,
o sea, ellos tienen naves espaciales, pero no tienen nuestro
ceviche, ¡qué cague de risa!, ya pues, no jodan.

Gabriel no lo toma en serio.

—Sigues siendo el mismo renegón de siempre, ya no te
quejes, por gusto te haces hígado.

Un mozo se acerca a la mesa para tomar la orden. Pierre
siente el llamado de su nariz, está inquieto.

—En el banco eso es imposible, Gabriel, ordena para los
dos. —Pierre se levanta con apuro—. Voy al baño, ya vuelvo.

—Arrima la silla, el mozo con el brazo le indica por dónde
ir, entra al sanitario, cierra la puerta con cerrojo, no quiere
que nadie entre allí; solo, frente a un gran espejo, con los
sentidos acelerados, mira a su alrededor, abre el pequeño

envoltorio de cocaína que esconde en el interior de la vasta de su pantalón. Con cuidado experto, lo coloca sobre el tablero del lavatorio, saca una tarjeta de crédito cancelada, que solo le sirve para tal fin: divide el polvo en dos finas líneas que ordena pacientemente, acerca su cabeza al mueble de aquel lavatorio, introduce una pequeña caña en su nariz y aspira la primera línea de polvo blanco. Luego va por la segunda: gesticula con su nariz, sacude la cabeza con satisfacción propia de un adicto. Guarda la tarjeta en su billetera. Tocan la puerta, moja su mano, la pasa sobre el lavadero para quitar los restos, se limpia las manos con papel toalla, mira al espejo, hace un guiño de complacencia, quita el cerrojo, abre la puerta, escucha la bulla de los comensales, ve a un cliente que espera afuera en el pasadizo—. Es todo tuyo, le dice con sorna. —Regresa a la mesa ya servida. El mozo se acerca trayendo lo dos vasos de jugo—. ¿De qué es eso? —pregunta Pierre.

—Jugo de la estación. —El mozo deja los vasos sobre la mesa y le aclara cortésmente—: Es jugo de aguaymanto, señor.

Pierre mira a Gabriel.

—¿Agua y qué? ¿Agua y manto? A ver, ilústrame. —Se aplasta en su asiento. El mozo le va a explicar—. No no no, llévate eso, no quiero saber qué es, jugo de frutas de la estación. ¿Tú quieres tomar esa huevada? —le pregunta a Gabriel.

—Habrá que probar —contesta el exsacerdote.

Pierre gesticula con la mano.

—Llévate mi vaso, tráeme una copa de vino. —Lo pensó unos segundos: «Licor y drogas, mala combinación en la sangre»—. Ya, no importa, déjate el jugo. Bueno, manos a la obra.

Gabriel le hace un alto con la mano.

—Bendícenos, Señor, y bendice estos alimentos que vamos a compartir.

Pierre revienta en risas, poniéndose el dedo al pecho.

—Sobre todo a este huevón que va a pagar la cuenta.

Sophie no usa maquillaje: no lo necesita. Es absolutamente hermosa, una joven mujer de piel blanca, suave, labios preciosos, ojos de almendra y cabello castaño natural: es perfecta aún en botas, jeans apretados y saco gris Bennetton. Regresaba de hacer shopping en Miami. Su hermosura contrasta con su naturaleza vanidosa y egocéntrica.

—What? ¿Estás loca? Yo no subo a una combi, jamás en mi vida he subido a una de esas horribles cosas, olvídate.

—Cruza los brazos. Voltea de mala cara, engreída como siempre.

Ariana comienza a impacientarse, pero la entiende, viajar en esos rechonchos vehículos de transporte público enferman a cualquiera.

—Entiende que no tenemos para pagar un taxi por tu bendita culpa —le reclama. Habían sido asaltadas minutos antes saliendo de la universidad. Ella conoce muy bien a Sophie, es su amiga desde el colegio, siempre fue la niña mimada de la sister Melissa, su monja preferida. Pero ese día está irritable, mira para todos lados sin saber qué hacer, siente agitaciones, la palabra combi la enferma por completo.

—¡Ya sé!, paramos un taxi que nos lleve hasta mi casa y le digo a la empleada que le pague.

Ariana enciende un cigarrillo, echa el humo.

—¿Como que a tu casa? ¡Si estamos yendo al departamento de Pierre! Ya me aburriste, si quieres vienes conmigo o si no, te vas caminando.

Sophie entra en pánico.

—Ay, amix, no, por favor, en una combi no, ¡qué asco!

Ariana alza la mano para detener una combi: estas pasan velozmente, sin frenarse.

—Mamacitas —les dice un cobrador desde la puerta, con el retumbo de un beso al aire que nace podrido al vuelo.

—Oh, my God, no, too much —dice Sophie—, amix, tú estás loca.

Ariana no le hace caso, sube la mano, arroja el cigarrillo; el vehículo se detiene frente a ellas; una rolliza mujer cobradora les abre la puerta, tiene el cabello casposo y desordenado, está sudorosa, la cara le brilla, lleva una camisa celeste, la mitad se le sale del pantalón.

—Toda la avenida Javier Prado, universidad, parque Girasoles, sube, subee. —Las dos trepan al vuelo. Pobre Sophie, está sumida en una total derrota, humillada y nerviosa. Quiere esconderse de todo el mundo, que se la trague la tierra—. Ya, pisa, lleva, llevaa —dice la mujer colgada desde la puerta—. ¿Qué dirían sus amigas del Santa Úrsula, San Silvestre y Villa María si la viesen, aunque ella no las ve en años?

El chofer está de fiesta tropical, con la radio a todo volumen, deleitándose con el grupo de cumbia, Los Emperadores Caribeños: "… me emborracho por ti, me emborracho cada noche hasta caer al piso y todos se ríen de miiiiií…". Sophie camina lentamente—. Avanza rápido, mamita, avanza hasta el fondo —chilla la cobradora.

—Oh, my God —dice ella cerrando los ojos y evitando que sus extremidades rocen con el resto de pasajeros. Se prende del brazo de su compañera.

En una de las ventanas, hay calcomanías con la cara de Condorito: "Tu envidia es mi progreso", ella contiene la respiración. "Yo amo a mi patria y amo a mi tierra, por eso nunca lavo mi carro". Voltea la cabeza hacia la otra ventana: "Aquí todo es chévere, la música, el chofer y el cobrador". Sophie ya no quiere leer más ni tocar esas barandillas grasosas y contaminadas de pobreza.

—Toda la avenida Javier Prado, universidad, parque Girasoles... Habla, ¿vas? —La oye gritar; se sienta al lado de Ariana sin decir nada; ella voltea la mirada.

—¿Ves, amiga? No pasó nada.

El vehículo circula a toda prisa. Sophie cruza los brazos: delante de ella, ve en el respaldar del asiento un grotesco dibujo de un falo que dice "Para ti, con todo mi amor". Voltea la mirada. Al otro lado, Dayiana y Jhonatan envueltos en un corazón de plumón indeleble, junto a un anuncio comunitario: "Pasivo, discreto, de dieciocho años, dispuesto a todo. Escríbeme a marinosexy80@hot". Sophie se siente atrapada en el más cruel de los castigos sobre ruedas. Una lágrima se desliza en su mejilla, quiere desaparecer, pero debe conformarse y avistar la calle.

—A ver, pasajes, pasajes, pasaje, amiguita. —Deambula la gorda haciendo sonar las monedas.

Ariana saca su carnet universitario.

—Cóbrate el pasaje de ella y el mío.

Sophie solo mira por la ventana.

—Esta moneda es falsa, no pasa —dice la cobradora.

El vehículo se detiene por el tráfico.

—¡Qué! No es falsa —le contesta Ariana—, está bien esa moneda.

La mujer observa el metal.

—No, no pasa, no pasa, dame otra moneda.

—No tengo otra moneda —dice Ariana.

—Entonces bájense —dice la mujer.

Le quiere devolver la moneda.

—Esa no es mi moneda, no te hagas la viva —replica Ariana.

La combi avanza nuevamente. La gorda se da media vuelta, avanza unos pasos, abre la puerta al vuelo.

—Toda la avenida Javier Prado, óvalo, la Molina. —El vehículo se detiene, nadie sube, cierra la puerta, retorna su avance. Regresa donde se encuentra Ariana —. Toma tu moneda.

Sophie no aguanta más.

—Oye, babosa, esa no es la moneda de mi amiga, tú la has cambiado, gorda ratera.

La mujer le dice al chofer que pise freno, el vehículo se detiene.

—Bájense, bájense —les dice la mujer.

Sophie se levanta cogiendo de la mano a Ariana.

—Yo me bajo, regálale esa moneda a esta muerta de hambre, con esa mano asquerosa, ya no la recibas.

Ariana se levanta del asiento.

—Ratera —le dice.

La gorda frunce el cejo.

—Ya bájense, misias.

Las dos descienden a prisa, el vehículo se aleja. Sophie está iracunda.

—Agh, ¡qué cólera!, esa chusca. —Ariana empieza a caminar con rapidez: acaba de perder su última moneda. Desde atrás oye una voz—: Ay, aamix, espérame...

—Oye, amiguita, solo he estado unos segundos, no seas malita, no me cobres parqueo. —La joven mujer, de baja estatura, de unos veinte años de edad, con gorro y chaleco municipal azul, sin decir nada, le entrega un ticket que Pierre no acepta—. Amiguita, no seas así, a lo mucho he estado quince minutos estacionado, ¿cómo me vas a cobrar?

Del otro lado del auto, Gabriel discrepa de su amigo.

—Págale, está trabajando, no te compliques por un sol.

Pierre entra al auto. La mujer insiste.

—No, señor, si no paga notificaré a la municipalidad.

Pierre, con el ceño fruncido, enciende el motor del Volvo; riéndose, vuelve la mirada a la mujer.

—Corazón, te voy a dar cincuenta centavos para tu gaseosa, ¿okey, amor?, no me des boleto. —Le hace un guiño, le alcanza una moneda—. Toma, mi amor. ¡Qué buen rabo! —Termina ojeándole el trasero. La joven no acepta la moneda, permanece quieta, clava los ojos en la placa para evitar una posible fuga.

—Pague completo nomás, señor, evítese la multa.

Pierre abre la puerta, baja del auto.

—Ya, carajo, conchatumadre —mete la mano al bolsillo, saca la billetera—, solo jodes, carajo, conchatumadre, chiquilla huevona —le entrega un billete de cien soles—, toma, mierda, dame mi vuelto rápido.

La mujer abre su canguro, las monedas no le alcanzan.

—No tengo vuelto, tengo que sencillar. —Va a buscar el cambio

—¡Ya apúrate, carajo! —grita Pierre colérico, sin perderla de vista. —Gabriel, dentro del vehículo, mueve la cabeza sin entender la actitud de su amigo: «Pierre se quema el hígado por cincuenta centavos de diferencia». Al rato, el auto emprende la ida, Pierre echa chispas, pisa el freno ante la luz roja del semáforo, la música de DJ Tiesto está en alto volumen. Un niño se acerca a la ventana, su carita sucia y mirada lánguida irritan a Pierre antes de que pueda ofrecerle sus caramelos. Tuvo un mal día en la oficina, ya tiene con quien desfogarse—. ¡No! vete de acá. —Luz verde, pisa el acelerador sin decir nada más, deja atrás al niño en medio de la pista y autos que se enredan a gran velocidad.

—¿Por qué eres así? —le pregunta Gabriel sin mirarlo—. Nada te cuesta colaborarle con unos centavos.

El moderno S60 dobla por la curva del malecón, el horizonte avista el sunset, tiñe un cielo naranja.

—¿Y por qué voy a comprarle? —dice Pierre mientras conduce, divisando los espejos del auto—, no es mi obligación. Apoya su brazo en la puerta mientras maneja con una mano. Gabriel siente el aire fresco que entra por la ventana. Pese a ocultarse, la intensidad del sol brilla hasta casi enceguecerlo.

—Me da pena el chiquillo, no debiste alzarle la voz.

Pierre enciende un cigarrillo mientras conduce.

—No, pues, compadre, tampoco te me conviertas en la Madre Teresa, yo no le compro a esos huevones, porque, carajo, yo me saco la mierda en el banco; trabajo como negro todo el puto día... Bueno, aclarando, trabajo como negro, para vivir como blanco —se ríe solo—, o sea, trabajo ¿para qué? Para que vengan estos huevones con su cara de perro asustado y me digan —hace una irrisoria mímica cerrando los ojos— colabó-ra-me, ya pe, colabó-ra-me, pe. Carajo. Esa es la idea, darte lástima. Uno les compra y después salen corriendo a comprar su terokal.

Gabriel sabe que está equivocado, que la afirmación de Pierre no es verdad.

—No hables así, está mal lo que dices, hablas tonterías.

Su amigo da una corta pitada, pisa el acelerador. El sol empieza a esconderse de improviso.

—Lo que pasa, compadre, es que tú todavía estás en otra nota, crees que todavía eres curita, tú pregonas "dejad que los niños vengan a mí" —los dos ríen—; cuidado, cuidadito. —Pierre lo vacila—. Escucha lo que te voy a decir, escucha a tu maestro, yo no creo en Dios —dice mientras hace girar el timón—, Dios le da poder y riqueza a los pendejos y, cuando alguien muere, dicen "es la voluntad de Dios", y ¿por qué nunca dicen que es la voluntad del Diablo? Nunca lo mencionan, ¿te das cuenta? Otra cosa, yo no creo en los santos ni en nada de eso, olvídate, hermano, yo no creo en cojudeces como los santos, los milagros o el Purgatorio, o sea, qué te digo, la Iglesia maneja su merchandising, un recurso del Vaticano para negociar a partir de la fe; por eso, yo me mantengo al margen, yo no choco con ellos ni ellos conmigo: y, bueno, aclarando, creo en Dios, no lo niego, pero no creo en los curas, mucho pan, mucho vino, pero bien que se recursean y tienen calentados con sus hembritas —se ríe solo—, pero a los curas, a esos curas pendejos que se persignan y te sermonean en misa, les diría que hay que estar crucificados para sentir el verdadero dolor de Cristo. ¿Tengo o no tengo razón? La verdadera Iglesia no existe.

Gabriel siente lástima por lo que escucha, recordó en el acto a monseñor Fabiani, le causa tristeza el monólogo de Pierre. El Volvo enciende sus luces.

—La Iglesia es una manifestación de Dios en la Tierra —dice Gabriel.

Pierre se opone.

—No jodas, es una Iglesia pecadora que encubre curas pendejos, se hacen los locos con la pedofilia y quieren hacernos creer que son una Iglesia inmaculada. —Junta las manos como si fuera a rezar. El semáforo cambia a luz roja—. ¿Y sabes qué? Todo esto empieza con ese cuentazo de Caín y Abel, el malo y el bueno. Abel era un estúpido, un chupa medias, ese huevón exageraba con su amor a Dios, era muy patero. Entonces, por qué Dios permitió su muerte, si el todo lo ve. Por eso yo digo que todos somos, de una u otra forma, hijos de Caín. —Luz verde, el auto avanza nuevamente. Gabriel solo calla, mueve la cabeza, está desganado, ya no es miembro de la Iglesia, ya no tiene nada que defender, sabe que su amigo está equivocado, no quiere discutir—. Bueno a otro tema, tú no trabajas, ¿verdad?

Gabriel asiente.

—Estoy buscando trabajo. Pierre estaciona el coche en la puerta de la casa de su amigo.

—Bueno, por el solo hecho de administrar limosnas, no creo que un excura encaje en cuestiones financieras.

Gabriel hace una mueca.

—¿Me vas a ayudar?, puedo trabajar en lo que sea.

Pierre alza los brazos, se estira bostezando.

—Aquí no, yo no soy el jefe de Recursos Humanos, estoy metido en la parte legal: protestos, embargos, juicios, recuperación de cartera, en fin...; además fuiste sacerdote y si trabajas como procurador, puta que te daría pena, carajo, no te veo desalojando viejitos y madres solteras. No, compadre, no calzas, además no eres abogado. —El rostro de Gabriel se entumece, su amigo le da un vistazo a su agenda—. Vamos a ver qué se puede hacer, búscame este viernes. —Le entrega su tarjeta—. Bueno, a otra cosa, tú ya no eres cura, así que necesitas distracción, tienes que salir a divertirte —le palmea la espalda—, te voy a presentar a unos hembrones, compadre, conmigo vas a conocer a unas gringas bien ricas, full pedigrí.

Habían transcurrido cuatro meses y el tiempo no se puede retroceder, pero los actos se logran remediar. Marie France, angustiada en una banca del parque del amor, junto a un poste de baja iluminación, ve la hora en su celular; suspira por aquella espera que la impacienta: le aceptó volverlo a ver, apoya sus manos en las piernas, la brisa de la noche roza sus mejillas, cruza los brazos; bosteza, mira a ambos lados: parejas caminando abrazadas, tomadas de la mano o de la cintura. Baja la mirada, menea la cabeza, se pregunta si está equivocada. Vuelve a ver la hora, guarda su aparato en la cartera, su mirada se alza a las nubes, sus ojos se cierran, suspira nuevamente, se frota el rostro, sus lágrimas, de a poco, van cicatrizado. Allí solitaria, abriga esperanzas de que todo cambie para ella; a lo mejor es un nuevo comienzo o una mejor ilusión. Sabe que nada es perfecto, que no hay que ser cándida en cuestiones de amor. A unos metros de allí, Piter la observa de lejos, escondido detrás de un arbusto de magnolias: siente el perfume dulce de pequeñas flores blancas sobre su cabeza, no quiere acercarse, oculta su rostro en las ramas, se aísla en su furia, abre y cierra el puño; cuando se quita los lentes para limpiarlos, sus ojos delatan odio, rencor, revancha. Se vuelve a poner sus gafas redondas, su borrosa mirada se va aclarando en aquella penumbra. Marie France solitaria, sentada en la banca, espera como si fuera la primera vez; quiere olvidar su primer fracaso, dejar atrás sus lamentos, alejar su soledad, resucitar sus fuerzas, renovar su fe, creer en ella misma, llenar nuevamente su corazón vacío, hallar a su media naranja. Piter lleva colgado en el hombro su viejo morral, sale de la sombra, camina lento, con dirección a ella. Sigiloso, sus ojos de azufre se transmutan en vergüenza; se detiene un instante, se da un respiro, camina unos pasos hasta llegar a la banca donde está Marie France. La gringa siente frío. Él queda detrás, se estanca allí como quien cuida sus dominios. Ella no lo nota, revisa los mensajes de su celular, no los ha abierto desde que regresó acongojada.

—Hola, Marie France. —Ella escucha una voz, su piel se eriza al instante, reconoce esa voz, pierde la respiración. Piter se acerca a la banca, el pelo amarrado hacia atrás: así le gustaba a ella. Marie France no le contesta: sus ojos se abren de asombro, de miedo, pero igual ha ido a su encuentro. Él se sienta a su lado, deja el morral en el suelo, quiere tocarla, pero ella alza la mano—. Perdóname, por favor, perdóname —dice

él. La gringa lo mira sin decirle nada. Piter baja la mirada—.
Me porté mal, no sé qué me pasó, yo no soy así, fui un imbécil,
lo reconozco: no debí pegarte, pero —su rostro delata la
furia contenida, baja la cabeza, parece arrepentido. Parece,
nada más—, me volví loco esa noche, tomé muchos tragos,
perdóname. —Quiere tocar las manos de ella, la gringa no se
lo permite—. ¿Qué puedo hacer para conseguir tu perdón? —
Marie France lo ha llorado demasiado, ya no tiene más lágrimas
para él.

Gabriel llega puntual al banco. Pierre lo ha citado a las
nueve de la mañana para una entrevista en la Subgerencia
de Asesoría Legal. Tiempo atrás, ambos habían estudiado la
carrera profesional de Derecho en la misma universidad, pero
él abandonó en el segundo ciclo. Gabriel se ha levantado muy
temprano, afeitado y acicalado en colonia para estar presentable
en su primera entrevista; se ha puesto un sobrio traje de su
padre, que le queda a la perfección; luce una corbata azul al
cuello y una impecable camisa blanca; tras el saco de casimir
que lo angustia, siente una impresión extraña, parece perdido
en ese mundo insólito: los empleados vestidos de traje, algunos
llevan portafolios, no cruzan miradas, lo ignoran por completo.
En el elevador, las mujeres cuelgan sus fotochecks en el saco del
uniforme, conversan amigablemente, ríen entre ellas, lo miran
de reojo por los espejos, le sonríen creyendo que es el nuevo
de la oficina, con la esperanza de que aterrice en el mismo
piso donde ellas trabajan. El ascensor se detiene en cada piso,
abre sus puertas, los empleados salen y entran. Pierre aparece,
ingresa apresurado, oprime el botón hacia el piso quince.

—Hola, compadre, se ve que eres puntual, eso está muy bien. —Gabriel permanece estático, le tiende la mano—. ¿Viste a esas mujeres que reían cuando salían del ascensor? Ellas son de la Oficina de Sistemas, ya quisiera que estuvieran en el área legal, carajo —gruñe en voz baja—; en la oficina hay unas viejas que todo el día escuchan una música de mierda, de los setentas, de cuando Michael Jackson era un negrito con pendejos en la cabeza, carajo, todo el día con la misma emisora. —Piso diez, se abren las puertas, no ingresa nadie—. Ponen una música horrorosa, "I'll be there", todo el día, ese "I'll be there" de mierda, y si no es eso, es entonces esa cojudez que canta una gritona: "yo soy una mujer de carne y hueco".

Gabriel ríe, le palmea el hombro.

—Te molestas por gusto.

Pierre apaga la luz del ascensor unos segundos, la vuelve a prender, piso catorce.

—Ya vamos a llegar. —Las puertas se dividen en dos, uno y otro salen—. Buenos días —saluda Pierre sonriente, apurando el paso. Gabriel inclina la cabeza a una de las secretarias; ingresan a la oficina de Pierre, le señala uno de los sillones, invitándolo a sentarse, coge uno de los teléfonos de su escritorio. Un receptor distinto timbra—. Un momento, Gabriel. —Levanta el auricular sin despegar la oreja del otro aparato. Pierre habla por dos aparatos a la vez, la secretaria lo llama por el intercomunicador, que suena con insistencia—. Mierda —reniega para sí. Gabriel observa el lugar: nunca pensó que tendría que trabajar en un sitio así, en un laberinto de módulos de oficina y computadoras dentro de un edificio—. ¿Trajiste tu currículum? —Gabriel se lo entrega. Pierre abre el sobre con apuro, empieza a revisarlo—. Compadre, no tienes experiencia en nada, más que un currículum me has traído tu "ridículum". Solo segundo ciclo de Derecho, qué fue cuando te quitaste de la universidad. Carajo, cómo hacemos —queda pensativo y lo mira fijamente—. Tú ya no estás en edad para ser practicante, aquí en legal no se va a poder, porque uno de los requisitos de la Gerencia es que todos deben ser titulados y con posgrado.

Gabriel lo escucha.

—Puedo regresar a la universidad si es necesario.

Pierre deja el currículum en el escritorio.

—Entonces búscame dentro de seis años, huevón —se echa a reír—, necesitas ser egresado o tener una carrera técnica para trabajar de chofer, conserje o cajero, y la huevada es que tú has sido cura, estás en otra onda; entonces —baja la voz—, inventa un currículo, si quieres yo te lo hago, te consigo certificados de trabajo, total, nadie se fija en eso, lo que importa son las referencias.

Gabriel se niega.

—A mí me lo dices, ¿crees que voy a falsificar documentos para trabajar?, qué poco me conoces.

Pierre alza la mano.

—Bien bien, no he dicho nada, tranquilo, tienes razón. Dios le dijo a Moisés: "¡No mentirás!". —Coge el teléfono—. Señora Haydee, comuníqueme con Fernando Reyes, del Área de Banca de Pequeña Empresa. —Cuelga—. Vamos a ver —el aparato timbra—, siempre tengo un as bajo la manga —presume antes de contestar—. ¿Aló? Fernando, qué tal, compadre, oye, ¿recuerdas que la otra vez conversamos la posibilidad de colocar a una amiga en tu área? Bueno, ella viajó a Boston, creo que se casa allá, así que quería saber si es posible enviarte a un amigo, su nombre es Gabriel Armendáriz, aunque no tiene experiencia en el área de negocios, pero olvídate, está con las pilas cargadas, además me debes un favor. —Hubo una pausa—. Excelente, viejo, ahora mismo va a tu oficina, gracias, chau. —Coge un sobre nuevo, le devuelve el currículum a Gabriel, hace anotaciones en una tarjeta—. Anda al piso ocho, a Banca de Pequeña Empresa, pregunta por el ingeniero Fernando Reyes, dile que vienes de parte mía, él va a ver un puesto para ti, imagino que al comienzo no ganarás mucho, de seguro que te capacitarán y te pagarán un bono, pero la cuestión es que ya empiezas a trabajar, así que anda de una vez, que te esperan.

Gabriel se levanta, le extiende la mano.

—Gracias, Pierre, de verdad quedo en deuda contigo, te lo agradezco infinitamente.

Su amigo se levanta del sillón, se dan un fuerte abrazo. Pierre se ríe mientras le palmea la espalda.

—Ah, y cómprate un celular, lo vas a necesitar, sobre todo para las chicas. Búscame en la noche a la casa de mi viejo. ¿Te acuerdas? Donde antes vivía, te espero a las ocho de la noche y me cuentas cómo te fue —le guiña un ojo—, ya me debes una.

Pierre lo acompaña hasta la puerta, Gabriel se despide de la secretaria, camina hasta el ascensor, aprieta el botón que indica bajar. Las puertas se abren de inmediato, ingresa; busca la tecla que le indica el piso ocho, se mira al espejo. Las puertas se abren, avanza por un pasillo alfombrado hasta llegar al counter de la bella y rubia recepcionista.

—Señorita, buenos días —saca del bolsillo el papel que le anotó Pierre—, busco al señor Fernando Reyes.

La mujer pregunta:

—¿Tiene cita?

Gabriel piensa unos segundos.

—Vengo de parte del doctor Pierre Ferreyra —le dice con voz nerviosa.

—Dígame su nombre —indica la recepcionista.

—Gabriel Armendáriz.

Ella coge el teléfono mientras anota su nombre.

—Ingeniero Reyes, ha venido el señor Gabriel Armendáriz... Ya, muy bien. —Ella corta el aparato, se levanta—. Pase por aquí por favor. —Abre la puerta del lobby señalándole uno se los sillones—. En un momento lo recibe el ingeniero.

Gabriel se sienta confortablemente, pero el aire acondicionado es muy frío. Las paredes lucen cuadros publicitarios con imágenes sonrientes y alusivas al banco, pero con un exceso de demagogia: "Únete a nosotros, somos el banco líder del país, nos preocupamos por tu seguridad, gracias por tu confianza". El lugar es un ambiente vacío, nadie aparece aún; mira la hora: son las nueve y cuarenta de la mañana. Enfrente hay una puerta: "Gerencia Comercial de Banca Pequeña Empresa". Él sabe que allí lo esperan. Aparece una secretaria con algunos reportes en la mano, le saluda sonriente, gira la manija, entra despacio. Gabriel no llega a ver nada, sigue esperando. La mujer sale de la oficina. Él pone su currículum sobre sus propias piernas, con la mano siente la suavidad del cuero negro del mueble; mira a su alrededor, la puerta del lobby se abre, ingresan dos hombres altos de casi un metro noventa de estatura, conversan entre ellos, le dan un vistazo antes de abrir la puerta con confianza; esta se cierra, se escucha una corta risa. Gabriel abre el sobre que lleva consigo, no tiene la más remota idea de qué le dirá a ese sujeto que lo hace esperar; mira su currículum, lo vuelve a guardar, se siente perdido, en otro mundo, un planeta de banca y finanzas, pero así son las cosas: necesita el trabajo. El tiempo va transcurriendo, la secretaria regresa, toca la puerta, pasa a la oficina. Gabriel se levanta del sofá, con las manos en los bolsillos, fija nuevamente su mirada en uno de los cuadros: «Únete a nosotros», susurra al leer aquella frase. Regresa al mueble: «Bueno, así son los negocios», piensa. La mujer aparece tras la puerta, él ve su reloj: diez y media. Se escuchan otra vez risas, aparece en el lobby un hombre colorado, barbado y gordo, quien asiente saludando a Gabriel. La puerta se abre nuevamente, los dos gigantes que entraran antes se van conversando amenamente. La mujer invita a pasar a aquel individuo obeso, cierra la puerta, le sonríe cortésmente a Gabriel; el aire frío lo hace toser, el tiempo sigue su curso. Gabriel bosteza de aburrimiento; siente que su paciencia está llegando al límite, deja el sobre en ese mullido asiento, se vuelve a levantar. Mete sus manos a los bolsillos: solo siente las piernas, no hay dinero, por eso debe esperar. Sabe que necesita el trabajo, da unos pasos, quiere estirarse, pero se resiste, regresa a su asiento. Cristiani retorna a su mente, se pregunta qué será de ella, todavía la recuerda perfectamente, cómo olvidarla, eso sería imposible. Frunce el ceño, vuelve a mirar su reloj: diez y cincuenta, aún no llega su momento, adentro debe haber un tipo muy importante. Se oyen risas que se van acercando. La puerta se abre otra vez, el tipo regordete se despide, tras él aparece Fernando Reyes, parco e imponente: es un gorilón de dos metros de altura.

—¿Sí? —le dice a modo de saludo.

—Buenos días, soy Gabriel Armendáriz, el doctor Ferreyra habló con usted en la mañana.

Reyes clava su mirada en él, está estático como un robot.

—Ah, sí sí, pero no, no hay vacantes.

El rostro de Gabriel se desdibuja.

—Bueno, él me dijo que conversara con usted.

Reyes queda en el pasillo, cierra la puerta de la oficina, alza la mano para callarlo. —Como le repito, no hay vacantes —le dice sin mirarlo mientras camina por el pasadizo.

—¿Podría dejarle mi currículum? —insiste Gabriel.

—Si quieres déjalo en Recursos Humanos —le dice el enorme sujeto desinteresado yéndose del lugar.

La niebla empieza a descender sobre los jardines del parque.

—¿Tú crieg que puideg venig así nomág, y hablagme de esa fogma? —Marie France lo mira fijamente.

El indio baja la vista.

—Ya te perdí perdón —le dice fríamente—, de verdad, estoy muy arrepentido de lo que pasó, créeme, por favor; por favor, gringuita.

Ella alza la voz.

—¡Nou me digas gringuita! Tú me tratagte muy mal, me engañagte, tú no me quiegues. —Ella está indignada—. Un homkre jamás debe pegajle a una mujej, y yo confiajba en ti, no te quiego volvej a vej en mi vida, tú me hicistee mucho mucho daño.

El indio coge la mano de la gringa.

—Marie France, por favor.

Ella la saca con rapidez.

—Te dije que no me tocaras. —Se levanta de la banca, dispuesta a alejarse de allí.

Piter cae de rodillas.

—Eres la mujer que amo —él alza la voz ante la mirada de los caminantes. La gringa, al oírlo, voltea a verlo. Piter abre su morral, saca un collar de plata, ofreciéndoselo como un siervo humillado—. Lo hice yo mismo, para ti, como una muestra de mi amor.

Ella se vuelve a sentar.

—Un amoj muy muy enfegmo —contesta sin mirarlo, con un débil tono de voz. —Al verla allí, de regreso en la banca, Piter tiene la sensación de estar logrando su propósito: hacer que la gringa regrese a él—. ¿Cómo puedo kreerte? Marie France claudica; sus ojos se empiezan a mojar en lágrimas aprisionadas. —Piter sigue de rodillas, su expresión parece mostrarle arrepentimiento, en su mano aún luce aquella joya que en realidad no es una alhaja de plata, sino una brillante aleación de zinc. Él vuelve a sentarse. Ella tiene miedo de volver a abrazarlo como antes, ya no tiene la fuerza del imán de su corazón. Cierra los ojos para no darse cuenta de su determinación para seguir con el cholo. Y aunque ya no se aferra a los mejores momentos que vivieron juntos, todo vuelve a comenzar.

—Me haces tan feliz —dice el indio—, soy un hombre afortunado por tenerte cerca de mí —finaliza colocándole la cadena en el cuello.

—No —lo interrumpe ella. Todavía le quedan chispazos de desconfianza—, antes quiego que me krometas que nunca volvegás a golpeajme, jamás.

Piter le coge ambas manos.

—Te lo juro con todo mi corazón.

La noche cubre de estrellas el barrio residencial Las Colinas en Surco. Ariana, con una chalina alrededor del cuello, se encuentra tras la puerta de la casa de los padres de Pierre. El taxi ha llegado, es momento de regresar a su departamento. Su novio la abraza de la cintura, le da un largo beso de despedida; ella lo mira con ojos enamorados, le sonríe.

—Ay, qué tonta soy —dice distraída—, me olvidé de decirte que empiezo a trabajar desde este lunes.

Pierre no la suelta y hace una mueca.

—Supongo que no trabajarás de azafata en un tragamonedas.

Ella se suelta.

—Contigo no se puede hablar nunca en serio. —Mueve la cabeza: ya se ha familiarizado con las impertinencias de él. A unos metros, el taxi aguarda pacientemente—. Empezaré mis prácticas en una veterinaria, no ganaré mucho, pero con lo que me manda mi mamá de Estados Unidos puedo costear el alquiler del departamento, más la universidad y ya no me queda mucho. Marie France se viene a vivir conmigo y me pagará por una habitación.

Pierre la vuelve a besar.

—Bien, anda nomás, qué bueno que empieces a trabajar, te ayudará en tu carrera.

Ariana retrocede alzando la mano.

—Bye, qué pena que no conocí a tu amigo Gabriel, dile para salir juntos —dice mientras el taxista le abre la puerta.

Pierre solo sonríe, el chofer enciende el motor, el auto parte lentamente. Iba a entrar a la casa cuando ve a lo lejos a Gabriel, camina hacia él, lo espera unos segundos a que llegue a la puerta.

—Hasta que por fin llegaste, huevón —le dice Pierre a modo de saludo.

Gabriel le devuelve la moneda.

—Se me hizo tarde, pues, huevón. —Es una respuesta franca, ya no es un cura, puede hablar como le dé la gana.

—Pasa pasa. —Lo invita a ingresar a su antigua casa donde vivió su niñez, y que Gabriel conocía a la perfección. Se sientan a la mesa en la terraza del jardín interior, los faroles iluminan los arbustos, el césped cortado como una cancha de futbol—. Voy a sacar a Orejas —dijo Pierre.

—¿Aún vive ese perro? —Se sorprende Gabriel.

Su amigo da un corto silbido. Como si fuera un espectro, cabizbajo y meneando la cola, Orejas hace su aparición detrás de Gabriel: un viejo y dócil pastor alemán, a quien conociera doce años atrás, cuando apenas era un cachorro. Pierre le pone la cadena.

—Vamos a llevarlo al parque, hace tiempo que no sale a pasear. —El perro se contonea, ladra con desesperación—. Ya, carajo, silencio —dice Pierre. Los tres salen camino al parque cercano. Un auto se acerca a velocidad, Pierre jala la correa de Orejas antes que el animal intente atravesar la calle—. Nunca aprendió a cruzar la pista —le dice. Avanzan hasta llegar a la berma central del parque, deja libre al animal para que camine por el césped y juegue con otros perros de la zona—. Y ¿cómo te fue con Fernando? —le dice mientras echa un vistazo a Orejas que olfatea los geranios.

Gabriel mete las manos a los bolsillos de su casaca, le invade la pena.

—Me hizo esperar casi tres horas y solo hablé un minuto con él.

Pierre voltea a verlo.

—¿Te hizo esperar tres horas? —pregunta incierto.

Gabriel estornuda cubriéndose la boca, se lleva la mano a la cabeza para acomodarse el cabello.

—Me hicieron esperar en una salita, entraron unos gigantones, que se demoraron en salir, luego recibió a un gordo que usa tirantes en el pantalón.

Pierre frunció el ceño, adivinando.

—Un panzón colorado. —Gabriel asiente—. Es el gerente comercial, yo no lo trago, es un incapaz, pero está envarado, si lo vieras en las juntas con el pañuelo en la frente, hace una mueca de fastidio, ese cerdo siempre tiene aliento a pescado podrido y suda mayonesa. Pero, bueno, qué te dijo Fernando.

Gabriel niega con la cabeza.

—Le pregunté si podía dejar mi currículum, y me respondió: "Si quieres". Se veía que no le importaba, porque ni me miró.

La mirada de Pierre se oscurece de rabia.

—Para qué carajo entonces me dice que te puede ayudar —reniega —, o sea, ese hijo de puta te mandó a la mierda. — Gabriel se encoge de hombros, sin responder. Orejas empieza a escarbar, huele a su alrededor, camina lento, se prepara para dejar un monumental pastel en la hierba—. Así son esas mierdas, no son nada, pero cuando ocupan un alto cargo, se juran la gran cagada —dice Pierre mirando a su perro, que puja con los ojos fijos en su amo sin vergüenza alguna—. Te hizo esperar y te manda al carajo.

Gabriel sonríe, le palmea el hombro.

—Ya, tranquilo, ya pasó, así hay gente en todos lados.

Pierre silba dos veces, el fiel Orejas regresa hacia él, dejándose poner la cadena. —Mañana voy a hablar con ese cojudo, el imbécil ese me va a oír —amenaza Pierre con desprecio.

Al oírlo, Gabriel muestra desinterés.

—No no, ya no le digas nada, ya no me importa trabajar allí.

Caminan de regreso; un vecino jubilado del lugar, que anda con un pequeño shitzu, lo recrimina con la mirada, señalando las heces que sembró el viejo pastor alemán.

—Señor, por favor, tenga la amabilidad de limpiarlo —le señala un cartel municipal—, está prohibido que los perros anden sin correa. Usted como dueño de ese animal, debe recoger las deposiciones bajo pena de multa, usted debe andar con su bolsa y limpiar lo que ensucia su perro.

Pierre no le hace caso.

—Vamos nomás, sigue caminando sin darle importancia al asunto.

El hombre alza la voz.

—¡Señor! ¡Le estoy hablando!

Pierre vuelve la cabeza.

—Carajo, si quieres, límpialo tú, viejo huevón. ¿Acaso no pagamos por limpieza de parques y jardines? Te regalo esa mierda si te gusta andar con bolsitas, Gabriel no está de acuerdo con la actitud de su amigo, pero la discusión no es su problema, no tiene cabeza para nada. Ambos cruzan la pista sin darle importancia a lo sucedido. Regresan a la antigua casa. Pierre suelta la correa de Orejas, le ofrece un cigarrillo a Gabriel, este lo rechaza con la mano.

Doña Norma regresa en su Alfa Romeo después de realizar las compras en el Jockey Plaza.

—Hola, mamá. Mira quién está acá —le presenta a su acompañante. Su madre, desde la ventanilla, lo mira fijamente, su voz áspera es inconfundible.

—¿Gabriel? ¡Noooo! —Abre la puerta, sale con apuro, le da un sonoro beso en la mejilla.

—Mi hijo, uff, hace años, me contó que dejaste el sacerdocio. —Pierre sube al vehículo, presiona el control remoto: la puerta de la cochera empieza a elevarse y avanza al interior del garaje. Afuera, la madre de Pierre mira a Gabriel de pies a cabeza—. Es que has hecho muy bien, hijo, en dejar los hábitos, o sea, yo no sé para qué te metiste en eso, la vez que me lo contó Pierre, ay, Dios, no, me quería morir. —Ella enciende un cigarrillo, le sonríe—. Pasa, hijo, pasa. —Gabriel cruza la puerta, entra a la sala: cojines rojos en los sillones beige, cuadros paisajistas, una alfombra grande con una mesita de centro, seis velas decorativas le dan al ambiente cierta frescura y una fragancia floral del gusto de la señora Rosenthal. Gabriel se sienta frente a esa mujer que, plastificada a sus sesenta años, se conserva muy atractiva y de una mirada intensa—. Pero cuéntame —dice, echando el humo, apoyando su mano sobre el sillón—, ¿cómo estás, hijo? Te veo regio. ¿Estás trabajando?

Gabriel está un poco desconcertado.

—Bueno, señora, en eso estoy, mi padre quiere que regrese a su firma de abogados, pero yo estoy buscando trabajar en otra cosa.

La madre de Pierre lo mira con afecto.

—Bueno, ya conseguirás algo; por cierto, yo tengo muy buenas amigas, ¿ah? Si deseas, te puedo recomendar con ellas, sus esposos tienen negocios A-1, son las empresas top, lo mejorcito de acá. Si te lo diré yo. —Gabriel sospecha que la mujer pretende algo—. Seguro que mi Pierre se está bañando, pero si quieres pasa al cuarto de Janet, ella está estudiando, si deseas, sube. —Gabriel se incomoda al oír esas palabras: conocía a la hermana de Pierre desde que era muy niña. Siempre fue introvertida, pese a no hablar mucho, había estudiado varios idiomas, lo cual era insólito. Gabriel nunca la frecuentó porque ella era mucho menor que él. La señora Rosenthal baja el tono de voz—. Más bien, hijo, yo te agradecería que cuando quieras vengas a la casa y converses con Janet, esa chica necesita otro aire, para metida en la casa, parece una monja: para encerrada en su dormitorio y solo piensa en el estudio. Cuando quieras ven nomás, si quieres invítala a salir. —Gabriel la escucha sin decir nada. En ese momento aparece Pierre recién duchado; se peina el cabello mojado, salpicando algunas gotas de la cabeza. Su mamá le propone una idea—: Oye, Pierre, ¿por qué no salen tú, Ariana, Gabriel y tus amigos a una disco?

Pierre se sienta frente a ellos.

—¿A una disco? —repite—. A la iglesia querrás decir, a misa de seis —carcajea. Ella voltea.

—¿Te das cuenta, Gabriel, como se comporta este muchacho? No madura.

Da una pitada al cigarrillo, suelta el humo con una mirada cómplice; Gabriel asiente, entiende con claridad las intenciones de la mujer: Pierre está demás, ella desea que invite a salir a su hija.

Ariana conecta el speaker del teléfono.

—Aquí, amix, tranquila echada en mi cama, limándome las uñas, viendo un especial de MTV que está mostro.

Marie France está en el cuarto de su mejor amiga, escucha la voz de Sophie mientras se arregla el cabello frente al espejo.

—Flaku, yo estaré yendo a las tres de la tarde a la veterinaria —dice Ariana mientras busca entre la ropa algo para su primer día de clases.

El teléfono habla solo.

—Ya, regio, yo voy con la gata de mi mami que va a tener gatitos, ya está panzona, mi hija querida, la pobre Cuchifli es una bomba de tiempo.

Ariana abre los cajones, desesperada: deja caer cada trapo sobre la cama.

—Bueno, no se te ocurra viajar con tu gata en una combi. —Se burla. Marie France hace una mueca. Ariana se pone una blusa. Por el speaker se desata una tormenta.

—¡Qué ascoo! No me hagas acordar que me subí a esa cosa horrorosa y de esa gorda carachosa, pezuñenta, campesina, ¡qué horror!, my God! ¡Viajando en ese carro espantoso, grasoso y todo mugroso! —Por el auricular se sienten los escalofríos de Shopie—. De solo recordar su cara resinosa, llena de cebo, amix, me da un ataque, ya no me hables más, please, ya olvídate de esa página negra in the story of my life.

Marie France hace señas con el dedo a Ariana para que corte la llamada de Sophie.

—Flaku, te tengo que cortar, ya me voy a la universidad, te espero más tarde en la veterinaria, bye.

—Oky, amix, bye.

Ariana presiona el botón, cancela con un gesto de alivio, apurada por llegar a clases. Cursa su último ciclo de estudios, es también su primer día de trabajo: se ha comprado un mandil celeste, unos zapatos formales con tacón pequeño, para ir a la veterinaria. La gringa se sienta en la cama, toma aliento para sincerarse.

—Amiga —le dice.

Ariana alista sus cuadernos e introduce su uniforme en una pequeña mochila.

—Dime.

Voltea a verla.

Marie France junta ambas manos entre las piernas, su rostro empieza a enrojecer, baja la vista avergonzada, sintiéndose arrinconada por sí misma, apabullada en sus propias palabras.

—¿Qué? Dime, ¿pasa algo? —le pregunta Ariana.

—Ay, amiga, no seé cómoo explicaglo. —Cierra los ojos, se queda inmóvil unos instantes, su corazón da latidos de timidez—. He vuelto con...

Su amiga la corta.

—No puede ser. —Deja caer la bolsa sobre la cama, se apoya sobre la cómoda—. Gringa, qué te he dicho, reflexiona, sabes que no te voy a apoyar en eso.

Marie France está al corriente de que es un juego peligroso volver con el indio.

—Él me ha pegdidoo pegdón, me dijo que me amaa, quee nunca más lo volvegá a hacej.

Ariana alza la voz como si fuese su madre.

—Ese es un viejo truco para volver contigo, ¡¿qué tienes en la cabeza, gringa?! ¿Acaso no te das cuenta de que te está utilizando? Yo no le creo nada, es un salvaje. —Ella coge sus cosas—. Me tengo que ir, no estoy de acuerdo.

Marie France baja la voz.

—Tú quiegues que me vaya.

Ariana la mira compasiva, se sienta a su lado. Las dos se abrazan.

—No, no digas eso, tú eres mi mejor amiga, me preocupo mucho por ti.

En el aparador de su dormitorio hay un sobre cerrado que Gabriel cree reconocer: está dirigido a su madre y aún no ha sido leído. Rompe el borde y saca un papel doblado, cuyas palabras lo llevan de regreso a Chircus. Se sienta en el borde de su cama perfectamente tendida, una atmósfera de paz invade la recámara a media luz. "Querida mamá: Marisol, o simplemente Mar, como gustaba llamarte, pero que hoy siento que es un mar detrás de las olas y lejos de mí: ¿Cómo estás, querida madre? Espero que bien, ¿cómo está mi padre? Imagino que siempre renegando, si es así, entonces está bien. Pero cómo empezar esta carta que te sorprenderá leer, y cuando hoy tu nombre me llama y es por eso que te escribo estas cortas líneas, breves, pero llenas de afecto y enorme cariño, dejando atrás malos ratos y angustias para pasar por unos minutos en tus recuerdos, tu sonrisa, tus brazos, tu voz y todo aquello que dejé sin decir adios hace ya diez años, y que añoro como si fuera ayer. Pero hoy, lejos de ti, qué te puedo decir; yo sigo aquí en la vieja iglesia de Chircus, buscando respuestas que se vuelven inalcanzables, que por momentos me causan una depresión muy profunda. Sé que uno debe seguir el camino elegido, el camino de vida como nos lo enseñó Jesús, pero a veces, sin querer, llego al límite de la angustia, de no poder ser yo mismo y desviarme de su sendero. No sé cómo explicártelo, madre, trato de salir de ese hoyo que parece no tener una luz de salida, dedicando mi vida a Dios en la Iglesia, estudiando la Biblia o haciendo vida pastoral con los niños y los ancianos pobres de este pueblo, lugar que he aprendido a querer; pero tal es el desgaste anímico para mí, la frustración de no lograr conmigo mismo una paz espiritual, que me atormenta cada mañana, tarde y noche, de un modo que para ti sería imposible imaginar. Espero que pronto se solucione todo esto. Escribirte me hace sentirte a mi lado, Mar, tu entereza frente a la adversidad, tener tu cariño, tu aliento, como cuando era niño y deseabas que fuese sacerdote, ante la furia y decepción de mi padre, que siempre quiso que dignificara nuestro apellido. ¿Lo recuerdas, mamá? En fin, lamento mucho no haberte escrito antes, ni siquiera llamarlos y preguntar cómo estaban, pero siempre los tuve en mis oraciones. Por eso, escribirte me permite imaginar que te tengo a mi lado y que me das esa fuerza que me hace reiniciar mi vida y replantear mis objetivos. Te lo digo porque al menos lo estoy intentando. Tal vez no me comprendas, mamá, pero voy a dejar la Iglesia, así como lo lees. Quizá lo que te digo te cause asombro. No siento que he fracasado, sino que mi vocación no está aquí, ni en Chircus ni en cualquier iglesia. Espero no defraudarte madre ¿Será muy difícil para ti comprenderlo? Volveré a la ciudad, comenzaré una nueva vida, pero por fin saldré de esta cárcel llamada ansiedad. Querida madre, antes que nada, quiero que sepas que aunque no tenga respuesta a estas líneas, siempre pienso en ti y le pido al Padre Eterno que te dé su protección y te bendiga, y aunque mi mundo gire al revés y esté lleno de tormentas, siempre estarás ahí, conmigo. Querida madre, te envío besos de despedida, pero sin olvidarte nunca, mi mejor amiga, mi Mar de la tranquilidad".

Gabriel dobla aquel papel que tiene entre sus manos, comprende que su madre jamás lo leyó, pero, entonces, ¿cómo apareció allí? No es difícil adivinar qué pasó con aquella carta. Cree saberlo. Tras la puerta, tocan dos veces cortas. Su padre aparece frente a él, con la camisa blanca, reluciente, luce un prendedor de oro en la corbata, con las manos en los bolsillos camina tres pasos hasta la cama de su hijo.

—Sabía que ibas a leerla —le dice. Gabriel no contesta, queda en silencio—. Cuando esa carta llegó a la casa, tu madre estaba muy enferma, por eso debí primero leerla, luego entendí tu decisión, no se la entregué porque no quise abatirla, porque no era justo que te marcharas sin decir nada, sin despedirte. —Se frota la cabeza, hace una pausa—. Porque ella, en su pena, estaba ilusionada con tu sacerdocio y no era justo que regresaras así, de pronto, con las manos vacías. Gabriel nunca había tenido una buena relación con su padre, pero en ese momento coincide con él

—¿Qué enfermedad tiene mi mamá? —pregunta abatido, sin verlo a los ojos, dejando la carta sobre la cómoda.

—Tiene cáncer, está usando una peluca —su padre se sienta a su lado, es su único hijo, le tiende el brazo al hombro, le vienen a la mente los años vividos con su esposa, siempre mostró fuerza en los momentos más duros, sus sentimientos están aprisionados, arruga la frente, su voz se acongoja—, hijo, tal vez la perdamos pronto.

—Esto no sirve: está mal hecho.

Pierre devuelve las pólizas con información errónea, las cifras no cuadran.

—Yo no refrendo nada —golpeó su Parker sobre su escritorio, truena una risotada de desinterés.

—No lo firmes si quieres, da igual —replica Emilio Cabral, el asesor de la Gerencia General.

—Me enferman tus carcajadas, crees que estás en un burdel —dice Pierre, harto de sus espantosas risotadas, no le importa que sean de un funcionario de alto nivel.

—Yo me río porque soy un hombre feliz, responde Cabral, allá tú si eres un pobre amargado, tampoco importa si visas o no los papeles, total, tu firma es un saludo a la bandera.

Pierre clava sus ojos con desprecio: detesta tener enfrente a ese amanerado que siempre contraria sus informes.

—Tú no eres un hombre feliz, tú eres una pobre loca, a quien se le apareció la virgen y por eso estás aquí. ¿Asesor? ¿De qué? ¿De asuntos sin importancia? Si no sabes hacer nada, matas el tiempo afanando a esos chiquillos practicantes, para levantártelos, y si no fuera porque el gerente es tu tío, estarías

14

deambulando en la avenida Arequipa o vendiendo perritos en la calle, y eso si no se te mueren de frío. —Le baja la voz burlonamente, guiñando la vista—: ¿Sí o no? Mariquita. La boca de Emilio Cabral se contrae como un embudo, contiene su ira, lo escucha furioso, sus ojos fulguran, sus delineadas cejas se contraen; los empleados de la oficina, sentados a los escritorios, simulan no escuchar nada.

—Te jodiste, huevón —se levanta bruscamente—, ya te caerán de Auditoría, allí vamos a ver quién ríe —susurra el asesor, da vuelta, se va con aires de diva, sus demonios internos retuercen sus tripas.

Pierre queda sentado, viéndolo andar, no comprende como un banco privado puede tener por excepción a una persona incompetente e impertinente. Está seguro que Cabral haría honor a su apellido, iría corriendo a quejarse con su tío el gerente general; es que un homosexual hecho una hembrita es peligroso. Sabe que correrá a lloriquearle al hermano de su papi, porque no hay peor enemigo que una loca reprimida, un drag queen sin empolvarse, ahorcado en una espantosa corbata rosa, con ganas de que sean las seis para irse volando a ponerse tacones, echarse rímel y teñirse los labios de carmín infierno, y Emilio le había echado todos sus odios. Ya le malogró el día. Pierre termina de firmar los reportes de su escritorio, coge el teléfono.

—Señora Haydee —dice mientras ordena los papeles uno sobre otro. La secretaria entra sonriente—, póngales el sello y envíelos por valija. —Se los entrega, ella se retira. Fastidiado, Pierre cierra los ojos, se frota el rostro: necesitaba distraerse, coge su smartphone, marca el número de Ariana—. ¿Aló?

Flaquita, ¿qué te parece si vamos a la disco? Ella desdibujó su sonrisa, esperaba que le preguntara cómo le fue en su primer día en la veterinaria, pero esas son huevadas, él no pierde su tiempo oyendo de gatos, conejos y perros.

—Ya, pues, me alisto en la noche —dijo ella.

Pierre juega con el Parker entre los dedos.

—Avísale a Sophie.

—¿A la gringa?

—Bueno, si quieres; ah, pero que no se le ocurra ir con su carcamán, yo voy con Choclo y con Gabriel.

Ariana adivina.

—Ah, tu famoso amigo, hasta ahora no lo conozco.

Pierre termina.

—Te veo en la noche, voy a las once, bye. —Corta la llamada. Pierre gira el sillón hacia el computador, ve que el reloj indica el fin de la jornada. Algunos compañeros de la oficina empiezan a salir. Aprieta el número de Patrick—. ¿Aló? Choclo, voy en la noche a The Church, habla, ¿bajas para allá? Ariana va a llevar a sus amigas, ¿okay?, te veo allí a las once y media.

—Habla, causa —contesta Piter desde su viejo Motorola—, ¿cuántos quieres? Sí sí, no hay problema.

El smartphone de la gringa empieza a sonar sobre la mesa.

—Hi, amiga, segría magníficoo. —Piter la observa de reojo, odia que la llamen—. Dime ¿a qué hoga me buscaas? Ya, está bien, te espego donde siemkre. —Marie France sonríe—. Kracias, un beso. —Ambos dejaron de hablar al mismo tiempo—. Mi amiga Agriana me ha dicho para ij hoy en la nochee a una discoteca. —Piter bebe un sorbo de cerveza, a él no le hace gracia: no simpatiza con ellos. Frunce el entrecejo, niega con la mano.

—Yo no puedo, amor, me han llamado para que lleve artesanías que me han encargado a una feria, además, yo no les caigo bien a tus amigos, de eso me he dado cuenta.

La gringa se encorva, le da un beso, él no se ha afeitado, su aspecto es descuidado.

—Tontitou, eso a mí no me impogta, si tú no vas, yo tampoco.

Piter alza la mano para pedir la cuenta. Marie France abre su bolso, saca unos billetes.

—Por favor, gringuita, no te preocupes por mí, yo quiero que te diviertas, además tengo que terminar un pedido de artesanías que debo entregar más tarde.

Ella sonríe.

—Pero yo puedo acompañagte para ver tus obras de agte, a mí me gusta mucho mucho estaj junto a ti, egres mi agtista favogrito —le dice sin convencer.

Piter la mira expectante, sonríe orgulloso, necesita zafarse de ella para cumplir su encargo; finge bostezar, alza los brazos.

—Estoy muy cansado, gringuita. —Le acaricia el cabello. Marie France junta su mano con la de él, un mozo se acerca con la cuenta, recoge los billetes de la mesa, quédate con el cambio, dice ella, el cholo calla, quería llevarse la propina que no es suya. Los dos se levantan, ella toma la botella de agua mineral sin terminar. Piter se pone al hombro su morral—. Gringuita, franco, ve tú nomás, acompáñame a tomar mi combi.

Cuando Gabriel recibe la llamada de Pierre para salir esa noche a la discoteca y enrumbar en el auto al balneario de Costa

Azul, su desánimo por la penosa enfermedad de su madre lo tiene completamente abatido. Aunque sin ganas de ir, su amigo lo persuade: nada va a cambiar quedándose allí recluido y cuando la voluntad del Señor ya está escrita. Estuvo sentado en un sillón a lado de ella durante algunas horas, revisando viejos álbumes de fotos mientras la veía dormir; sobre la mesa de noche, vio frascos de pastillas, jeringas de inyectables y otras cajas con medicamentos y una anotación que indicaba las horas y dosis evidenciando la gravedad de su estado. El silencio de su sufrimiento, cifrado en análisis médicos: ese maligno cangrejo es impredecible y a pesar de que se oculta en nuestras narices, no nos damos cuenta de que lo tenemos siempre enfrente. Gabriel necesita distracción, quedarse allí no va a cambiar absolutamente nada. Curiosamente, viste por completo de negro, pantalón y camisa afuera; explora dentro el clóset de aquella habitación, descuelga una gabardina negra, impregnada de la fragancia de su padre. Frente al espejo de la recámara, se pone ese largo sacón oscuro que fácilmente le puede hacer remembrar su época de sotana sacerdotal. El Volvo S60 espera afuera, el claxon suena impaciente, es hora de partir. Gabriel le da un beso en la frente a su madre, sumida en un profundo sueño; evita despertarla; cierra las cortinas, siente que su rostro empieza a ensombrecer. Voltea a verla a un lado de la puerta, para despedirse en silencio; apaga la luz de la habitación. Apesadumbrado, baja las escaleras sabiendo que sale de allí a voluntad. Entra a la biblioteca, su padre aún no llega: le escribe una breve nota: "Regreso en la madrugada". Ve que sobre el escritorio hay un CD de rock and roll, la empleada se acerca.

—Joven Gabriel, lo está buscando el señor Pierre.

Él asiente, no entiende la candidez de la sirvienta, por qué lo trata de joven y a su amigo, el señor, si ambos crecieron juntos y tienen la misma edad.

—Dígale que ya salgo.

Deja la anotación sobre el esculpido escritorio de caoba, donde alguna vez jugaba ajedrez con su padre. Cierra la puerta, camina hasta llegar al jardín exterior; se siente extraño, su madre enferma, él, un fugitivo en busca de diversión. Sí que es una noche paradójica y de frío. Se persigna encomendándose al Altísimo, abre la reja: Pierre está apoyado en el auto fumando un cigarrillo, hace sonar las llaves del coche, con la radio encendida. Lo saluda estrechándole la mano con un sonoro golpe de aprecio encubridor. Una ligera garúa empieza a caer. Pierre mira hacia arriba, las gotas posan sobre su casaca.

—Carajo, ya empezaron a orinar los santos, tus amigos — bromea—, vamos rápido.

Los dos entraron al auto.

—No te burles, no es bueno bromear con eso —dice Gabriel colocándose el cinturón.

La noche los lleva a la juerga de música y alcohol. El moderno auto se mueve rápidamente, la brillante luz de los faros neblineros dejan divisar las pequeñas gotas de esa fría llovizna en medio de un bullicio vehicular entre calles y avenidas que a Gabriel le parecen un laberinto de incertidumbre cómplice del cual su vida siempre estuvo al margen. Pierre sube el volumen de la radio. Los parlantes Sony estallan con el rugido del trance electrónico. Su smartphone anuncia un mensaje de Choclo.

—Ya llegué, huevas, apúrate. —El Volvo circula por un pasaje angosto que rodea a un modesto conjunto habitacional en

Surquillo. Pierre detiene el auto cerca de un parque descuidado y de poca iluminación—. Espérame un rato —dice. Por el espejo, Gabriel lo ve retirarse con el teléfono en mano hasta perderse, baja el volumen de aquella música que disgusta a sus oídos, inserta en el autorradio el disco de rock and roll que encontró en la biblioteca. A unos metros, tras unos arbustos que bloquean un maltrecho muro de concreto, Pierre alza una ceja, saluda al proveedor de su adicción, un hombre de baja estatura y mestizo.

—Habla, batería —le dice confianzudo.

Pierre arruga la frente.

—¿Batería? A mí no me hables así, huevón, ubícate. Dame lo de siempre. —Le da unos billetes que tenía ya listos, a cambio recibe cuatro ketes de pasta básica—. ¿Tienes mi otro encargo?

El hombre abre su alforja, le suministra una pequeña bolsa de diez coloridas pastillas. Pierre las cuenta una a una, se las hace tragar al bolsillo, saca un billete de la camisa.

—Por si acaso, también me puedes encontrar en el Malecón Negro, allí le vendo a unos tablistas que son mis caseritos; si te animas, tengo unos porros también, tú nomás dime cuántos quieres que te dea. —Le ofrece su contacto.

Pierre gruñe.

—Serás huevón, no se dice dea, por qué ustedes dicen dea, estea, picsa con pecsi, sencillar.

El cholo ríe.

—¿Vas a querer hierba?

Su cliente da un escupitajo.

—¿Acaso me has visto cara de fumón? —Le palmea la cabeza amistosamente, casi le hace caer sus pequeños anteojos; lo conoce muy bien—. Provecho con la gringa, cholito, vas a mejorar la raza, a lo mejor te doblas y te lleva a su país —dice mientras se va.

Pierre da media vuelta, alza la voz.

—Nunca te me acerques y menos cuando estés con ella.

Piter se acomoda los lentes con ambas manos, carcajea.

—Te manda besus de megmelada y abrazus de mantequilla.

—Se burla del castellano oxidado de Marie France mientras lo ve alejarse. Se lleva el morral al hombro.

El consumidor se pierde entre las sombras, camina hacia el auto; Gabriel espera pacientemente, lo ve llegar tras el vidrio empañado por la lluvia que ha empezado a empeorar. Pierre estira su espalda hacia atrás para liberar la tensión, abre la puerta, se sienta al volante, se frota las manos endurecidas por el frío.

—Lluvia de mierda —maldice mientras enciende el motor. — Las plumillas sacuden el aguacero, la visión se hace transparente, el Volvo se desvía del lugar, regresan por la avenida Primavera, con dirección a Surco—. Bueno, ahora sí —dice un Pierre entusiasmado—, recogemos a las flacas y nos largamos de juerga.

El Beetle azul metálico se detiene frente al edificio donde vive Ariana. Aunque ya mermada, la lluvia ha empapado las calles. Sophie, con un pantalón ceñido y un top strapless plateado, baja del auto, presiona un botón del llavero. La alarma da un corto silbido, los pestillos se cierran automáticamente. Su iPhone retumba: Ariana está al teléfono junto a la gringa.

—Aló, Flaku, estoy bajando.

Sophi reniega.

—Puta maadre, amix, me muero de friío, baja al toque.

Rápidamente prende un cigarrillo; atrás, un destello de

luz se va acercando. Pierre detiene el Volvo junto a ella. Sophie se aproxima al vehículo, la ventana oscurecida se hunde lentamente. "One, two, three o'clock, four o'clock rock, five, six, seven, o'clock eight, o'clock rock, nine, ten, eleven, o'clock, twelve, o'clock rock, we're gonna rock around the clock tonight…". Pierre apaga el motor, le guiña el ojo a modo de saludo. Sophie baja la cabeza para saludar.

—Hola, Pierre. —Ella apura el paso hacia el Beetle.

—¿No te dije? —dice Pierre. Gabriel solo observa—. Mira ese hembrón. —Bill Haley sigue cantando. El guardián abre la puerta del edificio; por el pasadizo, en medio de los jardines, Ariana y Marie France hacen su aparición, se abrazan con Sophie como si no se hubiesen visto en años. Pierre y Gabriel descienden del auto, se acercan a ellas. Ariana junta los labios con el hombre de su vida, vuelve la cabeza sonriendo.

—Él debe ser Gabriel.

El exsacerdote se abriga en su enorme sacón negro, saluda besándole la mejilla. —Te presento a Marie France —le dice ella. La gringa lo mira con ojos risueños. Sophie, de brazos cruzados, solo observa, da una pitada, echa el humo hacia arriba, sujeta el cigarro con exquisitez, sin interés por conocerlo—. Ella es Sophie —dice Ariana.

Gabriel le da un beso.

—Hola —le responde fríamente—. Bonito saco, pareces un cura.

Ella frunce el cejo.

—Bueno, ya, Choclo nos está esperando. Sophie, tú anda con la gringa —ordena Pierre—, yo voy con Ariana y Gabriel, allá nos encontramos.

Se reparten en los autos; las puertas se abren, los faros encienden la noche, los motores gruñen al unísono de llantas que se alejan impacientes. Pierre encabeza la ida, atrás quedó Bill Haley y su rock and roll de los cincuenta. Alza el volumen, Kristy Hawkshaw, "Just be", de DJ Tiesto.

—Así que tú eres el famoso Gabriel —dice Ariana con una expresión amistosa desde su asiento—, Pierre me ha hablado mucho de ti.

Gabriel, desde atrás, asiente.

—No sabía que era famoso, recién me das la noticia.

El vehículo da un corto giro a lo largo de la Panamericana Sur, avanzan a toda prisa, la llovizna vuelve a caer.

—Carajo, otra vez —maldice Pierre activando las plumillas del parabrisas.

—Ya no reniegues, oye, cállate, no seas chucky —dice Ariana moviendo la cabeza con fastidio.

—Yo no sé cómo lo soportas —bromea Gabriel.

Ella sonríe.

—Yo tampoco sé cómo lo aguanto —dice acariciando la cabeza de su amor—, pero es lindo. —Ariana pulsa un botón para bajar el vidrio a medias, prende un cigarrillo, se lo lleva a la boca, le invita una pitada a Pierre mientras este conduce—. ¿Fumas? —pregunta a Gabriel con voz dulce, mostrándole la cajetilla; sus ojos centellantes se impregnan en el exsacerdote, que queda en silencio mirando su belleza.

—No, gracias, no fumo —dice volviendo en sí.

—Qué pena que ya no seas sacerdote, si no, tú nos hubieras casado —le dice Ariana volviendo la cabeza sobre su asiento, echando las cenizas por la ventana. Pierre solo hace una mueca mirando por el espejo retrovisor.

—Es verdad —dice Gabriel dibujando una sonrisa a medias—, me hubiese gustado casarlos.

Pierre frena bruscamente, los tres se sacudieron hacia delante, él empieza a carcajear.

—Lo hiciste a propósito —le dice ella.

El Volvo sale de la oscura carretera, se desvía por una trocha iluminada con luces led verdes y rojas, se detiene en uno de los estacionamientos de la discoteca. Choclo aparece como un fantasma golpeando la ventanilla con los nudillos.

—Por fin, carajo, llegó la gentita.

Sophie estaciona su Beetle junto al auto de Pierre.

—Llegó la beautiful people —arenga Patrick con una lata de Cuzqueña en la mano.

Ariana baja del vehículo, arroja al piso la colilla de su Marlboro, fastidiada por la actitud de Pierre cuando mencionó casarse; sus nervios la hacen fumar otro cigarro. Gabriel mira a su alrededor: autos modernos, sonido electrónico, juventud playera que ríe o conversa acelerada tomando licor en los exteriores de lo que consideran un santuario de diversión.

—Gracias, cholito —dice Marie France llevándose un cigarro a la boca, devolviéndole su Zippo al colorado Patrick, que está apoyado en su moto.

—¿Cholito? —dice Pierre en plan de joda—. Te dijeron cholito.

Patrick no se inmuta.

—Como las huevas, brother, no pasa nada —dice haciendo una mueca.

Pierre lo vacila.

—Pero si en la universidad renegabas, que los cholos por acá, que los cholos son así, que tenía que ser un cholo; oye, pendejo, tú choleabas a todo el mundo. Patrick finge resignación.

—Sí, pues, brother, eso era antes, pero comprendí que actué mal —baja la mirada mientras habla—, me di cuenta de que alguna vez hubo una época de gloria, donde nuestros abuelos podían cholear a los demás; pero con el tiempo, todos hemos pasado a ser parte de una misma comunidad —levanta la cabeza, alza el brazo cerrando el puño—, ¡la comunidad de los cholos!

Patrick insiste en su tesis, Pierre muerde su cigarro.

—Este huevón ya quemó cerebro.

Sophie frunce el cejo, no está de acuerdo con el colorado, ella es harina de otro costal. Ariana no le presta atención, no puede disimular su fastidio; Gabriel solo observa a los alrededores.

—Así que los cholos somos una especie en extinción —remata Patrick.

Pierre suelta una carcajada.

—Los cholos, ¿en extinción? ¡Qué cague de risa! ¿Qué te has fumado?

Patrick da el último sorbo a su cerveza, deja la lata en el suelo arrimándola con el pie.

—No, huevón —alza la voz, se da cuenta de que no lo toman en serio—, es verdad, los cholos somos una especie en extinción. ¿Y saben por qué? Porque ahora, lo que abundan son puros engendros, harto mutantes y feos.

Choclo se carcajea solo. Ariana exhala su cigarro, mueve la cabeza, ignora ese estúpido comentario.

—Ya cállate, idiota.

Empieza a hacer frío. Pierre ha aspirado un poco de coca sin que se den cuenta. —Bueno, entramos —dice rozándose la nariz. Se unen en fila tras una puerta custodiada por tres robustos y rapados agentes de camisetas negras licradas, con el vocablo "SECURITY" en el pecho. El portón de acero negro de The Church se abre dejando salir el rugido trance de sus entrañas. El grupo ingresa al oscuro túnel que los traga a otra dimensión, que corta el frío y los redime en el éxtasis pagano, a la penumbra con olor a humo y alcohol, perdiéndose entre una multitud frenética y en un bullicio rítmico que a Gabriel le parece atolondrado y horrible: ya empieza a odiar ese lugar. Los efectos de luces de láser sobre las cabezas relumbran y se armonizan con la buena música electrónica para enloquecer la noche—. Tienes que tener oído para entender esta música —dice Pierre casi gritando al oído de Gabriel—, es el sonido del universo. ¡Esto es de la puta madre! —Le señala la barra—. Voy a pedir unos tragos, tú busca dónde sentarnos.

El resto del grupo se une a la muchedumbre, absorbido por ese retumbo electrónico: un híbrido digital sin lenguaje que solo pueden oír y al que rinden culto. Están hechizados por los DJ, controladores del ruido hipnótico, danzan sin control hasta derramar energías. Gabriel encuentra un lugar frente a la pista de baile, se hunde en uno de los confortables asientos de la zona VIP. Ve que a lo alto, cerca del techo púrpura, hay efigies que semejan a los santos bajo unos coloridos vitrales con figuras medievales: un infeliz recuerdo de su paso por la Iglesia. Concentra su mirada mientras los parlantes retumban, lo regresan en el tiempo, compara esas imágenes con las que alguna viera en el templo de Chircus. —Oye, no seas aburrido, vamos a bailar —Ariana lo despierta alzando la voz, tomándole la mano.

—Pensé que estabas molesta —dice Gabriel.

Ella sonríe.

—Sí, pues, me dio cólera lo que pasó en el carro, pero ya, no importa, vamos a bailar.

Pierre se acerca a ellos con dos vasos de whisky.

—¿Y yo dónde quedo? —pregunta tomando de la cintura a su novia.

—Vayan —dice Gabriel temblándole las rodillas—, yo los espero aquí.

Ariana sonríe, moviéndose como una víbora, se dirige a la pista de baile.

—Toma esto, es para combatir la bulla.

Pierre le guiña el ojo, deja una pequeña pastilla sobre la mesa, junto a una botella de agua mineral; da vuelta contoneándose al ritmo de esa música ensordecedora, vibrando con los efectos láser que agujerean la oscuridad, que congregan una multitud histérica de jóvenes que se dejan envolver por los sintetizadores y la percusión cadenciosa de un dúo inglés. El ambiente los enfrasca en un éxtasis de placer y contorsión mientras atrás, a un lado de la barra, dos desaliñados malabaristas intercambian varillas de fuego que se cruzan en un aire de nocturnidad y sofocación. Gabriel, desde su mesa, contempla como Ariana, Pierre, Patrick y Sophie se concentran en el fulgor de libertad de sus cinco sentidos. Desde la pista, Ariana se mueve al compás de Pierre sin dejar de sonreír; sus piernas se baten y su cuerpo gira mientras levanta los brazos, moviéndose y acercándose a él cada vez más. Gabriel sabe que la noche es para distraerse, que debe dejar todo atrás: sus preocupaciones, sus temores y su vergüenza a una vida nueva; porque el de arriba ya no puede regir su destino. Gabriel, de a poco, empieza a sentirse seducido por aquel bullicio digital, no resiste ser ajeno a ese baile contagiante, deja a un lado su vaso de whisky a medio tomar, se alza presuroso, sin quitarse el saco, salta sobre una baranda, animado a bailar junto a Marie France: ella se queda cerca de él.

—Vamous, muévete —le dice a viva voz mientras se contonea.

Gabriel apenas la puede oír. Luego ella gira, se queda de espalda frente a Gabriel. El exclérigo baila como si fuese un anciano reumático, pero intentando copiar esa tendencia pegajosa. Ariana sacude los hombros con frenesí, sumergida en la música que él considera un estruendo, que lo hace sentir ridículo, pero ella, en la pista de baile, es otra mujer: es una joven rebelde, sumergida en la música del DJ. Sophie se cruza entre ellos, se mueve frente a Pierre. A unos metros, Ariana va al rescate de Gabriel: acerca su cuerpo hacia él mirándole a los ojos, la música avasalla el ambiente. Ellos son absorbidos en un escenario frenético, un ritmo que apresa en satisfacción al exsacerdote en un arranque de liberación corporal. Se mueve como nunca antes lo había hecho; ella, sorprendida, se junta más a él. Marie France aparece con Pierre, Sophie y Patrick; Ariana se hace a un lado de él creándose un círculo rítmico alrededor de Gabriel: sus rodillas dejan de temblar, sus ojos obnubilados de fulguración y sus oídos magnetizados le aceleran la sangre entre efectos láser, fuego y humo. Él deja salir su espíritu aventurero, libera adrenalina dejando atrás sus represiones en esa noche mágica, salvaje e indescriptible. Cercado por sus jóvenes aliados, se mueve de un lado a otro, alza los brazos, sus piernas giran sobre sí mismas, se siente uno más de ellos, un forastero acogido por aquella tribu rítmica que, con trago en mano, lo considera parte suya y lo bautiza en un nuevo culto.

Empieza a amanecer. La fría llovizna ha humedecido todo el balneario. Los postes de luz aún subsisten inflamados cerca de la carretera. Todos han dormido en la casa de playa de los padres de Pierre; pese a que las ventanas están cerradas, es fácil percibir el sonido de las olas que arrastran piedras, que crujen a su paso, bajo un cielo que se desluce, que entristece aquella mañana que ha llorado toda la noche. Ariana se levanta muy temprano, camina por la sala, ve dormir a Gabriel en uno de los sillones, cubierto por una manta a punto de caerse. Ella se acerca, se la acomoda tratando de no despertarlo; sonríe imaginando la resaca que tendrá al despertarse, sin poder imaginar que haya sido sacerdote. Ve que el reloj marca las seis y diez de la mañana, se acerca al balcón, mira tras la ventana: el vidrio está empañado por el aguacero. Ariana dibuja unos trazos con el dedo índice que hacen silbar el revisto templado. Gabriel despierta, a duras penas puede abrir los ojos, ve todo borroso, trata de fijar la mirada en aquella silueta que tiene en frente: su visión se va aclarando, Ariana está de brazos cruzados contemplando el océano, frotándose por el frío. A unos metros, tras una puerta, Pierre duerme en su habitación, ahogado en alcohol y en sustancias que ella aún desconoce. Gabriel se acerca por detrás, la cubre con la misma frazada con la que ha dormido, ella queda sorprendida al verlo; lo creía adormecido, se siente avergonzada: sus ojos verdes se abren como flores cuando lo ven.

—¡Ay, qué horror!, estoy en estas fachas.

Gabriel hace una mueca, se encoge en hombros, se aleja de la novia de su mejor amigo; tiene dolor de cabeza, se recuesta en el sofá. Ariana, envuelta en ese cobertor que la refugia del frío, sigue mirando el mar: desde allí ve como revienta sobre algunas rocas, a los primeros surfers que se recuestan sobre sus tablas para domar las olas, entre ellos está Patrick, que se pierde en las aguas del Pacífico.

—Vaya noche, dice Gabriel bostezando, qué dolor de cabeza tengo, qué bárbaro ¿Hasta qué hora nos quedamos? —pregunta frotándose el rostro de cansancio. Ariana, con una sonrisa, se acerca a él.

—¿Que no recuerdas nada? —dice sentándose sobre una pierna del sillón—. Estamos en domingo, nos amanecimos en la disco, tú estabas en otra, después de almorzar, dormiste toda la tarde, recién despiertas, ¿no recuerdas? —pregunta incrédula—. Ayer no podías ni caminar, Pierre te dio una pastilla.

Gabriel inclina la cabeza hacia la pared, abre los ojos bruscamente.

—Debo irme —se levanta presuroso, siente una incipiente barbilla, se mira la ropa arrugada, el saco negro sobre uno de los muebles—, estoy hecho un desastre —dice nervioso—, necesito un baño. —Siente dolor de cabeza.

—¡Ariana! —alza la voz Pierre desde la habitación.

Ella se levanta a prisa.

—Ay, ya se despertó. Allá está el baño de huéspedes —le señala un pasillo—, voy a preparar el desayuno —dice con una sonrisa amistosa y da vuelta rumbo al cuarto de su novio.

Gabriel entra al baño para asearse; sus ojos están irritados, siente que no tiene fuerzas, se apoya sobre el lavatorio. La cabeza le da vueltas, se fricciona la vista, apenas puede girar la manija de la ducha. Se desabotona lentamente la camisa, se la quita dejándola a un lado de las toallas, luego se sienta sobre el borde de la tina, empieza a salir vapor caliente. Ariana prepara café y jugo de naranja, busca en la despensa, saca pan de molde embolsado; en dos sartenes, a fuego medio, fríe huevos y tocino, que empiezan a humear bajo la campana extractora. El olor a fritura llega al olfato de Pierre, lo arranca de la cama con un hambre voraz, sale de la habitación con un largo bostezo, oye los chorros de agua que caen dentro del baño, ingresa a la cocina, ve a Ariana que sirve el desayuno esmeradamente sobre los individuales.

—Flaca, ¿y Gabriel? —pregunta Pierre, a modo de saludo.

Ella se seca las manos.

—Se está duchando, el pobre no recuerda nada. —Pierre coge un pedazo de tocino crocante, lo mastica—. Oye, lávate las manos —dice Ariana dándole un manazo.

Gabriel aparece con el cabello mojado.

—Hola, buenos días.

Pierre, despeinado, lo mira riendo.

—Habla, compadre, ayer te pegaste una buena —desencaja una sonrisa falsa, luego agita las manos mirando la mesa servida—. Voy a lavarme, desayunamos rápido y nos regresamos —dice bostezando—, debo terminar un informe de mierda. —Pierre estira los brazos—. Qué fastidio, carajo, mañana tengo una reunión con los auditores.

Ariana mueve la cabeza con desgana: casi había olvidado que quería almorzar en alguno de los restaurantes de la playa, pero Pierre otra vez vuelve a lo mismo. En poco más de una hora ya estarán de regreso en la ciudad.

El auto se detiene con lentitud. Cuando Gabriel baja del Volvo S60, en medio de risas, se encuentra con una larga fila de autos frente a su casa. Ve hombres y mujeres vestidos con formalidad, que ingresan en la residencia; tras ellos, las coronas y cruces mortuorias reflejan el dolor y el luto que esa tarde aqueja en su hogar. Entonces teme lo peor, voltea a ver a sus amigos, ellos ya se fueron. Camina lento hasta llegar a la reja abierta, no cree conocer a nadie, mira los arreglos florales esparcidos por todo el jardín que forman un recorrido lúgubre hacia la sala. Siente que el tiempo se ha detenido, que nunca estuvo allí, se encoge en hombros, su mirada se empieza a caer, siente que su corazón se hace pedazos, que su alma se ensombrece y sus ojos se empiezan a ahogar. Avanza pausado hasta alcanzar el portón de la sala, pierde aliento, piensa que está en un callejón sin salida, pero en los velatorios nunca nadie es invitado y él es un extraño en su propia casa. Ve a su padre enfundado en un sobrio y elegante traje negro, con Occhiali oscuros que no pueden esconder su dolor, recibiendo abrazos de pesar y miradas caídas, a un lado del féretro que está bajo un crucifijo de bronce. Gabriel, con el saco que cuelga del brazo y que usara en la discoteca, avanza hasta la capilla ardiente, se aproxima abrumado al ataúd, contempla a su madre, que descansa en el largo sueño de la resurrección. Su padre lo observa de reojo desde su círculo más íntimo. Aunque lo quiera disimular y nadie lo sepa, su rostro no puede ocultar su disgusto por la presencia de su único hijo mientras acoge los sentimientos de duelo que le siguen llegando. Gabriel lo presiente y voltea, ve que su padre entra solitario en la biblioteca, que ha dejado la puerta a medio cerrar; va tras él, entra despacio en ese lugar, ve a su progenitor con los brazos entrelazados a la espalda. Observa tras la persiana, la llegada de políticos, notables abogados, empresarios o un nuevo ministro. Los individuos que han acudido solemnes al funeral forman grupos, conversan o ríen entre sí.

—Papá —dice Gabriel con voz ronca dejando el saco sobre una silla.

—¿A qué has venido? —pregunta su padre sin voltear.

El exsacerdote cierra la puerta.

—Yo no sabía nada, no sabía que mamá había muerto.

El viejo gira la cabeza, suelta su rabia contra él.

—Ella preguntó por ti, te llamó antes de morir y tú no estabas, te largaste esa misma noche, la dejaste sola, agonizando, y ahora apareces aquí, ante todos, con ese aspecto de trasnochado sin siquiera haber avisado dónde ubicarte, ¿por qué no tienes un maldito celular?, ¿sigues pensando en los votos de pobreza?, ¿piensas que aún estás en ese pueblo miserable adonde te largaste? De verdad no sé a qué viniste, sus últimas palabras fueron que quería verte, pero ya qué importa.

Gabriel está apático, mira a su alrededor: el escritorio lleno de documentos, los grandes estantes de libros jurídicos, el cuadro de su abuelo ex ministro de justicia. Hace una mueca.

—¿Acaso mi madre también te dijo que lucieras el prendedor de oro de tu logia? —Hace un gesto—. ¿Ahora me culpas de la muerte de mamá? Tú, que la descuidaste por dedicarte a tus negocios, por defender a esos apoderados y políticos corruptos que vienen aquí a darte sus condolencias. ¿O qué? ¿Les crees en su apoyo moral? Ellos están aquí solo porque defiendes sus intereses. —Su voz se escucha hasta el exterior—. ¿Crees que no me he dado cuenta que cuando te dan el pésame, te fijas de reojo quiénes se anuncian en el tarjetero o quiénes te dejan las coronas más elegantes, porque piensas que eso es importante y que estás encima de los demás, sacrificando tu propio hogar? Porque lo único que te importó es ennoblecer tu apellido y por eso descuidaste a mamá, por ocuparte en tus negocios. ¿Y ahora tú me culpas?

Su padre lo mira inquisitivo. Desde fuera tocan la puerta, el chofer aparece.

—Doctor, disculpe usted, ha llegado el canciller Blomberg.

El viejo asiente, a Gabriel no le importa. Su padre se acomoda los gemelos de oro, mira a su hijo con arrogancia, saca de la cartera unos billetes, los deja sobre el escritorio.

—Olvidé que los curas solo saben tomar vino y extender la mano, cómprate un traje para que te despidas de tu madre. —Abre la puerta junto a los susurros confidentes, los murmullos de hilaridad y el olor a flores, sale sin decir más. Gabriel camina hasta la ventana, observa la llegada de un embajador más que se abotona el saco, que cruza el jardín saludado por ministros de Estado y políticos. La escena le parece insólita, es una gran obra fúnebre de la que se siente ajeno. Su padre y su madre fueron hijos únicos, Gabriel también lo es, pero él siente que ya no es hijo de Dios, y que su padre no se acuerda de él.

En la tarde del día siguiente, Pierre y Ariana aparecen en el funeral de la madre de Gabriel. Están sorprendidos con la noticia, no sabían nada de su penosa enfermedad, han llegado para dar sus condolencias al amigo abatido en su dolor. El exclérigo viste un terno oscuro que compró horas antes con un préstamo de Pierre. Asiente como respuesta a los saludos. Unos metros atrás, Marie France, junto al infiltrado Choclo, que lleva encima un saco marrón, jean y zapatillas, conversan en voz baja.

—Cómo se dice, ¿feliz pésame? —bromea.

Ella le da un codazo.

—Cállatee, tonto —dice en voz baja. Algunas horas después, todos los allí presentes están de pie, los negros cargadores con smoking se acercan al féretro, lo sujetan de cada lado para llevarlo lentamente al hombro; adelante, un nutrido grupo de mujeres de todas las edades: amigas, parientes de la madre o secretarias que trabajan en bufetes de abogados carga lágrimas florales mientras el distinguido viudo, con sus gafas negras, es escoltado por sus socios y amigos que avanzan junto al cortejo hasta llegar a la carroza panorámica.

—Gabriel, ¿te llevo o vas a ir con tu viejo? —dice Pierre

mientras Ariana, sin poder ocultar su pena, se coge del brazo de su novio.

—Voy con ustedes, gracias —dice Gabriel con voz compungida.

Se acercan al auto mientras el cortejo fúnebre empieza a partir. Junto a ellos está siempre Marie France compartiendo el dolor ajeno. Patrick se despide, poco dispuesto a acompañarlos; desde que murieron sus cuatro abuelos, los velorios siempre le han parecido aburridos, sobre todo, odia estar de pie en los empalagosos reponsos religiosos. La carroza Mercedes Benz encabeza el cortejo de media docena de coches de flores; el resto de vehículos tiene las luces encendidas. Enrumban en fila al camposanto. Gabriel, en el Volvo de Pierre, tiene la mirada perdida. Regresó para verla y, sin despedirse de ella, en su silencio, se siente culpable por no haber estado presente al lado de su madre en sus últimas horas, por haber preferido dejarla en su cama, por largarse en busca de diversión; pero si es así, allí también y junto a él están sus cómplices. Nadie dice una sola palabra. Pierre considera a Gabriel casi un hermano, se conocen desde niños, ese día se suma al rictus de dolor de su mejor amigo. Las nubes ocultan el sol, la tarde se vuelve sombría, las primeras gotas de una ligera llovizna empezaron a caer: es el escenario perfecto para finalizar un funeral.

El teléfono timbra con impaciencia.

—Es él, seguro que es él —dice ella.

Doña Rita le pregunta a su hija:

—¿Él? ¿Quién es, él?

Cristiani suplica.

—Es Gabriel, ay, mamá, por favor contesta tú, dile que no estoy, por favor.

Era extraño, ella nunca se expresa así; se queda a un lado del teléfono, todo en esa casa es diferente. Su mirada la traiciona, no se atreve a contestarle. Su madre levanta el auricular.

—Diga.

Gabriel se recuesta en la cabina telefónica.

—Doña Rita, buenos días, se encuentra Cristiani.

La mujer titubea.

—Eh, ay, Gabriel, no se encuentra, eh... mi hija, no, no, no está; ¿desea que le dé algún mensaje?

Gabriel lo imaginaba, cierra los ojos, respira profundo: sospecha que la madre de Cristiani la oculta, puede intuirlo por su tono de voz.

—No, señora, solo quería saludarlas, espero que estén bien, hasta luego. Cuelga el aparato con resignación, su mano queda pegada al teléfono, suelta un suspiro de lamentación, porque todo es inútil.

—¿Por qué no le dices de una vez la verdad? ¿Por qué no le dices que no lo amas y terminas con todo esto? —rezonga su mamá.

Cristiani se sienta, apoya sus codos sobre la mesa.

—Yo se lo he dicho, pero él cierra su corazón.

La señora, sin saber por qué, está a favor de Gabriel: ya lo ha tratado, le parece un hombre sincero.

—No sé por qué lo rechazas.

Cristiani está cabizbaja, callada.

—No empieces otra vez.

Se levanta bruscamente, entra a su habitación, tira la

puerta, nunca se ha comportado así, todo es irreal. La señora Rita se sienta en el modesto sillón.

—Esta chica es una tonta —reniega.

Gabriel despierta, abre los ojos: solo ve el techo, se encuentra en su propia soledad, en la oscuridad de su habitación: no la ha olvidado. Solo ahora comprende como pudo hablar por teléfono, a la vez verlas: a ella y a su madre. Por qué soñarla, por qué recordarla, si es una visión que reconfirma lo sucedido la última vez que la vio en la plaza de San Esmeril, cuando ella lo rechazó. Sabe que no se puede soñar con lo que uno quiere, que solo se pueden crear quimeras cuando se está despierto. Se desquita con la almohada, arrojándola al piso porque le fastidia. En su cabeza tiene a Cristiani: se pregunta qué será de ella, tampoco fue un mal sueño, ambas mujeres parecen estar bien, pero, que él sepa, nunca hubo un teléfono en casa de Cristiani. Tampoco pudo saber su número, no se lo explica; a lo mejor ya tienen teléfono, quién sabe. En su exilio, creyó que ya nada quedaba en su corazón, pero si la sueña es porque extraña su ausencia.

Para ella era un nuevo comienzo: compartir su vida con el hombre que ama y que perdonó tiempo atrás. Juntos, volando sobre las nubes, disfrutan del paisaje montañoso, se abrazan y se besan de felicidad mientras observan los imponentes nevados desde la ventanilla de ese avión que los lleva a recorrer todas las regiones del país cuando la nave se transforma en un tren que recorre poblados, territorios que son extraños y a la vez mágicos para ella, fascinada por los mitos tribales; juntos, paseando en una bicicleta por las montañas luego de haber mascado la sagrada hoja de coca que les da energía y calma el hambre; conociendo lugares que solo había visto en revistas o internet, aprendiendo de las tradiciones que estudiara desde su lejano país europeo, y que siempre había ansiado conocer. Atraída por culturas enigmáticas, por paisajes andinos y rústicos, recorriendo regiones salpicadas de casas típicas, unas con tejado y otras con techos de paja, entre melodías de quena y violines. Visitando mercados de mujeres que hilan o chamanes que calzan ojotas, que les ofrecen artesanía esotérica.

—Lo bueno de la artesanía es que no necesitas universidad, sino habilidad —le dice Piter, jactancioso, con aires de experto, mientras caminan por pueblos y ferias regionales con gente hospitalaria, claro, cuando consiguen que se les compre, si no, eres un gringo curioso, un mirón más. Allí van ellos, caminando de la mano entre calles antiguas, de piso y paredes empedrados, que parecen laberintos hechos de viejas civilizaciones, que atraen su mirada de asombro y felicidad, que se impregnan en su retina. La pareja camina por templos magníficos y monumentos arqueológicos escondidos entre cumbres. Pronto, con el devenir de los días, se aventuran en la jungla amazónica. El viaje es doblemente gozoso para ella, atraída irresistiblemente por su guía, su mitad, su media naranja, como le gusta llamarlo; no importa que arroje al suelo las cáscaras de maní mientras come, que se limpie la oreja con un palillo de fósforo o hunda una carga de lapicero, así le gusta a ella. Ahora viajan en el ómnibus que bordea abismos temerarios, en lanchas a motor que navegan en ríos de aguas mansas, cuyo trayecto se vuelve eterno para

Marie France. Allí están ambos, en busca de etnias nativas escondidas en las profundidades de los bosques, que viven de lo que la naturaleza les brinda; conociendo sus costumbres, compartiendo juntos danzas a la luz de una fogata bajo estrellas infinitas, caminando en medio de la espesa vegetación y la ruidosa fauna. Marie France se emociona con facilidad al recorrer los albergues de los nativos, comprar café ecológico, probar frutas desconocidas y contemplar esa naturaleza espléndida, fotografiando el volar de las mariposas, los loros chillones que surcan el cielo y todo lo que encuentre a su paso. Sin embargo, finalmente, llega el momento de regresar a la ciudad, de alistar maletas, de sacar la tarjeta de crédito y de pagar las cuentas, de agradecerle a la vida por los días de aventura y las noches maravillosas al lado del hombre que ama; semanas imborrables que perdurarán en su mente, que quisiera que se repitieran por el resto de su existencia, juntos los dos. Hay tanto por recorrer en ese mundo ajeno al que se abraza, piensa que aún no ha conocido nada, que lo visto solo es un granito de arena en un vasto oasis. Cierra los ojos, besa a su amado que duerme en el asiento contiguo, voltea hacia la ventanilla, afuera todo es oscuro, observa su reflejo en el vidrio del Boeing que los lleva de vuelta a Lima.

Aunque se ha apartado de la Iglesia, la vocación de Gabriel por servir a los más necesitados es indesmayable. El exsacerdote ha logrado ingresar a trabajar en una fundación benéfica de asistencia a los ancianos y niños en abandono. La noche del viernes, Gabriel acordó encontrarse con su mejor amigo.

—Te invito unos tragos en el bar de Pedro —dice Pierre

mientras estaciona el auto a espaldas de la Facultad de Derecho, de la USMP, su alma máter.

Ambos se dirigen a una vieja taberna donde años atrás, en fines de semana, Pierre se juntaba con sus amigos de clases.

—Yo nunca fui a esa cantina, mejor te acepto un café —dice Gabriel con las manos en los bolsillos. Esa noche espera conocer a un amigo de Pierre que le pueda conseguir una donación para el albergue.

—¿Qué tal, Pedrito? Tantos años sin verlo —dice Pierre estirándole la mano tras el mostrador.

El viejo está limpiando la barra de espuma de cerveza, deja ver su sebosa barriga y canosa calva; sube la cabeza.

—Qué tal —dice con frialdad, no los recuerda. La toldera de ingreso es recogida por Mario, el mesero de siempre, de sonrisa amarilla, que lleva más de quince años ganándose unos centavos en el bar; es un hombre larguirucho y de bigotes gruesos, jamás terminó su carrera de sociología y nunca recibió pago alguno en ese lugar, solo se conformaba con las propinas y un plato de comida.

—Hola, Pierre, qué ha sido de tu vida, qué gusto volver a verte, por favor, pasa, pasa; cómo pasan los años, oye, estás igualito —mira a su compañero—, adelante, adelante señor, buenas noches, bienvenidos, ¿desean unas cervezas? Por si acaso, aquí tenemos las mejores cervezas —dice persiguiéndolos.

Pierre hace un gesto de fastidio con la mano para que se calle.

—¿Quién es? —pregunta Gabriel mientras se acomoda en el asiento de madera viendo al hombre parado en la puerta de la taberna.

—Es Mario, un loco de mierda, que no sé de dónde se

apareció, ya tiene muchos años acá, pero me acuerdo que siempre venía a joder por un cigarro, vas a ver. Don Pedro decía que lo ayuda en el bar, pero en realidad no hace más que joder, ya está rayado ese tío.

Don Pedro no había reconocido a Pierre: estaba sacando cuentas. Piden un piqueo de antipasto, un vaso de whisky con dos hielos, una botella de Sprite y un café. Mario toma nota, guarda el lapicero en el delantal, se acerca al viejo con la orden; al rato regresa con una bandeja y el pedido sobre la mesa. La Sprite es una buena bebida, tiene vibraciones. Pierre saca del bolsillo una cajetilla de Marlboro rojos.

—Este loco de mierda, cierra el pico, carajo, ya lárgate.

Las pupilas de Mario se incendian al verlo.

—Pierre, invítame un cigarrito, pues, no seas malito.

Pierre enciende el cigarro, ignorándolo.

—Lárgate, huevón, recién vengo y ya jodes —dice sin mirarlo.

Don Pedro, al oírlo, sale del mostrador, lo aparta.

—Ya, Mario, anda afuera, vete de acá, anda a molestar a otro lado. —El desgarbado sujeto se quita el delantal con cierta molestia, coge su casaca gris y sale renegando—. Todos los días es la misma vaina, qué más quiere que lo he ayudado durante tantos años —dice el viejo, alejándose.

Pierre bebe un sorbo de su trago, esperando que llegase Aldo Valencia y pueda ayudar a Gabriel a conseguir una donación.

—Oye, cuéntame cómo te fue allá en ese pueblo, Chicrus, Churquis... —Pierre trata de adivinar.

Gabriel sonríe, iba a contarle cuando llega Valencia, un

moreno alto, excompañero de Pierre, no terminó la carrera de Derecho y está metido en el negocio de seguros. Se acerca a la mesa, saluda y se sienta con ellos. De inmediato se acerca a la caza don Pedro para tomarle el pedido.

—Tráeme una cerveza helada. Tras una breve charla, donde se habló de viejos tiempos, Pierre va al grano.

—Bueno, te expliqué que mi amigo apoya obras benéficas, ¿cómo lo puedes ayudar? —Aldo Valencia saca su billetera de cuero, le entrega una tarjeta a cada uno. Pierre lee el contenido en voz alta—: "Atlántico Compañía de Seguros, Gerencia Comercial, División Vida, Aldo Valencia, asesor comercial".

—Pierre lo mira fijamente—. ¿Asesor comercial? ¿Qué? O sea, ¿eres vendedor? —le dice dejando la tarjeta sobre la mesa— Oye, pendejo, me dijiste que trabajabas en la Gerencia.

Valencia aclara alzando los dedos.

—Está bien, pues, yo trabajo en la Gerencia Comercial y soy "asesor" de seguros de riesgo.

Pierre hinca una aceituna con prosciutto llevándosela a la boca.

—No me jodas con ese floro, huevón: eres un vendedor nada más.

El moreno alza la voz:

—Lee bien, la tarjeta dice "asesor de la Gerencia Comercial", en ningún lado dice vendedor.

Gabriel toma café sin decir nada. Pierre se mantiene en sus trece.

—Carajo, trabajas en ventas, reconócelo, y no tengas vergüenza, eres un vendedor, solo que para que suene bonito, la compañía te llama señor asesor o ejecutivo de negocios, la misma chola con otro forro, así que a mí no me florees. Valencia baja la cabeza fingiendo resignación.

—Bueno pues, reconoce, sí, pues, soy vendedor, carajo, soy vendedor, ¡soy un puto vendedor!, ¿ya estás contento, huevón? Los tres ríen.

Pierre presiente algo.

—Entonces no vas a conseguir una donación, porque lo que querías es vendernos un seguro.

Valencia asiente carcajeándose, su enorme dentadura reluce a la luz de la cantina.

Pierre mira a su amigo, hace una mueca: sabe que están perdiendo el tiempo.

—Qué pendejo es este huevón. Bueno, ni modo —dice dando una pitada a su cigarrillo, echa las cenizas al piso—. Oye, y ¿se gana bien en esa cuestión de los seguros? —pregunta desinteresado.

Aldo Valencia pone el maletín sobre la mesa, lo abre y saca unos folletos.

—Recién trabajo desde hace quince días, pero solo espero que me paguen mi bono de 400 dólares por la capacitación y de ahí me largo, ni hablar me quedo esta huevada; yo estudié en Cordon Blue para chef y solo espero que me den la visa a España —saca pecho, luce su traje—, al menos ya me aseguré este terno que me dio la empresa. —Vuelve reír, luego finge mirar su reloj—. Bueno, caballeros, se me hace tarde, yo me retiro, dice Valencia levantándose; coge su maletín, lo apoya en la silla.

—Qué, ¿te vas? O sea, como no te ligó una venta, ya te arrancas.

El moreno no pierde lo sonrisa.

—No, compadre, no pienses mal, tengo que visitar a un cliente en el Swiss Hotel. Pierre alza la mano para pedir un trago más.

—Anda nomás, negro, no te pierdas, de paso salúdame... ¡a tu vieja!, no hay tiempo para más. —Pierre quiere expectorar a aquel presumido; le tiende la mano, Valencia se despide aprisa, desapareciendo del bar—. Carajo, ese pelotudo, que va a ser chef, a las justas llegará a sanguchero y a la avenida España se irá, negro mentiroso —reniega Pierre.

El excura asiente.

—Fue una pérdida de tiempo. —Deja la taza de café vacía.

Pierre mueve la cabeza.

—Pero para qué miente, ese huevón me dijo que era gerente, que podía ayudarte con una donación para tu albergue.

Gabriel le resta importancia, la mentira está en contra de los cánones de la moralidad.

—No creo que sea para tanto, tu amigo solo es un fanfarrón.

Pierre se irrita con rapidez.

—Es que me jode la gente como él, que me cita a este antro por las santas huevas, negro mentiroso. Tú que has sido cura debes saberlo; durante siglos la gente miente y miente para conseguir sus propósitos, sean buenos o malos. Gabriel frunce el cejo.

—Es verdad, la mentira genera conflictos, pero la mentira está dentro de la sociedad misma, se vive en pecado.

Don Pedro se acerca a la mesa para dejar otro vaso de whisky con dos hielos, Pierre enciende otro cigarrillo. Gabriel mira a su alrededor: la cantina empieza a llenarse, el loco Mario vuelve a aparecer cerca de ellos.

—A ver, permiso, me necesitan, recoge el pucho que Pierre

había arrojado minutos antes; le causa gracia aquella escena.

—Bueno, a ver, filosofemos —dice su amigo—, te decía, la mentira es parte de nuestras vidas, a veces, la gente miente con pretextos estúpidos, por ejemplo, una vez tuve que entrevistar a una chiquilla que me enviaron de Recursos Humanos, era una muchacha morena guapa, que postulaba como practicante al área legal. Ella estaba muy nerviosa, miraba de un lado a otro sin disimulo, detrás de ella, fuera de la oficina, había un par de rubiecitas esperando y ella, cuando le preguntaba, se sacudía el calor con las manos, así que le dije mientras revisaba sus papeles: "Mucho calor", y ¿sabes lo que me dijo la muy cojuda? "Ay —hace un gesto de remedo—, es que todavía no se me sale el bronceado". —Pierre estalla en risas—. ¿Te das cuenta? Ella sola se acomplejó, o sea, ella misma se miente. Pero si hay algo que detesto, es cuando alguien me dice "bendiciones" o "que Dios te bendiga", eso es de una total hipocresía.

Gabriel alza la mirada.

—Y tú, ¿mientes para no casarte con Ariana? —El rostro de Pierre se endurece ahogando su risa en el acto; recuerda que aún guarda el anillo de compromiso en el escritorio de la oficina.

—Yo sé que Ariana tarde o temprano pretenderá que nos casemos y bueno, es algo que está en mis planes, pero ella querrá por la Iglesia, de blanco, como novia radiante; a mí me da igual, carajo, lo que me jode es que me van a pedir que presente certificados de bautizo, comunión, confirmación y otras tonteras y si me caso, me van a obligar a ir a charlas de orientación y ese tipo de huevadas. —Pierre mueve la cabeza con fastidio—. Yo te digo a ti que has sido cura ¿qué mierda sabe un sacerdote del matrimonio si esos huevones nunca se han casado y menos han convivido con una hembra?

Gabriel clava sus ojos en Pierre.

—No es así, estás equivocado, los sacerdotes guardan el celibato por su propia voluntad, por vocación y como una fidelidad al don de Dios; el matrimonio es un sacramento de la Iglesia, es una alianza para toda la vida entre el hombre y la mujer. Es instituida y bendecida por Dios, el sacerdote está a su servicio para consumar ese acto.

Pierre hace una mueca de desinterés.

—No pues, no me vengas con eso, el matrimonio es solo una ilusión futura, pero qué sabe un sacerdote de amor si dicen amar a los hombres, mujeres y niños y los mezclan por igual, aman al enfermo, al desvalido, al enemigo, no jodas, no me trago ese cuento: solo es discurso. Ellos no viven en carne propia una relación sentimental con las mujeres. No entiendo como pueden atreverse a aconsejar. Gabriel sabe que su amigo tiene ideas radicales, recuerda haber vivido en carne propia las consecuencias del desamor y siente la obligación de reivindicarse ante Dios.

—Se quiere como hermano, es un amor universal, porque se está al servicio de Dios —aclara Gabriel.

Su compañero continúa su monólogo.

—Eso es lo que dicen, los curas son pura labia y eso, las misas son tan monótonas y aburridas que ya ni se les entiende; solo son buenos para estirar la canasta. —Gabriel es tolerante al escucharlo; le parece oír a su padre en la voz de Pierre—. Dios fue inventado por los hombres, por eso yo no creo en Dios, porque si hay un Dios bueno, como dicen, y somos sus hijos, ¿por qué hay ricos y pobres? Si somos hechos a su imagen y semejanza, ¿por qué nacen los mongolitos?

Gabriel replica.

—No es como tú dices, Dios nos quiere a todos por igual.

Pierre lo corta, no se conforma con lo que oye.

—Claro, ¡qué fácil es querer a todos desde las nubes!, por eso, como te digo, yo no creo en Dios, porque al no creer en Dios, tengo el privilegio de desligarme de sus mandamientos.

Gabriel se ofusca por esa irreverencia.

—No seas imbécil, solo los soberbios no creen en Dios; hablas así porque no tienes fe y cierras tu corazón a la gracia del Señor. —Gabriel baja el tono de su voz: quiere a Pierre como a un hermano—. Vas en contra del primer mandamiento.

El bolsillo de Pierre timbra, saca su smartphone.

—Esta huevada es esclavizante —dice mientras lee en silencio el mensaje de Ariana: "Estoy en casa de Sophie, me recoges allí", vuelve a guardar el aparato—. ¿En qué estábamos? —se echa a reír—, ah, sí, me llamaste imbécil, carajo, yo pensé que los curas no insultaban, en fin. ¿La Iglesia me puede juzgar por una cuestión de fe? No lo creo, más bien creo que la Iglesia se ha debilitado porque ha derrochado dos mil años en impedir el desarrollo de la ciencia, a cambio de la fe, y por eso yo solo tengo fe en mí —dice señalándose, mordiendo su cigarrillo. Gabriel sonríe.

—Ya no soy cura y no sé por qué hablamos de esto si todo lo hechas a la broma; no has cambiado en nada.

Pierre le ofrece un cigarrillo; Gabriel lo rechaza con la mano.

—No gracias, no fumo. Su amigo se pone de pie, eleva su

vaso; le gusta oírlo así. —Salud, camarada. —Luego ordena a Mario—: Un whisky para mi amigo. Se vuelve a sentar. Al rato regresa don Pedro dejando el vaso sobre la mesa.

—Tráigame una botella de agua —dice Gabriel moviendo los hielos.

—Qué pasa, compadre, te noto extraño.

Gabriel apoya su mano en la cabeza.

—He llegado al límite de mi vida.

Pierre da una pitada. El bar empieza a llenarse de estudiantes y oficinistas.

—¿Por qué lo dices?

Gabriel parece desalentado. Con la mirada vacía, destapa la botella, echa agua en el vaso. El whisky empieza a aclararse.

—La verdad ya no se qué hago aquí, me siento confundido, siento que no cumplí la misión pastoral que tenía, siento que he defraudado a mucha gente y ahora lucho contra mí mismo.

Pierre hace una mueca.

—Estás loco, compadre, la verdad que estás loco, a quién diablos...

Gabriel fija su mirada.

—No menciones al Diablo.

Pierre sonríe.

—Está bien hombre, está bien, pero entiende, estás mejor aquí, afuera, en este mundo que es una porquería, digo, bueno, tú no pertenecías a la Iglesia, por algo saliste, dale vuelta a la página. —Gabriel apura su vaso, aunque no ha bebido whisky en más de una década. Pierre se lleva una aceituna a la boca—. Huevón, ya estás acá, bueno, ¿a quién le interesa si dejaste de ser cura? Mira a tu alrededor, en la curia también hay facciones, ellos no te levantarán si te caes, porque son hombres igual que nosotros, no por ser un sacerdote se transpira agua bendita. La sociedad es hipócrita: se fijan en la paja del ojo ajeno. Olvídate de esos monjes.

Gabriel ríe.

—Son sacerdotes, no monjes.

Pierre vacila.

—Curas, frailes, monjes, pastores, como quieras llamarlos, para mí son lo mismo, todos usan sotana y sandalias. — Gabriel entiende el proceder mundano de su amigo, lo conoce perfectamente, no le molesta la posición de Pierre—. Bueno, ahora sincérate, estamos en un buen lugar y este es el momento de tu confesión. Gabriel sonríe.

—¿Mi confesión?

Pierre estira los brazos.

—Sí, tu confesión, huevón, no vamos a hablar del clima. Dime ¿por qué declinaste al sacerdocio? —le pregunta. — Gabriel observa cómo los hielos desaparecen de su vaso, bebe un largo sorbo para darse valor. Pierre dispara—: ¿Acaso te volviste apóstata?

Gabriel hace un gesto de rechazo.

—No, no lo soy, renuncié a la Iglesia por una mujer.

Su amigo calló unos segundos, carcajea con asombro.

—Esperaba todo menos esa respuesta —quiere bromear, pero se contiene—, no jodas, dejaste la Iglesia por una hembrita. ¡No jodas! —repite extrañado—, carajo, si te vas al infierno te van a poner doble cola —ríe. ¿Cómo así? Cuenta, pues, ¿y qué tal es ella? A ver, cuenta. —Lo avasalla.

—No sé cómo sucedió, ella es una mujer de pueblo. Si la

vieras: es joven y muy hermosa. Yo renuncié a la Iglesia por el amor de ella —su rostro se empieza a desdibujar, bebe otro sorbo de whisky mezclado con agua—. Invítame un cigarrillo —se anima a fumar. Pierre arrima la cajetilla hacia él, le da su encendedor—. Me enamoré de esa mujer; simplemente dejé a un lado los votos de obediencia y castidad.

Pierre fuma echando al aire círculos de humo.

—Pero ¿qué pasó al final? Dices que renunciaste. ¿Y qué fue de ella? ¿Acaso hubo un diluvio, se abrió el cielo con rayos, salieron jinetes con trompetas?

Gabriel siente un nudo en el estómago cuando empieza a fumar, la recuerda vivamente.

—Renuncié a la Iglesia y le declaré mi amor, ella lo aceptó, solo estuvimos unas semanas, después simplemente se alejó de mí, lo demás me lo guardo, ya no tiene importancia. — Gabriel quiere olvidarla.

Pierre inclina la cabeza dándole una palmada al hombro.

—Pero entonces, ella te jodió, porque renunciaste a la Iglesia por las santas huevas. Qué mal, huevón, allí necesitabas de mis consejos —dice tirando otra vez las cenizas al piso—, tú crees que las mujeres son unas santas, pero no es así, tú crees que las monjas tienen caparazón de tortuga, ellas también quisieran su cariñito, son hembras —Pierre da una pitada corta.

—No tienes ningún derecho de hablar así, ellas hacen votos, pero bueno, solo son tus teorías, a ver, explícame —inquiere Gabriel desanimado.

—Las mujeres se hacen las difíciles, uno las invita a salir y ellas, antes de aceptar, te fintean que lo piensan, que lo mastican. ¿Para qué? Para que les digas: "Ya pues, vamos".

No las conoceré. Ellas cuando quieren decir sí, dicen no.

Gabriel acaba su trago.

—Pero eso es normal, es el escudo natural de ellas.

Pierre lo corta.

—No, pues, no es normal, porque ellas quieren que estés detrás y que les supliques y si no te mandas, pierdes.

Gabriel sonríe: él tiene otra historia.

—Eso no fue mi caso, una vez que dejé todo por ella, me aceptó en el acto, pero bueno —calla unos segundos.

Pierre escoge un trozo de cabanossi, deja algunos salames y aceitunas verdes en la pequeña bandeja.

—Entonces véngate —dice mascando. —Gabriel está cabizbajo: sabe que la religión pregona la ética y los valores, la venganza, no es algo que me halague. Pierre hace señas para que traigan otro whisky para su amigo—. Compadre, la verdad es que eres muy inocente con las mujeres, discúlpame con lo que te voy a decir, pero esos años en el convento te han jodido la cabeza, te han ahuevado, ¿que no entendiste?

Gabriel hunde su cigarrillo en el cenicero, la humareda se empieza a extinguir.

—Tampoco me tomes por un idiota.

Pierre se rio, echa el humo, le palmea la espalda.

—Puta, huevón, de veras te falta calle.

Gabriel se lleva a la boca un pedazo de queso.

—Bueno, ahora solo quiero recuperar el tiempo perdido —ni siquiera le menciona que ella se llama Cristiani.

Para Pierre lo oído es una buena señal.

—¡Bien, carajo! Ya no te rompas la cabeza, compadre;

arriesgaste y perdiste, caballero, nomás, olvídala, apártala de tu vida —dice tajante y estrechándole la mano. —Mario deja en la mesa el vaso que pidieron—. Toma, Mario, te lo ganaste —le obsequia un cigarrillo; el desgarbado hombre sonríe agradecido, en el acto se lo lleva a la boca—, mi amigo es un hombre nuevo, el hijo pródigo que regresa a la ciudad del averno; ah, eso sí —se detiene en seco—, nada de ser pescador de hombres, déjate ya de cojudeces —lo vacila. Gabriel finge una sonrisa, no se siente halagado—. Bueno, nos vamos, debo recoger a Ariana. Y hablando de matrimonio, ¿te acuerdas de Patrick?, el pelo pintado que le dicen Choclo —dice Pierre poniéndose el saco para acercarse a cancelar la cuenta. Gabriel asiente—, una vez me contó que su enamorada le dijo que quería casarse en un bosque rodeada de hadas y elfos, con un vestido largo y con una corona de flores en la cabeza. —Pierre hace una mueca de desgana—. ¡Cómo les gusta soñar con esas cojudeces que tiene el matrimonio, carajo!, para luego regresar a la puta realidad que nos trae la vida.

Marie France apoya la cabeza en los hombros de Piter.

—Tus manos son delicadas y pequeñas, como las de una niña.

Ella se ruboriza.

—Wow, apuestou que se lo dices a todas las chicaas.

Él sonríe.

—Es cierto, pero se lo he dicho a pocas, a todas las que tienen manos pequeñas —la gringa se suelta—, a mis sobrinitas.

Ella empieza a reír llevándose la mano a la boca. Marie France coge el brazo de Piter, observa la mano derecha de su amado.

—Y tú, ¿qué manous tienes? —Él abre los dedos, voltea la

palma. Son manos curtidas, ásperas y duras como suela de buey, manos que empezaron a endurecerse desde que Piter era muy joven; manos cuarteadas que ocultan historias de violencia, de un pasado de engaños, oscuro y tenebroso, de un rencor infinito que Marie France, en su inocencia, jamás podría imaginar. Son manos de un exalbañil, endurecidas por costras de cemento, dedos que alguna vez se ensangrentaron pelando pollos o capando cerdos; pero ella no las siente así. En su pequeño mundo de a dos, le parecen manos fuertes, suaves, formidables, estupendas, ancestrales, mágicas, que pueden crear arte, manos que, además de golpear, pueden dar cariño y amor. Mira sus dedos cortos, llenos de sortijas de acero y uñas pintadas de negro—. Yo diguía que tus manous son de un cazadoj, un guekrero antiguo, que ha ganadou muchas batallas, batallas de amoj y conquistandou princesas de lugagues lejanous.

Los dos ríen, él la besa con ternura: es su obligación si quiere seguir junto a ella; la mira a los ojos, la toma de la cintura.

—Gringuita mía, mi amor de siempre —besa sus manos—, te amo, desde el primer día en que te vi, perdóname por haberte golpeado, por hacerte llorar, estoy muy arrepentido de lo que pasó, siento mucha vergüenza.

Marie France, le acaricia el cabello.

—Tontitou, eso ya está olvidado.

A pesar de haberse alejado de la vida sacerdotal, Gabriel siente que su compromiso personal es dedicar su tiempo a los demás, basado en sus conocimientos y experiencias, asistir a los desdichados que van llegando a La Misión de Cristo. En los funerales de su madre, Gabriel había conocido a un hombre que le habló de financiar un patronato a favor de los desamparados y que le pidió permanecer en el anonimato. Gabriel considera un milagro que su padre tenga, entre su círculo de amigos, al dueño de una prestigiosa universidad y de corazón caritativo, que dedica un poco de su tiempo a preocuparse por las carencias de los más humildes. Ahora, Gabriel debe dirigir un albergue que acoge ancianos y niños en abandono, resolver en el corto plazo su situación callejera, conducir los gastos de administración y mantenimiento. Y es que, en un momento, las empresas que contribuyen en el financiamiento pidieron la creación de un pabellón para jóvenes adictos a las drogas. Gabriel se opuso férreamente a su existencia, debido a que consideraba inviable colocar drogadictos en un lugar que alberga niños abandonados y en situación de extrema pobreza. La tarea del exsacerdote es propiciar la mejora de la calidad de vida de quienes son admitidos temporalmente, en un ambiente de calidez humana, alejados de la bestialidad de las calles que los exponían a la violencia y enfermedades, para llevarlos al cuidado de las monjas de San Julián, brindarles alimentación, un techo y abrigo, a fin de reinsertarlos en sus familias, la inclusión laboral y la sociedad. Junto al exsacerdote trabajan médicos, psicólogos o enfermeros laicos voluntarios, quienes se solidarizaron con aquellos desvalidos cuya existencia, antes de llegar a aquel lugar, era triste y miserable; de esta forma compartieron con ellos un conmovedor testimonio de vida. Aquel lugar tiene un pequeño huerto en el cual Gabriel gusta de sembrar y criar aves de corral; educa a los niños acogidos a ser responsables y ordenados, les enseña jardinería, les habla del cuidado que deben recibir los sembríos y los animales; les instruye para que sean agradecidos con el Señor por permitirles tener un techo y alimentación. En ese lugar, Gabriel se siente como en Chircus, revalorizando su alma y continuando su misión inconclusa. Le gusta escucharlos, prepararlos para que sean hombres de bien, advertirles que su estadía es temporal: que no pueden acostumbrarse a vivir de la caridad, que deben estudiar y alejarse de las calles, la delincuencia y las drogas, porque estas solo los llevarán por el sendero de la oscuridad. Alza la mirada al cielo: el sol aplasta sus ojos, absorbe sus fuerzas, lo ciega brevemente, los niños corren y juegan tras un balón; entonces esboza una expresión de felicidad, porque se siente aún al servicio de Dios. De pronto, se sorprende de ver a Ariana tras el cerco, a unos metros de él, hermosa ante su vista; su cabello castaño al viento, se cubre los ojos con Ray Ban; su blusa azul marino le da un cierto aire policial. Ambos hacen un gesto de saludo, el exsacerdote se ilumina: es como si el sol hubiese llegado con ella. Gabriel deja a un lado la lampa, brinca los arbustos, camina hasta ella con la camisa remangada y las manos sucias por el trabajo en la tierra, dibuja una sonrisa adolescente.

—Hola, qué sorpresa —dice él. Quiere tocarla, pero se detiene al ver sus manos. Ariana sonríe.

—Siento incomodarte, te estoy interrumpiendo.

Gabriel se limpia las manos con un pañuelo. Ella trae consigo un cachorro pastor alemán.

—¿Y ese perro? —dice Gabriel. De inmediato, los niños corren a verlo, quieren jugar con el animalito.

Ariana se inclina, suelta la correa dejándolo ir.

—Es una de las crías de Orejas. ¿Lo recuerdas? Pierre cruzó a su perro y este es uno de sus cachorros, se lo regaló a Sophie, pero su gata Cuchiflí se ha puesto como loca, lo ataca todo el tiempo y, bueno, el cachorro aún no puede defenderse, por eso lo devolvió. —Gabriel, sin decir nada, mira cómo los chiquillos se divierten con el animal—. Quería pedirte un gran favor, ¿crees que se pueda quedar aquí? —pregunta Ariana con timidez—, a lo mejor necesitas un perro guardián.

Gabriel voltea a verla: imposible negarse a su dulce expresión.

—Claro, por supuesto, sería muy bueno tener un perro guardián. ¿Tiene nombre? Ariana mueve la cabeza.

—Aún no. Pierre quería que le pusieran Pezuñento. —Sonríe—. Bueno, tú sabes cómo es él. Hay que buscarle un nombre.

A lo lejos, una de las monjas de la Congregación de San Julián se acerca a los niños para llevarlos al comedor.

—Quédate a almorzar con nosotros, Ariana, sería un honor. —La invita él—. Ariana asiente.

—Claro, así me cuentas de tu trabajo en este lugar. Creo que Pipo sería un bonito nombre.

Pierre llega a la oficina más temprano que de costumbre; las luces del piso aún se encuentran apagadas y los escritorios están vacíos. La pequeña pastilla de alprazolam no le hizo efecto, no pudo dormir en toda la noche. Se levantó a las cinco y media de la mañana; se bañó en agua fría, se afeitó, se anudó la corbata con rapidez y se puso el saco, con la cabeza llena de preocupaciones. Salió de su departamento. Se sentía aprisionado, corrió veloz en su auto por el circuito de playas para tratar de liberar sus tensiones. Ahora enciende la computadora con desgano, mira por la ventana el amanecer contaminado de gris, observa los edificios que lo circundan, las construcciones que crecen en los brazos de enormes grúas. Sobre su escritorio está la foto de Ariana, y en uno de sus cajones, guarda el aro de compromiso: quiere pedirle que se case con ella, darle la sorpresa en la víspera de su cumpleaños. Le hará una fiesta en su casa de playa y celebrará el acontecimiento por todo lo grande. Da un corto respiro, las luces empiezan a encenderse, aparece saludando desde afuera uno de los obreros de limpieza. Pierre le responde alzando la mano con amabilidad. Mira la pantalla de su laptop: son las siete y cuarenta de la mañana. En su cuenta de correo electrónico hay diversos requerimientos, entre ellos uno de la oficina de Auditoría, con el asunto de: "Urgente". «Carajo», se dice para sí mismo. En silencio, abre el archivo, sus ojos se fruncen, se frota el cuello, se siente contracturado al leer lo que le indican en ese texto lleno de excesos y repetitivo. Gira el sillón hacia su escritorio; conforme transcurre el tiempo, escucha las voces de algunos colegas bajo su mando que conversan amenamente por los pasadizos de la oficina; no los mira, se concentra en las observaciones de los auditores sobre su despacho, se pregunta por qué estos no han tomado en consideración sus descargos. Está seguro de que el desarrollo de su cargo en la Subgerencia Legal se encuentra dentro del cumplimiento de metas, normas y procedimientos, así lo indican los documentos y demás reportes presentados, entonces ¿por qué lo joden?

—Buenos días, doctor —saluda tras la puerta la señora

Haydee con una sonrisa amable.

Pierre está imperturbable, con los ojos clavados en la pantalla LED; escucha los pasos de su secretaria alejarse, despierta.

—Ah, sí, buenos días. —Vuelve la mirada a su laptop, se levanta para quitarse el saco; afuera, los teléfonos empiezan a sonar, la máquina de fotocopiado hace su trabajo mientras la impresora da un silbido corto en señal de conformidad.

Pierre sale de su despacho, ve a sus subordinados trabajando en sus escritorios, en silencio: los mira uno a uno, ve que hay muchos expedientes aún sin revisar, algunos abogados están concentrados en sus papeles, otros fingen que hay trabajo pendiente y esperan que el doctor Ferreyra se marche para seguir con su tertulia. Muchos no lo tragan por ser exigente, por siempre tenerlos bajo presión.

—Señor Castillo —dice Pierre con las manos en el bolsillo, acercándose a su asistente.

—Dígame, doctor —responde colocándose sus anteojos.

—Muéstrame el reporte actualizado de ejecución de garantías.

El buen Roberto Castillo se levanta, presuroso, acomodándose el chaleco: su aspecto es el de un burócrata del lejano oeste, solo le falta una visera. Se dirige hacia el archivador, gira la manija, abre las puertas de metal, empieza a buscar los reportes. Pierre da vuelta, regresa a su oficina. Ya sentado, vuelve a mirar el retrato de Ariana. En unos días le pedirá matrimonio, pero no puede deshacerse de los auditores que le buscan la sin razón, carentes por completo de objetividad, que vienen digitados, convencidos de que los gatos ladran y tienen pies en vez de patas. Será un largo día.

—¿Me amas mucho? —le pregunta Piter.

Ella, recostada a su lado, le responde cobijándose en sus brazos.

—Piensou en ti todou el día.

Piter finge ahorcarla.

—No te pregunté si piensas en mí, ¿me amas mucho?

Marie France siente que él está jugando.

—Sí, amoj, te amo muchou. —El indio queda mudo por unos instantes—. ¿En qué piensas? —le pregunta la gringa. Piter no responde; se apoya en el respaldar de la cama, enciende un porro de marihuana. Pese a que las cortinas están cerradas, un hilo de luz entra en la habitación. Marie France se abriga en las frazadas—. Nou me has krespondidou, ¿en qué piensas? —vuelve a preguntar. Él se frota el cuello adormecido.

—Me han pedido que lleve unos trabajos de artesanía.

La gringa se siente feliz de oírlo.

—Eso sej marajvilloso. —Le da un beso en la mejilla.

—Es verdad —dice a secas—, pero el encargo no es para acá, debo viajar a Santiago, allá van a realizar una gran feria, espero que me dean un billete.

Marie France le quita el porro de la boca, lo aplasta en el cenicero: no puede ocultar que detesta el olor a hierba.

—Pego entonces te ikrás, me abandonagás —dice abatida.

Él estira el cigarro de marihuana con los dedos, lo enciende nuevamente.

—No me jodas, carajo, no me gusta que hagas eso —le advierte.

Ella se acuesta bajo el edredón, dándole la espalda, ambos

quedan en silencio; a él parece no importarle. Mientras da una pitada a su pestilente porro, apunta el control remoto hacia el televisor, un destello de luz ilumina la habitación, busca algún canal de cable con qué distraerse. Los ojos con pena de Marie France solo ven la pared. Piter alza el volumen, ella no escucha nada: su corazón dolido ha cerrado sus oídos y enjuaga sus ojos azules, está sometida al castigo de su amor. Se abriga entre las frazadas en busca de paz. Él sigue humeando la habitación.

—Vamos, mi gringuita, no te me pongas así —le dice él, tocándole el hombro—, perdóname, no sé por qué me pongo así —le da un sonoro beso en la frente—, perdóname, este viaje me pone nervioso. Ella gira la cabeza mirándolo, sin decirle nada; sus lágrimas le expresaban todo. Piter le da un beso en la nariz.

—¿Y si me llevaas contigou? —le ruega ella.

—De verdad, ¿quieres ir conmigo? De verdad, gringuita, ¿quieres ir conmigo a Chile?

Marie France asiente. El cholo apaga el televisor. La habitación se vuelve a ensombrecer. Él la lleva a sus brazos flacos, se suelta el pelo largo, se quita los lentes, los deja en el velador, a un lado del cenicero, arranca el edredón que la cobija. Se hospeda en el cuerpo de ella, que arde como un sol sobre la nieve: está hechizada por aquel indio, no puede reaccionar ante sus encantos, sus cabellos de alambre, sus ojos tostados, su piel áspera, sus manos cuarteadas y su olor a hierba.

Los niños juegan en el jardín del albergue en un espléndido día de sol. Semanas atrás y convencida de esa noble causa,

Ariana decidió ser voluntaria para compartir sus habilidades y conocimientos en el apoyo de talleres extracurriculares de los infantes. Siempre creyó que su vocación hubiese sido la educación inicial, pues adora a los niños, se lleva muy bien con ellos; desea contribuir en su formación. Dispone de tiempo después de clases, y así, en las tardes, apoya a Gabriel en ese lugar de paz. Ariana participa muy animada en las reuniones, le gusta pasar el tiempo con los niños; los motiva a desarrollar hábitos por el estudio, a alejarse de las drogas. Para ella, es una experiencia fructífera y gratificante, no ha hecho caso a las insinuaciones de Pierre y su inconformidad, quien declara que lo que hace es una grandísima pérdida de tiempo, porque su trabajo no es remunerado. Pero eso no le interesa si lo principal está en los valores éticos y morales. Ariana juega a la ronda con las niñas abandonadas, recogidas de la calle por Gabriel y las monjas; le gusta arreglarles el cabello, comparte su amor y siempre tiene una sonrisa para ellas. Gabriel la observa desde la ventana de su oficina. Siente que Ariana es un gran apoyo para el albergue, que es una gran mujer. Se alegra por ella y por su mejor amigo. Sabe que se aproxima el cumpleaños de Ariana y que será una gran fiesta. Regresa a su cómodo sillón: sobre el escritorio tiene el Cristo roto hecho en aleación de bronce que una vez encontró en ese fatídico ómnibus sin un brazo y sin la cruz de madera; al verlo, siente que le embargan sentimientos de tristeza, como si le hubiesen arrancado el alma. Toma un sobre dirigido a él y saca unos documentos engrapados; revisa los papeles mientras desde afuera se oyen risas y ladridos de Pipo, que no perturban su lectura. Gabriel está concentrado en cada página de aquel extraño documento que le dejaron por la mañana; un escalofrío lo recorre. Pipo ladra desde afuera, se oyen risas y golpes de pelota. Suena la campana que señala el almuerzo. Se pone de pie, mira por la ventana; Ariana lleva a los niños al comedor. Luego mira hacia el otro lado: dos monjas asisten a un anciano que apenas puede levantarse, se le doblan las rodillas, le tiemblan los brazos, siente temor de caerse, se sujeta fuertemente de ellas. Las monjas le dan aliento maternal, no se desprenden del viejo, las nubes ocultan el sol y el día se vuelve gris. Parece creer que la mañana representa el nacimiento; el mediodía, la vitalidad de la vida; la tarde, el ocaso del cuerpo y la noche, mejor ni pensarlo. Gabriel deja caer las persianas, da media vuelta, se va a prisa, dejando sobre el escritorio una demanda de desalojo hecha por el Banco del Pacífico.

La puerta central se abre para dejar pasar a los miembros del comité ejecutivo. Sobre el techo, los dicroicos iluminan tenuemente el lugar, dando la apariencia de una elegante cápsula que alberga la toma de decisiones basadas en planes de acción, estrategias y políticas de negocio. Entre bromas y coloquios frívolos, ingresan uno a uno los elegantes miembros del comité en una especie de culto a las corbatas. Toman asiento, dejan a un lado los portafolios, revisan en laptops los reportes estadísticos y demás documentos. La gran mesa negra alberga la agenda, se encuentra rodeada de ejecutivos que reposan en cómodos sillones, que piden a las bellas secretarias tazas de café, vasos con agua o jugos de naranja, mientras están a la espera de la presentación. El doctor Pierre Ferreyra ha sido invitado a explicar los motivos por los cuales ha sido observado por los auditores: se han encontrado serias deficiencias en el manejo de la recuperación judicial de créditos y ahora les debe dar cuenta. Pierre hace una silenciosa aparición, asiente saludando a los presentes con una sonrisa artificial, sus ojos no pueden fingir odio entre esos murmullos que se van adormeciendo ante su presencia. Tiene la sensación de ingresar a un solemne patíbulo de Rolex, Patek Philippe, Maurice Lacroix, plumas MontBlanc, Sheaffer, Cross, Dupont, de quienes tras su exposición decidirán ratificar su permanencia en el cargo o su salida de la manera más ignominiosa. Se siente prisionero de un informe que acusa de falsedades a su gestión y por las cuales deberá lidiar con ese comité con facultades para sustituirlo por cuestiones personales que se han disfrazado de intereses corporativos y que han "afectado" los intereses del banco. Pierre permanece de pie, listo para su intervención: sabe que debe controlar sus pasiones y evitar ofuscarse, pues todo lo que haga y diga quedará registrado en actas. Entre los invitados se encuentra el asesor de la gerencia general, Emilio Cabral, y su diabólica sonrisa afeminada. Pierre lo ignora abriéndose paso; lo detesta, lo considera un mono tamborilero.

—Doctor Ferreyra —se oye una lánguida voz—, tenga la amabilidad, saque las manos de los bolsillos para empezar y escuchar sus descargos.

Pierre responde sin hacer caso.

—Con el respeto de los miembros de este distinguido comité, yo no uso las manos para hablar.

—Hola, amiga. —Ariana saluda con un beso a Marie France, quien lleva una vincha negra, dos trenzas y una cartera artesanal de mostacillas y flores bordadas en lana. —Sophie

hace un gesto de desagrado a su espalda, como preguntándose
«A esta qué le picó». La gringa no deja de sonreír, ambas han
llegado a la habitación del Hostal Las Magnolias en Lince,
donde está hospedada hace una semana junto a Piter, quiere
despedirse de ellas. Las maletas, ya hechas, están en el piso;
también pueden verse algunas réplicas de reliquias hechas por
culturas antiguas, que, a pedido de su cholo, la gringa debe
llevar a Santiago. Los encargos no pueden seguir esperando,
así que su amado le dará el alcance en Santiago. Marie
France, sentada al borde de la cama, envuelve con esmero y
cuidado aquellas imitaciones de cerámica en papel periódico,
atándolas a un nudo y guardándolas cada una en una bolsa,
de acuerdo a las instrucciones de Piter. Ariana observa
esos ceramios muy bien trazados y quemados al horno, que
simulan perfectamente a los huacos precolombinos; uno a
uno los observa con curiosidad, siente una sensación extraña,
presiente algo raro—. ¿Quién va a llevar todo esto? —le
pregunta mientras hace girar una de rostro hecho en cerámica
oscura, que representa a un indígena. Sophie, desinteresada
del asunto, abre los dedos de la mano y se mira las uñas; luego
se recuesta en una de las sillas de la habitación y enciende el
televisor.

—Estou lo llevou yo, Piter se fue a comkrar lous pasajes.

Ariana deja el huaco sobre el aparador.

—Ay, amiga, esto no me da buena espina —le advierte.
Sophie apunta el control remoto hacia el televisor, lentamente
oprime los botones para buscar el canal de MTV, sin advertir
lo que ellas conversan—. Gringa, yo no confío en ese tipo, me
da nervios.

Marie France la escucha con cierto fastidio, deja la vasija sobre la cama.

—¿A qué te krefieres? ¿A qué puedee haber krogas? ¿Krees que Piter me hakría algou así?

Ariana se pone en cuclillas frente a ella.

—Amiga, yo no digo eso, pero no me parece correcto que tengas que ir con él, has vuelto a faltar a clases, has cambiado tu forma de vestir, no sé qué te pasa, pareciera que ese tipo te ha embrujado.

La gringa se para bruscamente.

—¿Paga esou han venidou? ¿Paga molestagme? ¡No entiendou poj qué me hablas así! Me oufendes, apaga el televisor. ¡Quiego que las dous se vayan! —Grita—. No quiego oíglas.

Sophie se levanta del asiento, sin comprender la hostilidad de esa rubia disfrazada con trajes andinos. Abajo, Piter, con su morral al hombro y una bolsa repleta de huacos, llega al hostal, pide a la recepcionista que le dé las llaves de su habitación. Ariana saca un billete de diez dólares.

—Te compro uno de estos —le dice a Marie France enseñándole un huaco aún sin envolver.

El cholo sube las escaleras, siente flojera de subir cinco pisos. Ariana arroja la cerámica contra la pared, cae al piso un paquete parecido a un envoltorio de jabón, envuelto en papel carbón y cinta aislante. Ariana mira a su amiga: Marie France observa aterrada, pierde aliento.

—Mierda —maldice Sophie.

Ariana coge el paquete, lo hinca con gancho de pelo, deja salir un polvillo brilloso de su interior. Asustada, lo tira al piso. Tras la puerta, Piter inserta la llave: las tres se miran, la puerta se abre, el cholo aparece ante ellas.

—Ay, no, qué asco —dice Sophie con estúpida impertinencia.

El indio ve el huaco roto y el envoltorio en el piso con el polvo desparramado; sus ojos se sulfuran, deja caer su morral y la bolsa. Sin decir palabra alguna, observa furioso a Marie France, siente que lo ha traicionado. Fija su mirada en las dos muchachas.

—Perras de mierda. —Voltea y cierra la puerta con llave.

Marie France se le acerca.

—Piter, amoj, cálmate —le dice con voz temblorosa: sus ojos están llenos de miedo.

El cholo le da un certero puñete golpeando su cabeza contra la pared. Desesperada, Ariana le arroja una vasija que se estrella en la puerta.

—Te dije, carajo, que no entre nadie.

Piter le da de patadas a Marie France, que se cubre con los brazos: los gritos son aterradores. Sophie coge el teléfono para llamar a recepción, pero el indio jala con furia el cable telefónico, las deja incomunicadas, desde recepción al quinto piso no pueden oírse los gritos ni la violencia desatada. Ariana salta sobre la cama con la lámpara en mano, intenta un golpe fallido que Piter esquiva con facilidad, él la pesca del cuello, la golpea sin parar. Sophie salta sobre él, aferrándose a su garganta.

—Suéltala, maricón.

Piter logra zafarse de ella, coge su alforja junto con la bolsa que había traído, abre la puerta, escapa con velocidad por las escaleras, resbala y rueda estrepitosamente por las gradas en su interminable huida; se golpea las costillas, las reliquias falsas quedan esparcidas. Adolorido, intenta recogerlas, pero empiezan a salir los amantes curiosos, logra levantarse dando largos saltos por las escalinatas hasta llegar al hall de espera; tras el mostrador, la recepcionista lo ve cojeando, huyendo despavorido hasta la puerta solo con su viejo morral.

Camina sin rumbo mientras cae la noche, se pregunta si Dios ha sido justo con él, porque cuando se deja de ser sacerdote, se ve la vida con otros ojos. La vida que hoy le da una nueva oportunidad de estar cerca de los más necesitados, la posibilidad de que su esfuerzo y sacrificio tengan una recompensa, pues no necesita de una sotana para servir al Señor. Se extraña de no haber visto a Ariana en el albergue durante la tarde, tampoco la ha llamado: no quiere presionarla. Ella solo es voluntaria, no está obligada a asistir. Pero luego le viene a la mente la demanda de desalojo que lo tiene intranquilo: debe ordenar sus ideas. Frente a él, cruza a toda velocidad un elegante Mercedes Benz deportivo con unos jovenzuelos que dan alaridos, y arrojan una lata de cerveza que cae en la vereda, cerca de él. «Pobres ricos», cavila mientras mira al auto alejarse. Luego le vuelven los recuerdos a la mente: memorias que le dicen que ya no es sacerdote y, por tanto, no está obligado a ser célibe. Se pregunta si encontrará a una mujer con quien compartir el resto de vida. Advierte la posibilidad de estar ya condenado a una penitencia interminable por haber retado a la Iglesia, por haber dejado los hábitos por una mujer que no supo merecerlo. ¡Qué egoísta!: una mujer muy religiosa que se creyó en pecado, que no soportó tener a su lado a un cordero extraviado. Gabriel acorta los pasos mientras una pequeña garúa empieza a caer, "son lágrimas de los ángeles", le dijo alguna vez Cristiani, allá en Chircus; "tus amigos están meando", se burló Pierre. Recuerda esas palabras mientras su ropa se humedece, entonces piensa en ella: no ha vuelto a soñarla. Gabriel se pierde en un mar de recuerdos que no puede dominar, en la búsqueda de una respuesta a sus plegarias: cree verla, imagina que la abraza con todas sus fuerzas, que ella junta su cabeza contra su hombro, cierra sus ojos, son recuerdos que no quiere olvidar. Su corazón aún está sanando, la evoca sentada en la banca, sola, hermosa, junto a mujeres ancianas que rezan el rosario antes de oír la misa, viejas en busca de un milagro o buscando la salvación de sus almas al momento en que les toque cruzar el umbral de la muerte. Recuerda como defendió a su amor prohibido. «La amo más que a mi vida», le dijo al padre Jovías; este le palmeó el hombro amistosamente: «Vamos, Gabriel, no digas tonterías, estás ciego, estás confundido», él se levantó bruscamente, «¡La amo más que a Dios!». Se acuerda de las palabras de monseñor Fabiani, el obispo fariseo de guantes y solideo violeta: «¡Cómo te atreves, con semejante blasfemia! No lleves el resto de tu existencia hacia la oscuridad infinita, no renuncies a Cristo, él ha dado todo por ti con su muerte; debes renovar tu fe. Cristo te redimió a costa de torturas y de su propia sangre, él te cuida desde arriba, te tiende su santa mano. ¡Y así le pagas! ¿Ves esto? —Fabiani alza el dedo, le muestra su anillo de oro— Siempre lo llevo conmigo, me recuerda un compromiso. Es la señal de mi fe y mi unión con la Iglesia». Gabriel mueve la cabeza ante las palabras de un prelado que mantiene su propia puta personal; se recuesta en una banca que está en los alrededores del parque. «Padre, usted es un ángel», le dijo una vez Cristiani mientras caminaban por la plaza. Ella le daba maíz a las palomas. «¿Por qué dices eso? Los ángeles son seres superiores, su naturaleza es pura y bella, pero yo solo soy un sacerdote al servicio de Dios». Ella sonreía. «Entonces usted es un ángel aquí en la Tierra, un ángel enviado por Dios». Gabriel miraba el piso: la llovizna había dejado de caer, se quitó el saco para abrigarla: «Póntelo». Ella se negó. «Pero ¿y tú? Te vas a congelar de frío», le había dicho Cristiani. Él juntó su hombro con el de ella: "No te preocupes, yo soy quien te protege».

—Ya me siento mejor —dice Ariana recibiendo la pastilla de manos de Pierre.

Esa tarde, ella había presentado una denuncia a la policía acusando a Piter de lesiones graves. Luego había regresado de la clínica donde internaron a Marie France. Lo peor ya había pasado. Su amiga había llegado en estado de inconsciencia, después de la brutal paliza que le propinara Piter, que no se llamaba Piter, según la policía, ya que el documento de identidad que usaba era falso. Piter Carlomagno Chamochumbi Olortegui nunca fue real, aún se desconoce su nombre. Pierre abraza con fuerza a Ariana, quien no deja de llorar por lo sucedido a su amiga.

—Flaquita, ya pasó todo, cálmate, no llores —se quita el saco, se desajusta la corbata.

—Yo le advertí que no volviera con él, yo se lo dije —dice ella con lágrimas en los ojos.

—Hiciste lo que pudiste —dice él—, ella sabía a lo que se estaba exponiendo. —Pierre alza las mangas de su camisa, se quita el reloj, lo deja en la mesa de centro—. Ya viene tu cumpleaños, por favor, trata de olvidar todo, quiero que nos vayamos a la casa de playa, quiero que tengas la mejor fiesta, quiero que todos nuestros amigos estén contigo. —Él la vuelve a abrazar. Ariana queda en silencio, solo deja salir una tímida sonrisa. Sentada en el mueble, con un pañuelo en la mano, se seca sus últimas lágrimas: no puede olvidar lo que pasó. Al verla así, Pierre amenaza ofuscado, se levanta—. ¡Por la puta que lo parió!, me las va a pagar. —Se lleva las manos a la cabeza, intentando dominarse: no puede decir que lo conoce, que siempre le compra drogas, confesar que es cocainómano; al pensarlo, su nariz se desespera de angustia. Pierre se acerca a ella dominando su miedo, su frustración, cae de rodillas—. Perdóname, flaquita, perdóname. —Llora entre sus piernas, derrotado, vencido por sí mismo, por el peso de su gran culpa, de no poder hacer nada, porque siempre fue avasallado por su egoísmo; vencido por sus malos días en el trabajo, sometido por su adicción, impedido de advertirle sobre la clase de tipo que era Piter, por no haberla protegido. Solloza por amarla a su manera, haberse alejado de ella, por no haberle dado la sortija cuando debió.

Ariana no lo comprende: él es orgulloso, ¿por qué le pide perdón si no es culpa suya? ¿Pierre lloriqueando? Lo desconoce, se conmueve, le acaricia el cabello como lo haría una madre a su hijo, una mujer a su esposo. Pierre se recuesta en el sillón, los brazos de ella lo cobijan, la cabeza de su novio descansa sobre las piernas de Ariana. Ella tiene una sensación extraña, nunca lo había visto llorar: siempre desconfiado, de expresión firme, duro ante los demás, incluso a veces ante ella, "el señor seriedad" le dijo ella alguna vez: nunca imaginó verlo así. Ahora Pierre duerme como un niño en sus brazos. Casi todas las noches era lo mismo: Pierre iba a verla, conversaban y luego se echaba en el mueble para quedarse dormido de cansancio; ella se resignaba a la rutina de siempre y a los besos que solo le daba al despedirse. Pierre ya no es el mismo, pero ¿por qué se ha vuelto así? Tan frío conmigo. Piensa: ya no salían mucho, se había vuelto casi un ermitaño, se decía mientras sus ojos se convertían en vidrio, acariciándolo, casi sintiendo lástima por ella misma, por haberse acostumbrado a su forma de quererlo. Cuánto quisiera que cambiase, que todo fuese distinto. Su cuerpo, aún adolorido, resiste el peso de Pierre: lo ve dormido, se pregunta si vale la pena quererlo a costa de un amor que de a pocos se ha ido secando. Alza la mirada y unas lágrimas caen. No quiere hacer comparaciones: en esa noche amarga, Gabriel comienza a ocupar su mente.

Un ojo izquierdo amoratado, pómulos hinchados y un corte en el labio superior que empieza a cicatrizar muestran la bestial golpiza que recibió Marie France aquella mañana en esa habitación del hostal; pero más que cualquier sufrimiento en el cuerpo, está la brutal huella que le destroza el alma, el amor ciego de su propio error que hoy la ha dejado postrada en una cama. Porque no escuchó las advertencias de su corazón, porque se aferró a un cariño que nació enfermo, a una pasión ciega que no logra entender. Sin ánimos, fija sus ojos azules en la ventana, ve la luz entrar por el vidrio: siente que su vida no tiene ningún sentido. Ella lo dio todo y no fue correspondida, le robaron sus emociones; nunca más se volverá a enamorar, no confiará en nadie más, está presa de sus odios. "Encuentro poesía en cada sonrisa tuya". Otra vez le mintió. Se arrepiente de haber enviado una foto suya junto a Piter a sus padres en Bélgica: ellos le reprocharon, le advirtieron que le correspondía estudiar. Recién ahora comprende el verdadero mensaje: que no se aventurase con un pobre diablo cuyas intenciones siempre fueron beneficiarse de sus sentimientos, de la nobleza de su alma y de sus tarjetas de crédito. Las flores a su alrededor le demuestran el afecto de sus amigos de la universidad: flores como las que le trae Gabriel cuando aparece en la puerta, pero que ella no puede ver porque está echada de espaldas, con los ojos enjuagados de su propio castigo.

—Hola, Marie France —saluda el exsacerdote buscando un sitio donde dejar las flores.

Aunque no eran amigos, la alegre belga le había dado una buena impresión desde la primera vez que la vio; Gabriel se acerca con la intención de besar su mejilla, pero al ver la hinchazón se inmovilizó: «Quién pudo haberle hecho algo así», se pregunta. Una joven enfermera se acerca a Marie France para tomarle la presión.

—Buenos días, vamos a ver como se encuentra la señorita hoy —dice con buen ánimo. —La mirada perdida de la gringa, quien parece no escucharla, refleja su enorme pena. Gabriel observa el esmero de aquella mujer para con su paciente, le parece haber visto antes ese rostro cálido, queda por un momento pensativo, mientras las gotas de suero intravenoso caen lentamente por las manguerillas—. ¿Es usted familiar? ¿Amigo? —le pregunta.

Él asiente.

—Soy amigo.

Ella cree conocerlo.

—¿Lo he visto antes?

Gabriel hace un gesto afirmativo.

—Evelin, ¡qué gusto verte!

Ella le da la mano.

—¿Quién lo diría? —su presencia la iluminó—, ¡usted es el padrecito!

Él mueve la cabeza.

—Ya no lo soy.

Ella vuelve la mirada a Marie France, sus síntomas están bien, sus heridas están sanando. Él acaricia la frente de la gringa, ella es fuerte, se recuperará pronto, Dios la protege. Ella le hace un gesto con la mano para que se acerque a la puerta: afuera, los médicos caminan por los pasillos con naturalidad. «¡Qué bárbaro!, ¡cómo puede alguien ser tan cruel, tan cobarde!». Evelin no puede soportar el dolor ajeno, sus ojos brillan de coraje y frustración, tiene sentimientos encontrados; no puede ser algo que pase todos los días, aunque ya se le ha hecho costumbre ver casos similares de agresión contra mujeres. Sin conocerla, soporta en carne propia el sufrimiento de Marie France, eso la hace un maravillosamente mejor ser humano.

—Necesitará ayuda psicológica —dice ella con preocupación y mira a la gringa desde la puerta—. Según he oído, sus padres vendrán de Europa a recogerla, dice la enfermera. —Gabriel no tiene nada que hacer allí.

—No es casualidad que estés aquí, Dios te ha enviado para que la cuides.

Ella hace un gesto de timidez.

—¡Qué va!, yo solo soy una enfermera.

Gabriel observa que los ojos negros de Evelin le hablan con sinceridad.

—Por favor, cuida de ella, tú eres su ángel de la guarda.

Ella se ruboriza.

—¿Usted lo cree? Los ángeles están en el cielo —le contesta la enfermera sonriendo.

Gabriel asiente.

—Un ángel en la Tierra. —Le da un beso en la frente, se aparta de ella sin dar vuelta a su mirada.

Pierre luce su mejor traje; esa mañana está de buen humor. Es la víspera del cumpleaños de Ariana, espera que llegue la noche para ir a Costa Azul y celebrar en su casa frente al mar, en la doble fiesta que ha estado planeando. Camina sonriente, saluda a todos.

—Buenos días, ociosos —les dice a los cajeros que se alistan tras el mostrador. Con las manos en los bolsillos, decide subir por las escaleras de escape, evitando el ascensor. Da trancos, mientras se lleva los dedos a la nariz, aspira el color del amanecer, se muerde los labios, su cuello se retuerce por cada paso. Una vez en su piso, va directo al baño, empuja la puerta de un golpe, aprieta la cerradura, camina hasta el espejo, se mira fijamente: sus ojos divagan. Esa mañana inhaló demasiada coca. Sus ojos lagrimean, sus dientes se oprimen, sus dedos arañan el lavadero, parecen querer arrancarse de sus manos. Pierre sacude la cabeza de un lado a otro, siente que una constrictora lo envuelve y le aprisiona los huesos; toma aire, se le borra la visión, se frota los ojos, da un puñetazo a la pared; siente que va a caer. Desde afuera, tocan la puerta tres veces, se oyen voces, giran la manija hacia ambos lados. Los golpes siguen insistiendo, la puerta se abre, aparece el doctor Ferreyra con la mirada áspera y pose arrogante abriéndose paso entre ellos sin responder los saludos. En realidad es un zombi, no los oye. Camina hasta su despacho, corre las persianas verticales, se sienta en el sillón, enciende el computador. Cierra los ojos, siente marearse; una sacudida le recorre el cuerpo. Digita su contraseña, se oye un sonido leve, aparece un mensaje: "Username and password error". Hace una mueca, vuele a teclear, otra vez ese sonido y "Username and password error". Pierre está perturbado.

—¿Qué pasa? Carajo —dice en voz baja. Su código es alfanumérico: la fecha que conoció a Ariana. Aprieta las teclas nuevamente: "Username and password error". La señora Haydee toca la puerta—. Adelante —dice sin mirarla.

—Doctor Ferreyra, buenos días. —Su secretaria ingresa discretamente, su sonrisa no es la misma.

—Por favor, llame al personal de Soporte, no puedo acceder al computador —dice con molestia.

Ella no sabe cómo explicarle.

—Doctor Ferreyra, han dejado esta carta para usted.

Su jefe voltea a mirarla.

—¿Una carta para mí?

Ella asiente sin decir nada, se la entrega en la mano. Pierre nota que a su alrededor hay una misteriosa afonía, alza los ojos: tras la persiana hay un mutis insólito, la radio no está prendida, solo miradas extrañas y comentarios en voz baja. Haydee se retira cerrando la puerta despacio. Pierre lee la misiva que tiene entre sus manos: "Señor Pierre Ferreyra

Rosenthal, presente, de mi consideración, sirva la presente, para comunicar a usted que en relación a las observaciones halladas por la oficina de Auditoría, así como sus descargos ofrecidos ante el comité ejecutivo, se ha tomado la decisión irrevocable de dar por culminado su vínculo laboral con nuestra institución financiera, de acuerdo a las facultades estipuladas en el inciso f del contrato suscrito...". Pierre deja de leer, ya sabe que lo que sigue es protocolar; la vergonzosa entrega de cargo ante la mirada de todos y demás documentos pendientes, así como proceder a la oficina de Recursos Humanos para su liquidación, el cheque correspondiente, la firma del gerente general. «Afuera ya lo deben saber», piensa, «carajo», queda quieto en el sillón. ¿Cómo salir de allí ante los ojos de todos? Sabe lo que se viene: "botaron al jefe, oye, lo chotearon", "está bien, que se joda ese huevón", "uy, qué penita", "¿qué? No te creo. ¿A Ferreyra?". Pierre está congelado, la complacencia con la que llegó esa mañana se esfumó en segundos, fue como si despertara de un cachetazo, como si arrancaran el enchufe de su aspirador. «¿Y afuera?», se pregunta, «¿celebrarán o serán solidarios con él?». No le importa, sabe que no son amigos, que solo son compañeros de trabajo. Pierre mira el retrato de Ariana, su sonrisa reluce en ese momento de angustia; nada podrá evitar que esa misma noche le pida que se case con él. Le espera una gran fiesta en su casa de playa, una juerga de alcohol y un estupendo bufet de drogas. Empieza a reír, su conciencia está limpia, pero la conciencia es un invento de la religión y al carajo con los auditores. Ni hablar, no se expondrá frente a todos a llenar cajas con sus papeles personales y demás cacharros, olvídense, no será la estrella de ese patético show, solo se llevará la foto que guarda de ella y la sortija que tiene en el cajón, es lo único que necesita.

—Señora Haydee —llama al anexo, ella aparece en el acto; le devuelve la carta—, prepare todo, por favor —ve en los ojos de su secretaria la pena de su despedida—, voy a la Gerencia General. —Se levanta, sale lento, ignorando a su paso a los oficinistas del piso. Se dirige al ascensor, pero decide desviarse por las escaleras de escape; no importa que sean cinco pisos más arriba, no quiere encontrarse con nadie, no quiere ver que lo compadezcan o a aquellos cuyas tripas bailan por su salida mientras lo abrazan para despedirse. En cuanto sube, piensa que le arrebataron su puesto, que le espera otro destino; no les rogará ni les pedirá su absolución, porque, a pesar de que sus descargos fueron veraces, no fueron tenidos en cuenta, no fue lo suficientemente influyente y eso vulnera su orgullo. Si ellos le patean el tablero o tiran la piedra con base en mentiras, no es de su incumbencia. Sube sin desesperar, las gradas le parecen eternas, ya no posee la misma fuerza, guarda su último aliento para desahogarse ante el firmante de ese papel apócrifo. Camina por los elegantes pasadizos grisáceos y plantas ornamentales, que ve a su alrededor como si nunca hubiese conocido: es un harén de bellas secretarias o asistentes de gerencia, todas ellas de cabello rubio o castaño claro—. ¡Qué risa dan estos viejos! —Susurra mientras avanza hasta llegar a la oficina del gerente general—. Hola —saluda a una de ellas, quien tras un mostrador habla por teléfono—, me espera el gerente. —Le guiña el ojo—. La joven asiente con una sonrisa.

—Un momento, doctor. —Por el anexo comunica su llegada, se levanta, lo acompaña hasta la puerta invitándolo a pasar—. El doctor Ferreyra —dice ella sin perder la sonrisa. El frío del aire acondicionado le congela la sangre; le da alergia, estornuda a manera de saludo, no tiene pañuelo para llevarse a la nariz, solo se frota con los dedos de manera acostumbrada.

—Buenos días.

Pretende estirar la mano, pero su antagonista le señala una de las sillas que están delante de él.

—¿Es usted doctor? —pregunta Carlos Serna arrugando la frente.

—Bueno, así me llaman, soy abogado.

Ferreyra permanece de pie.

—Tome asiento. Doctores son los que han obtenido un doctorado. Dígame, Marco, ¿ha estudiado usted un doctorado?

Pierre fija la mirada en el friobar, la colección de diplomas y trofeos que ha obtenido su otrora centro de labores, él sonríe.

—Mi nombre es Pierre Ferreyra, soy abogado, pero no he llevado aún un posgrado.

El hombre que tiene enfrente aparenta más de sesenta años: su rostro es inexpresivo. Solo ha tratado con él un par de veces, pero su voz áspera es inconfundible.

—Entonces. usted solo es abogado, y no un doctor, porque solo a los que se llevan el doctorado, se les llama doctores. Marco... —vuelve a decir el viejo.

—Soy Pierre Ferreyra —refrenda algo confuso.

—Bueno, Marco. —Pierre sonríe moviendo la cabeza: comprende que solo hay que seguirles el juego—. Vamos al grano, lamento muchísimo que se deba ir, debo reconocer que su trabajo ha sido meritorio.

Pierre frunce los labios al oír ese impecable discurso.

—¿Qué es esto?, ¿un despido empático? —interrumpe.

El viejo prosigue.

—Bueno, así lo ha decidido el comité ejecutivo, pero, en fin, existe una salida para este lamentable suceso. —Pierre intuye lo que se viene: ya no ha vuelto a llamarle Marco—. Si usted se disculpa con el doctor Cabral, y le dice que todo fue un mal entendido, lo consideraré asunto arreglado, y no tendré ningún problema en revocar su despido.

Pierre se frota el rostro de fastidio.

—Claro, Cabralito. —Hubo unos segundos de silencio, alzó la mirada—. Si pensaba que les iba a suplicar para que no me despidan, no lo voy a hacer, se equivoca si cree que me disculparé con su sobrino marica. No entiendo cómo un banco privado funcione como una —piensa que decir— entidad pública. Si han tomado esa decisión, no hay más qué decir. —Se pone de pie, estira su mano derecha para despedirse, el viejo queda con la mano al aire, Pierre alza los dedos para adivinar—. Disculpe, no recuerdo su nombre —simula olvidar.

—Doctor Carlos Serna —dice el viejo.

Pierre voltea antes de abrir la puerta.

—Claro, usted es doctor, porque estudió su doctorado, pero le doy un consejo: solo los débiles se escudan en títulos —le guiña un ojo—, chau, Marco.

En la sala de su departamento, mientras revisa sus apuntes de la universidad, Ariana espera solitaria a que Pierre la recoja para salir a otra noche de diversión; solo que esta vez es distinto, celebrará su cumpleaños número veinticinco. Él le había dicho que iría a buscarla con Gabriel, a quien no había vuelto a ver en el albergue después de la agresión que sufriera con Marie France. Sin embargo, Ariana tiene una sensación extraña ante la idea de verlo nuevamente; le parece un hombre venido de otro tiempo, agradable, educado, de corazón noble y de los que hay pocos. Un caballero y no un caballo como Pierre, a quien ama con todo el corazón, lo que la entristece. Sophie está por llegar en cualquier momento, ella está lista para la diversión; esa mañana, Marie France partió a Bélgica junto a sus padres, que fueron por ella. Ariana lamenta no haberla ido a despedir, tenía que dar exámenes en la Facultad de Veterinaria. Sin lugar a dudas, para Ariana no es una noche feliz: le entristece que su mejor amiga ya no esté junto a ella, en la casa de playa, celebrando su cumpleaños. Siempre le dijo que su amor nativo no era del agrado de Pierre, quien considera a Piter poca cosa para ella, que sus uñas negras le parecían cascos de dinosaurio, pero qué podía hacer: en cuestiones de amor, gustos y colores, nada está escrito y ella lo entiende así. Ariana se levanta, camina al tocador, ha olvidado ponerse los aretes. Su iPhone vibra, ella se lo pone al oído.

—¿Aló, Flaku?

Sophie está al habla.

—Ay, amix estoy en camino, pero me siento mal —le dice adolorida mientras maneja—, tengo cólicos, amix, help me, please. —Se aproxima hacia la ventana, mira la ciudad de noche.

—Ya, Flaku, no hagas dramas, vente rápido y te tomas una pastilla acá. —Ariana avienta el iPhone sobre la cama, apura el paso mientras se pone los aretes.

Lejos de allí, el Volvo S60 está detenido a unos metros del Malecón Negro; su nombre viene de los árboles y la escasa iluminación de la zona, donde en el fondo, desde el horizonte, el mar y el cielo negro conjugan una tenebrosidad total, lo que es aprovechado por los suicidas. Pierre necesita conseguir pastillas y cocaína: estuvo llamando al celular de Piter, pero está apagado. Desde aquella paliza que le propinó a la gringa, al cholo se lo ha tragado la tierra. Eso tiene muy inquieto a Pierre; su nariz se exaspera de ansiedad. No le ha contado a nadie que esa mañana lo han echado del banco y que pasó a la fila de desempleados, que en la oficina de Recursos Humanos le pidieron que devuelva el fotochek y llenara unos papeles donde podía alegar queja durante su estancia, pero no escribió ni una sola línea, porque igual había sido lanzado y unas palabras no cambiarían nada. No importaba ser eficaz ni lograr metas, pero tampoco se siente culpable: no quiere admitir que su despido fue devastador, que golpeó en lo más profundo su autoestima. La sangre le hierve de coraje. «Pondré mi propia firma», piensa. Fuma un cigarrillo dentro del auto, ve la caja del CD de rock and roll que dejó Gabriel, enciende el autorradio, se escucha los acordes de Del Shannon y su "Runaway": "As I walk along I wonder, what went wrong with our love, a love that was so strong…". Desde allí observa a unos muchachos que llegan en camionetas con tablas de surfear en el techo, que se detienen frente al malecón en busca de unos porros de marihuana antes de animarse a correr las olas de noche. No tiene dudas que Piter puede estar allí. "Wishin' you were here by me, to end this misery, and I wonder, I

wo-wo-wo-wo-wonder...". Espera paciente a que se vayan,
bebe un largo sorbo de su lata de cerveza. Tiene el retrato
de Ariana a un lado del asiento, la camisa desabotonada y la
corbata suelta.

—Carajo —dice echando el humo por la ventana. Le jode
que lo hayan despedido por chismes malintencionados, da un
golpe de puño al timón—. Carajo. —Parece desesperar, queda
pensativo unos segundos, busca en la guantera un block de
notas y un lapicero. Escribe unas líneas con la zurda, arranca el
papel de la libreta, lo guarda en bolsillo del pantalón; ha sido un
mal día sin duda, le rondan en la cabeza sentimientos de ira y
frustración. Quiere cancelar todo, mandar al diablo la fiesta en
su casa de playa. En la maletera del Volvo hay latas de cerveza,
energizantes, botellas de whisky, ron y pisco suficientes para
lactar de alcohol a cincuenta gargantas ávidas de borrachera
y drogas; pero allí, mirando desde el volante de su automóvil,
espera encontrar al indio. Él le dijo una vez que podía
buscarlo allí también, pero no ve a Piter por ese malecón de
iluminación escuálida por los postes de luz colonial. El cholo se
ha evaporado, los surfers se alejan a velocidad; por qué se irían,
por qué vendrían. Pierre baja del auto, camina hasta el parque
del acantilado que le deja ver la profundidad del abismo; calcula
cien metros a un oscuro vacío, deja caer el cigarro a medio
terminar, una luz imperceptible y humosa se hunde sobre el
césped; bebe otro sorbo—. Carajo —dice iracundo, lanzando su
lata de Heineken: la cerveza se va desparramando en el aire. No
escucha nada, sus pies bordean el barranco, ve a los costados,
arbustos, edificios, ve su reloj: diez de la noche. Debe pasar por
Gabriel y recoger a Ariana. A unos pasos hay un par de bancas,

en una de ellas, un sujeto sentado. La atmósfera empieza a oler a hierba. Pierre solo puede ver la sombra de aquel tipo, pero siente que es una buena señal. Se acerca a la banca: reconoce ese morral, pero no al tipo que lo lleva puesto; lo observa bien, trae consigo una gorra beige y su cabellera es corta. No tiene cola como Piter, no usa lentes, pero su aspecto es indígena, el piso está esparcido con cáscaras de maní. Alza la vista, ambos se clavan los ojos.

—Habla, batería. —Esa voz es inconfundible.

Pierre parece despertar, no le responde por unos segundos, pero él es quien fue a buscarlo.

—Cholo, te desapareciste. —Saluda Pierre mientras enciende otro cigarrillo. Piter se levanta mirando a todos lados, quién sabe si su mejor cliente ha traído consigo a la policía—. Tranquilo, huevón, he venido solo, vengo por lo de siempre.

El cholo está tenso.

—No me cagues, pendejo.

Pierre saca unos billetes, se los muestra.

—Cholo, vengo a hacer negocios. —Piter vuelve a sentarse.

—No sé de qué me hablas.

Pierre empieza a reír.

—¿Crees que tengo un micrófono, imbécil?

El indio vuelve a ver a su alrededor: no ve a nadie, tal vez lo observen desde uno de los edificios, sabe que la policía lo busca por tráfico de drogas, intento de homicidio y lesiones graves, pero, por el aspecto desaliñado de Pierre y su aliento a cerveza, está seguro de que ha venido solo.

—Vamos más allá. —Señala con la cabeza hacia la oscuridad de unos arbustos—. Esa gringa me jodió el negocio —dice ofuscado.

Los dos caminan a paso lento.

—Huevón, la ibas a mandar a Chile con cocaína.

El cholo se detiene.

—Era talco, carajo, talco de carnaval, ¿crees que si fuera narco vendería collares de huayruro y toda esta mierda? —Saca de su bolso un puñado de pulseras de cuero y aretes de alpaca.

—Cholo, conmigo no te hagas el cojudo, que bien que querías usar a la gringa de burrier; quién carajo te va creer que era talco, ¿los chilenos?, no me jodas, huevón. —Pierre ve la hora, diez y veinte de la noche—. Dame diez ketes. —Piter mete la mano al bolsillo.

—Carajo, estás embalado, mi DNI es falso, no me pueden cagar por drogas, pero que se joda la gringa, por eso la abollé, carajo, por eso le saqué su mierda, para que aprenda, para que estea callada.

Un ligero ventarrón empieza a correr.

—También dame diez pastillas. —El smartphone timbra, Pierre se da vuelta.

—Aló, gringo —Choclo está al habla—, oye, huevón, la gentita los está esperando, ¿a qué hora llegan? —Se puede escuchar la bulla en la casa de playa.

—Estaré llegando en una hora, ¿cómo va todo?

Patrick, apoyado en las barandas del balcón, mira como sus amigos se divierten; alza la voz, adentro el bullicio es estrepitoso.

—Está de puta madre, tiene mi firma.

Piter le entrega el pedido.

—Okey, ya llego. —Guarda el teléfono, mira al cholo.

—¿Cómo está la gringa? —le pregunta.

Pierre echa un vistazo por el acantilado: todo es oscuro.

—¿Acaso te importa? —le dice.

—Sí, pues, causa, no sé por qué te pregunto esa vaina, ya vendrán otras gringas, mi cacharro las atrae como miel. Carajo, si no se hubieran metido esas dos perras, ya la habría matado.

El aparato de Pierre suena con el timbre que identifica a Ariana.

—Hola, flaquita, llego en un rato, dame unos veinte minutos.

Ella está en la cocina con un vaso de agua en la mano.

—Apúrate, ya estoy cambiada. —Sophie recibe la píldora, la traga en el acto bebiéndose toda el agua. El intercomunicador tintinea, Ariana coge el receptor, se lo lleva al oído—. Diga... Hola, pasa. —Presiona el botón de la puerta del edificio, es Janet, la hermana de Pierre.

Sophie hace un gesto de dolor. Se lleva la mano al vientre.

—Amix, tengo cólicos.

Ariana busca su cajetilla de cigarrillos.

—Ya, tranquila, ya se te va a pasar.

Suena el timbre, vuelve a la puerta, aparece Janet.

—Hola —ambas se saludan con un beso—, adelante, pasa.

—La invita Ariana. Sophie, que por su aspecto parece morir, levanta una mano desde el mueble—. Por favor, siéntate —le dice Ariana. —Ella es la hermana de Pierre—. Sophie parece resucitar.

—Ah, mira, tú —le dibuja una sonrisa ficticia.

Hay un transitorio mutismo: a sus treinta años, Janet no es de hablar mucho, no ha dejado la timidez que la aqueja desde niña cuando, a los ocho años, vio morir a su padre en un accidente automovilístico. Él había ido a recogerla en su horario de almuerzo, todos los días la esperaba afuera a la salida del colegio, siempre con una sonrisa paterna. Ella corría, saltaba a sus brazos, le daba un beso y juntos cruzaban la pista a unos metros de su vehículo, pero un estúpido imberbe que conducía un auto sin licencia de manejo se les atravesó velozmente: eso la marcó para siempre. No recordaba lo que pasó después, pero jamás lo volvió a ver. Su padre había sido todo para ella, en contraste con la indiferencia de su madre, siempre tan lejana con sus hijos. Una vez, Janet le preguntó si tendría otro hermanito y ella le respondió con un sorprendente no, porque con un tercer hijo se le deformaría el cuerpo. Luego la despachó a un internado. El teléfono de Ariana timbra, ella contesta impaciente.

—¿Aló? Flaca, estoy abajo.

—Oky, ahí voy. Listo —vuelve la mirada a Sophie—: nos vamos. Janet y Gabriel vienen con nosotros. ¿Te llevamos o vas en tu carro?

Sophie se mira el rostro por un pequeño espejo que tiene en la mano.

—¿Qué? ¿Y qué somos? ¿Un trío de cuerdas? Olvídate, no sirvo para violín.

Las tres ríen, salen, bajan por las escaleras.

—La gringa se fue en la mañana —dice Sophie sacando las llaves de su Beetle. Ariana asiente.

—Yo no sé cómo pudiendo conseguirse un enamorado pinky se metió con ese huaco feo.

Llegan al hall del edificio.

—Ya, Flaku, no quiero acordarme de eso —dice Ariana desinteresada—, yo voy con Janet.

El portero les abre la puerta; afuera la espera Pierre, con

el mismo traje con el que fue a trabajar: solo se ha quitado la corbata y cambiado de camisa, que le prestó Gabriel cuando fue a recogerlo al albergue; se ha lavado y echado colonia. Ariana se le acerca, le da un largo beso prendiéndose de su cuello. Gabriel saluda a Janet sin que Pierre se la presente; ya conoce a Sophie, le parece la misma escena, solo que esta vez Marie France no está.

—Nos vamos —dice Pierre abriéndole la puerta del Volvo a Ariana. Mira su reloj—; queda una hora para las doce y que sea el cumpleaños de mi flaquita. —Sophie se dirige a su auto: aún siente el dolor menstrual—. Oye ya me contaron lo que les pasó en la combi, le alcanza a decir Pierre mientras carcajea.

—¡Qué asco!, no me hables de esa pobre diabla insignificante, que tengo cólicos —dice Sophie subiendo al Beetle mientras Janet entra por el otro lado.

Pierre enciende un cigarro.

—¿Estás en tus días R?

Sophie, desde la ventanilla, le dice:

—Sí, estoy en mis días R, estoy en cierra puertas, ¡estúpido! —Prende el motor. Pierre solo sonríe.

—Tranquila, ya no llores, que se te van a borrar tus tres pecas. —Dentro del Volvo, Ariana conversa amenamente con Gabriel; la noche ha comenzado para ella. Pierre entra rápido e inserta la llave en el contacto—. Vámonos. —El sonido de los parlantes vibra con estupor, rompe la tranquilidad de esa calle, los dos autos emprenden la ida, uno seguido del otro, iniciando un trayecto de casi una hora al balneario de Costa Azul. El Volvo entra hacia la carretera. Pierre observa por los espejuelos que el Beetle de Sophie los sigue por atrás; a lo lejos, no se aproxima ningún vehículo que se les cruce en su camino—. Agárrense que vamos al hiperespacio. —Pisa el acelerador, el velocímetro indica cien kilómetros por hora, la aguja sube a ciento veinte, baja la velocidad.

—Pierre, no me gusta que manejes rápido —ordena Ariana clavando sus ojos en él. Ciento cuarenta: el auto corre dejando atrás un camión que desaparece en la oscuridad. Ariana y Gabriel se inquietan, una corriente fría entra por las ventanas. Pierre solo ríe con las manos fijas al volante, ahora van a ciento sesenta kilómetros por hora, no se logra ver nada. Entran a zona de niebla, el viento roza con la ventana y da un silbido tétrico; el auto parece volar, el corazón de ella late con fuerza, se sujeta de la manija de la puerta. Gabriel teme un desastre, mira por los alrededores de la pista, a lo lejos, ve un par de luces que se van acercando.

—Ya bájale, Pierre, no corras.

Su amigo no hace caso, ve una expresión de temor en Ariana.

—Puedes chocar, carajo, aquí nadie está apurado —grita encolerizada. Pierre empieza a frenar; la velocidad del S60 desciende de pocos, ella respira asustada, por fin le volvió el aliento. Vaya forma de celebrar su cumpleaños—. Por qué eres así —le recrimina Ariana, negando con la cabeza: está harta de su comportamiento.

—Ya, flaquita, no te molestes, quiero llegar rápido —dice Pierre tocándole la mano.

El iPhone de ella empieza a sonar.

—Flaku, dime... Sí pues, este loco pisó de largo, si quieres adelántanos.

De inmediato el Beetle pasa por delante de ellos, Pierre alza el volumen del auto, los parlantes truenan, el sonido estremece el asfalto.

—Tomen estas pastillas para ponerse las pilas. —Les ofrece Pierre junto con una botella de agua.

Ariana se la lleva de inmediato a la boca, bebe un largo sorbo. Gabriel la rechaza.

—Olvídalo, yo no tomo esas cosas.

El vehículo entra a un desvío.

—¿Qué te pasa huevón? ¿Qué crees, que me voy a malear con ustedes? —Gabriel duda unos momentos, ella le pasa la pastilla y la botella. Pierre lo observa por el espejo retrovisor, el Volvo avanza despacio por un suelo rústico cubierto de pequeñas piedras que crujen aplastadas por los neumáticos; se adelantan hasta llegar a un gran arco que bordea una enorme puerta de madera, donde aparece un vigilante que se protege del frío tapándose el cuello y el rostro con una chalina negra. Al verlos, corre a abrirles la puerta al son de la música electrónica del moderno S60. Gabriel mira los autos estacionados a su alrededor: a pesar de que es la segunda vez que va a este lugar, no recuerda como llegó allí con anterioridad y se infiltra en ese laberinto de casas de playa con arquitectura abstracta que invitan a la diversión en convivencia con el desierto y el mar. Pierre apaga el motor, sube las lunas polarizadas de ambos lados; desde allí se pueden apreciar los balcones con barandas transparentes de las dos terrazas y la fiesta en todo su esplendor sobre el acantilado. Ellos aún no bajan, beben unos tragos mientras ven a lo lejos un balcón de muros blancos donde la gente se divierte. Pierre mira su reloj, pita su cigarrillo con fuerza. Ariana va a salir del coche, Pierre se acerca a ella, le

toca el rostro llevándola hacia él—. Esta será tu mejor noche.
—Coge sus manos, la besa perdiéndose con desenfreno entre
la música del auto, el bullicio de la fiesta y los labios de Ariana.
En el asiento de atrás, Gabriel solo es un espectador, ve
que los ojos de ella se fijan en los de su novio. Siente que la
música electrónica se incrusta en su cabeza, sus párpados se
cierran ante un destello que lo aturde y una sensación extraña
de calor; su presión se acelera, sus ojos ven lo que sus pupilas
no, sus sentidos perciben lo que no sienten, sus oídos lo que
no oyen, ve labios que se juntan, pero no se besan: la escena le
aviva un sufrimiento que aún no se apaga. El fugaz resplandor
en esa noche de playa y brisa marina lo confunde, lo lleva
camino hacia el oscuro vacío de lo que fue un mal recuerdo
que lo autocondena por transgredir los códigos religiosos, que
lo regresa en el tiempo en un fugaz resplandor incandescente:
In nomine Patris et filii et Spiritus sancti. Amen. El cáliz que
se derrama sobre el altar, el sacerdote que amó a una mujer,
que se restriega la vista ante esa presencia inmaterial, que cree
tener delante de él, Cristiani a su lado, la abraza con todas
sus fuerzas, la ama con pasión, con desesperación de hombre.
Pierre y Ariana salen del auto, él no los oye salir. Desde
afuera, Sophie alza los brazos, se mueve danzando; Janet le
hace señas con la mano. Se siente perdido dentro del Volvo;
sus ojos apuntan hacia ella, pero no la ve, tampoco la escucha,
está aprisionado por sí mismo, ya no hay nadie junto a él, abre
la puerta del coche cuarenta minutos después de ingerir la
pastilla. No sabe a dónde ir, siente que sus piernas le tiemblan,
que va a caer, solo ve destellos que cambian de coloración,
se orienta por esa atmósfera de bulla y euforia de la terraza

irradiada por luces azuladas: un recinto de música, alcohol y cocaína para la gentita fashion, la "gente bonita", como los llama Sophie. Gabriel sube por las escaleras hacia al segundo piso, rumbo a uno de los balcones. Traspasa la puerta, la fiesta lo recibe bajo un ritmo enloquecedor de jóvenes que bailan en esa noche sin estrellas, que se besan apoyados en las barandas, que conversan amenamente con vasos de licor en las manos o recostados en los muebles: los amigos de Pierre, los que nunca llaman, pero que siempre salen en la foto y que son infaltables en los momentos de diversión, todo aquello en su máximo éxtasis en olor a marihuana y cigarro. Choclo tiene las llaves de la maletera del coche, va por las botellas de licor que compró Pierre, se cruza con Gabriel sin saludarlo, su cabeza está en otro mundo. Ariana está sentada en uno de los sillones de la terraza, observa como el resto se divierte mientras el viento abanica sus cabellos; a unos metros, su novio está tomando con unos amigos y entre risas les presenta a su hermana. Ariana no puede fingir su molestia, otra vez se alejó de ella, fuma nerviosa. Desearía desaparecer de allí, a pesar de que es su cumpleaños. Ni siquiera sabe por qué se encuentra en ese lugar. Gabriel se sienta junto a ella, ven asomar a una pareja que se une a un grupo de jóvenes que chocan sus vasos, ni siquiera la saludan, no saben qué cosa se está celebrando, si fueron invitados por Choclo, Sophie o por ventura Pierre.

—¿No te diviertes? —le dice Gabriel buscándole una sonrisa.

—Me divierto más de lo que crees. —Ella está a la defensiva.

—Por lo que veo, no parece, tienes una cara…

Cerca de ellos hay una mesa con botellas de vino y whisky; Gabriel se levanta, se prepara un trago y una copa de tinto, regresa, se la ofrece a Ariana.

—Gracias —le dice aceptando.

—Tú, ¿tomando whisky? Eso sí es un milagro.

Gabriel sacude los hielos de su vaso, bebe un sorbo.

—Nada me lo prohíbe. —Su rostro se vuelve reflexivo, hace un corto silencio; ahora ella es quien sonríe.

—¡Cómo extraño a los niños del albergue! —Suspira—. Discúlpame por no haber podido ir, tú sabes, con lo que le pasó a la gringa.

Gabriel fija su mirada en ella.

—Tú no tienes por qué darme explicaciones, eres voluntaria y te estoy agradecido, tu aporte es valioso para nosotros.

Ariana no responde: guarda silencio mirándolo con ojos que delatan ternura. Deja su copa a un lado.

—Vamos a bailar —le dice cogiéndole la mano. —Ambos se levantan, se acoplan al ritmo de la música. Pierre, que está a unos metros con sus amigos, enciende un cigarrillo, hablan del partido Manchester versus Barcelona; ni siquiera se ha fijado en Ariana, ya no se acuerda de que esa noche es su cumpleaños, se ríe todo el tiempo: la cocaína que aspiró lo tiene a mil por hora; por ratos se aleja del grupo, cuando siente que el cuerpo se le endurece. Gabriel baila aturdido, su expresión cambia mientras se mueve con ella, por momentos sonríe mirándola a los ojos, luego baja la mirada y su expresión se torna seria: lleva una cruz por dentro, quiere decirle algo, pero ella es la novia de su mejor amigo—. ¿Qué te pasa? —le pregunta Ariana—, ¿no me quieres contar? —Insiste.

Los dos vuelven a sentarse, él levanta la cabeza, mirándola, vuelve a sonreír, da un corto suspiro.

—¿Qué quieres que te cuente o qué quisieras oír de mí? —le contesta.

—A ti hay que darte cuerda —bromea ella viendo gente ir y venir. A unos metros, Pierre se sirve un vaso de whisky, junto a otro grupo de amigos que acaban de llegar. Gabriel bebe un trago, hace un gesto inexpresivo—. Cambia esa cara —le recrimina Ariana—, la cuestión es divertirse.

Sophie se acerca a ellos.

—Amiga, please, invítame un cigarrillo.

Ariana abre su bolso, le da su cajetilla, Sophie coge un cigarrillo, se lo lleva a sus labios.

—Amix, acabo de conocer a un tipo churro, lindo, superarchiamorooso. —Lo enciende mientras vuela entre nubes, le devuelve la cajetilla, se va en el acto.

—Vamos a caminar a la playa, ¿te parece? —Lo anima ella.

—¿Y Pierre? —le dice él.

Ariana voltea a verlo.

—Ese chucky está en otro lado, ni cuenta se da de que existo, no me gusta cuando se pone así. Vamos —lo anima—, que no fastidie.

Se abren paso entre todos esos anónimos visitantes, aunque no la conocen, la aprecian porque es la novia de Pierre; se divierten y beben licor a su nombre. Ariana y Gabriel llegan a la sala impregnada en olor a humo, gente bailando y grupos que conversan, mujeres sentadas en los sofás que se ríen del último chisme, ven a esa gentita ir y venir de la cocina o del lobby, avanzan hasta las escaleras, se topan con una pareja que discute en las gradas que dan a la puerta de salida. Ariana sonríe. Los dos salen hacia la playa: la noche está cubierta por nubes espumosas y las olas llegan mansas a la orilla. Sus ojos verdes se quedan fijos mirando el océano sin decir nada mientras el viento roza sus oídos y la brisa marina codicia su cabellera como si la quisiera arrancar. Gabriel se acerca a la novia de su amigo.

—¿En qué piensas? —le pregunta.

Ella dibuja una sonrisa sin decir más; siente frío, él le ofrece su casaca, la acomoda sobre los hombros de ella.

—Gracias —le dice Ariana buscando un cigarrillo. Olvidó que había dejado su bolso en la terraza, siguen caminando—. Háblame de ti —le dice.

Gabriel coge una piedra, la lanza al mar.

—¿Qué te podría decir? —duda un momento—, que perdí muchos años de mi vida por lo que creí era un llamado espiritual, pero lo dejé todo por una mujer — guarda silencio.

—¿Dejaste de ser cura por una mujer? —dice ella, desconcertada por su sinceridad.

Gabriel tiene las manos en los bolsillos, avanzan unos pasos, Ariana va a su lado. La casa de Pierre y la fiesta en honor a ella se van quedando atrás.

—Así es, discúlpame, siento vergüenza al contártelo, pero eso ya quedó atrás, es algo que ya he olvidado. —Se engaña a sí mismo.

En el horizonte negro, sobre el océano, se observa una pequeña luz que por ratos desaparece. Ariana está a su lado, sentada sobre la arena, le coge del brazo y apoya su cabeza junto a él. Gabriel queda sin aliento, desconcertado: siente temor de abrazarla, no se atreve a besarla porque es la mujer de su prójimo. Desea estrecharla entre sus brazos, como amigos, como lo que no puede ser, no reacciona, porque en su caso los nuevos amores abren heridas. Su voz interior lo detiene, quisiera que esta noche termine, ella junta sus piernas abrazándolas, el viento sopla suavemente jugando con su cabellera. Gabriel la mira perdidamente, sin decir nada, ella sonríe, señala el mar.

—¿Sabes? Varias veces he soñado que paseo por la playa, con mis hijos de la mano, viéndolos correr, jugar en el agua, pero —queda en silencio unos segundos— nunca me he visto acompañada—. ¿Tú me entiendes? —Gabriel niega con la cabeza—. Pierre no está en mis sueños. ¿Crees que significa algo? Gabriel baja la mirada; ya no es un sacerdote que escucha los pecados del mundo, tampoco quiere ser un consejero del corazón, sabe que Pierre es su amigo, y él está enamorado de ella, de la novia de su amigo, de su mejor amigo; le responde con la verdad.

—A veces creo que, si bien en la Iglesia pasé años felices, siento que fueron años perdidos.

Ella le coge las manos.

—No, Gabriel, no digas eso, tú has hecho lo que pocos hombres se atreven a hacer, un sacrificio a Dios, de servir a los demás, eso es algo que no cualquier hombre es capaz de soportar.

Él la mira a los ojos.

—Sí, pero, todo era una ilusión, al conocer a una mujer en el pueblo, perdí mi vocación pastoral en todo sentido, me dejé llevar por el corazón, renuncié a mis votos, pero mi amor no fue correspondido. —La expresión dulce de Ariana lo lleva a su confesión—. En cambio, ahora, que estoy cerca de ti...

Ella lo interrumpe.

—No —dice con temor soltándole las manos. Gabriel le habla a sus espaldas—, no he dejado de pensar en ti desde que dejaste el albergue.

Ariana se siente atrapada por sus sentimientos.

—No digas nada. —Sus oídos no quieren seguir escuchando, pero por dentro desea oírlo—. Estás confundido. —Da media vuelta, debemos regresar a la fiesta. Ella se quita los zapatos—. Anímate, vamos a mojarnos un rato —le dice mientras sus pies se hunden sobre la arena húmeda.

Él le advierte.

—Ten cuidado, podrías tener un enfriamiento. — Demasiada consideración hacia ella la desespera.

—¿Puedes dejar de hablar como mi papá? —Alza los brazos.

El exsacerdote siente que habló de más cuando se sinceró con Ariana, camina al borde de las olas que enmudecen a su paso. Pierre se asoma hacia el balcón, los ve caminando juntos de regreso. ¿Qué podría pasar? Gabriel es casi un hermano. Había aspirado cocaína en su habitación, acaba su vaso de whisky de un sorbo, quiere que ella regrese a él para darle el anillo de compromiso que los unirá por el resto de sus días; de fondo se oye "Walking down Madison" de Kirsty McColl. Pierre en la terraza quiere encender un cigarrillo, pero el viento arremete y juega con la llama de su Zippo; desde allí los ve acercarse por entre los autos detenidos en los alrededores. Arroja el cigarro al piso, se frota la nariz, se desajusta el cuello de la camisa, da vuelta a la sala: sus amigos celebran su regreso, le palmean el hombro, alzan sus vasos. Choclo ahora controla la música, la bulla electrónica gobierna sobre aquella atmosfera de humo y licor. Ariana aparece cerca de él, Gabriel vuelve a la terraza. Sophie, Choclo y Janet bailan con un grupo de amigos; Pierre la abraza de la cintura.

—¡Salud por la cumpleañera! —Todos celebran por la novia de su anfitrión. Él la besa en la frente, va hacia el bar, le sirve una copa de vino—. Salud, flaquita. —Hace un brindis a solas; ella finge una sonrisa, no se siente a gusto allí, entre tanta gente extraña: hubiese querido algo más íntimo con Pierre.

—Estoy un poco cansada, quisiera descansar un rato —le dice ella.

—Claro —dice Pierre, ofreciéndole las llaves de su habitación. Ariana las rechaza.

—No, no quiero dormir, me voy al lobby, no soporto esta bulla.

Él queda sorprendido de oírla: lo ha organizado todo con tiempo, la fiesta es para ella, pero la diversión es de otros. La música arrecia y la sala es una pista de baile y brazos en alto. Ariana lleva su copa de vino, se aleja de Pierre; eso le molesta, le jode. Gabriel se acerca a él.

—Carajo, Ariana me dice que está cansada, le dice a su amigo, ¿a dónde fueron? —le pregunta.

—Me pidió que la acompañara a caminar un rato por la playa.

Pierre hace una mueca.

—¿Qué? ¿La estás confesando? —dice con burla. Luego se acerca, hablándole al oído—. Huevón, la fiesta está de la puta madre, las hembritas están servidas en bandeja, y tú tranquilo aquí afuera; no me defraudes, compadre, dice soltando su aliento a whisky. —Le parece ridículo lo que escucha de labios de Gabriel—. ¿Caminar? ¿Está aburrida aquí? O sea, le preparo una fiesta y ella está aburrida —mueve la cabeza, desconcertado—, puta madre, debió ser muy interesante tu conversación para que esté aburrida, ¿de qué hablaron?, ¿del orgasmo de las orugas? Bueno, es cuestión de ella, así son las mujeres de jodidas —se ríe solo—, carajo —dice impaciente: por dentro quiere reventar, aspirar más coca, tomar whisky hasta emborracharse. Es prisionero de su adicción, una bestia enjaulada. Gabriel mira hacia todos lados: solo algunas luces están encendidas y gente que se divierte en toda la casa, Pierre saluda a una pareja de desconocidos que acaban de llegar.

Ariana está en el lobby, echada sobre el sofá, con una copa de vino en la mano; la puerta se abre, Gabriel aparece frente a ella. El ruido ingresa por el pasillo junto a él.

—Por favor, cierra esa puerta, no soporto tanta bulla. —El exsacerdote obedece, gira la manija, el sonido desaparece en el acto, se sienta frente a la novia de su amigo, ve que los ojos de Ariana se fijan en su copa: ella quiere salir de allí, se siente prisionera de su cumpleaños, quiere que la noche termine pronto—. A veces creo que no conozco a Pierre —le dice ella sin mirarlo.

Gabriel intenta ayudar a su amigo.

—Bueno, tú sabes cómo es él, ya lo conoces, tiene una vida muy agitada.

Ella bebe un sorbo.

—Discúlpame, pero esto es una mierda, él solo quiere

llamar la atención, debería estar aquí conmigo, pero prefiere a sus amigos, ¿y yo dónde quedo? —Sus ojos enrojecen.

—No te pongas así, por favor. —Ella trata de no llorar, haciéndolo sentir culpable—. Una lágrima tuya es mi peor castigo. —Ella quiere secarse los ojos con los dedos. Él se aproxima a Ariana. Sin decir palabra contempla su hermosura, siente deseos de tocarla, darle su afecto—. Cuando se ama, se quiere a la persona como es, con defectos y virtudes, con aciertos y errores —le dice él. Ariana frunce el ceño.

—Por favor, no estoy para tus sermones.

Gabriel la mira en silencio.

—Bueno, creo que no debo meterme. —Se levanta.

Ella coge su mano.

—Lo siento, discúlpame, no debí hablarte así, por favor, eres muy bueno, Gabriel, nunca cambies. —Ha tomado su quinta copa de vino—. Siéntate aquí —le señala el sofá—, al menos hazme compañía, no quiero estar sola. —Gabriel la ve dibujar una sonrisa—. De verdad, a veces no sé cómo explicarlo. —Las palabras de Ariana se entrecortan con un suspiro, su mirada refleja la franqueza de su corazón aprisionado, su dulce voz se apaga al ver a Gabriel frente a ella; siente que puede leer su mente. Entonces se abraza a él con todas sus fuerzas, siente que ha sido su confesor de toda la vida, que llegó a su existencia en el momento oportuno. Desearía que Pierre tuviese una porción de los sentimientos y la forma de ser de Gabriel. El excura puede interpretar el mensaje que brota de los ojos de Ariana, siente que sus latidos se apuran, desearía tocarla, besarla en ese momento fugaz y de desafío a su corazón abandonado: una traición a su mejor amigo, pero ¿por qué castigarse? Si el amor es de a dos y llega en el momento menos esperado; ambos se cruzan en el camino. Entonces encuentra refugio en los labios de esa hermosa mujer que lo enceguece esa noche de copas. Mientras el tiempo le parece detenerse, se encuentra entre gloria y la redención. Ella se lo permite, le gusta que Gabriel la bese y le toque el rostro con ambas manos.

Pierre cree que es el momento de asumir su compromiso: tiene entre sus manos el cofrecillo con la sortija de oro y brillante, camina por el pasillo, no hace caso a sus amigos que lo llaman: ella lo es todo para él. Se detiene en la puerta del lobby. «Cásate conmigo», piensa. "Ariana, ¿quieres ser mi esposa?", le dirá. Se emociona con solo imaginar la sorpresa que tiene para ella. Gira la manija despacio, tal vez esté descansando, quiere que esa joya magnífica sea lo primero que vea, pero sus ojos descubren la ingratitud de ellos, ambos recostados sobre el sillón, juntan sus labios, sin reaccionar. Pierre los mira en silencio, siente que su mundo se acaba, no puede creer lo que ve: sus pupilas se abren, se congelan en ellos dos, se llena de odio por lo que allí observa, su expresión es de asombro, de frustración, de dolor. Qué podrían decirle si los traidores no se llaman a sí mismos lo que son: traidores. Cierra la puerta sin que lo noten, todo le parece una pesadilla: frente a él, sus invitados bailan, se divierten a costa de su gran decepción. La cocaína que aspiró lo tiene perplejo, se siente vacío, lo que ve son risas o burlas, sus amigos le hacen guiños, alzan sus vasos en su honor, carcajean, bailan, toman licor. Su vista se nubla, todo se vuelve un espejismo. Esa mañana ha sido despedido, ha perdido su trabajo, esa noche pierde también a su mejor amigo y, sin imaginarlo, a su novia.

Las olas rompen furiosas los espigones de roca sólida a unos metros de la fastuosa casa de Pierre. Afuera, un par de carpas duermen la juerga y las fogatas expiran el último aliento de sus cenizas. La luz del alba hace su aparición sobre la playa, deja una gran mancha amarillenta sobre nubes que parecen quemarse. El último de los modernos autos que amaneció estacionado se aleja del condominio, dejando atrás un remanente de alcohol, diversión y olor a cigarro, impregnados en toda la casa junto a los residuos que dejó la noche. Gabriel despierta, se encuentra solo en el lobby: a un lado está la casaca que le había prestado a Ariana para cubrirse del frío, pero ella no está. Abre la puerta, la resaca se le sube a la cabeza, sus ojos se cierran cansados, su cuerpo casi no le responde.

—¿Pierre? —Toca la puerta de la habitación—. ¿Pierre? — Golpea con los nudos otra vez: piensa que Ariana está con él, que lo de anoche solo fue un espejismo, un amor quimérico, nacido de las sombras, algo que nunca debió ser. Se recuesta en uno de los sillones de la sala. ¿Cómo explicarle a Pierre que se ha enamorado de ella, de Ariana?, ¿cómo decirle que su novia está decidida a dejarlo, aunque no estaba tan seguro de que ella lo haría, porque no se lo ha prometido? Descubre que se había fijado en la novia de su mejor amigo desde el primer día en que la vio, pero no le hace gracia que ella esté con su novio encerrada en esa habitación, muy cerca de él, amaneciendo con él. Lo mejor es marcharse, no quiere imaginar verla junto a él, no quiere que la abrace, la bese en frente suyo. Se levanta, se dirige nuevamente a la puerta de la habitación—. ¿Pierre? —Toca tres veces cortas—. ¿Ariana? —Insiste. Quiere despedirse, se pega a la pared resignado, los invitados a la fiesta ya se han marchado, algunas luces han quedado encendidas. Gabriel se dirige a los interruptores, uno a uno los va apagando. Un fuerte ventarrón ingresa, la puerta de la terraza está abierta. Gabriel pisa un charco de cerveza que ha dejado el piso pegajoso, levanta algunas latas, las deja sobre la mesa; desde allí se respira mar. Observa por el balcón de la terraza la forma en que el amanecer se abre paso con el bullicio de las gaviotas. Apoya sus manos en la baranda, contempla el lugar: desde arriba, nota que el auto de Pierre no está; gira la cabeza que aún le da vueltas, mira a los alrededores, no logra divisar el Volvo gris, su expresión es de duda. ¿Se habrá marchado? ¿Habrá ido a comprar más trago? ¿Estará Ariana sola en la habitación? Tiene un raro presentimiento, regresa a la sala, cierra la puerta que da acceso a la terraza. Queda de pie unos segundos, siente que el olor a tabaco se ha impregnado en su camisa, se dirige al baño, abre la llave del caño, empieza a lavarse el rostro, se mira al espejo sintiéndose culpable: sabe que no tiene excusa por lo que hizo. Coge la toalla para secarse, la deja en su lugar, se dirige nuevamente a la habitación de su amigo—. ¿Pierre? ¿Ariana? —Golpea dos veces, dirige su mano a la manija de la puerta, algo lo detiene: su brazo empieza a temblar. Horas antes la había besado, ahora sus latidos se aceleran por descubrirlos en la intimidad. Aprieta el puño para darse valor por lo que espera ver, aprieta la manija de bronce quemado, la gira despacio, la puerta da un crujido, se abre con pesadez. Desde afuera observa la cómoda desordenada de ese cuarto alfombrado de negro, con prendas de vestir regadas en el piso. Ve la cama vacía, las frazadas impecables, tendidas: nadie ha dormido allí. «¿Dónde estarán?», se pregunta. ¿Ella se habrá arrepentido y se marchó con Pierre? Se toma la cabeza, piensa un rato. A lo mejor regresó a su departamento: estaba cansada y él debe volver al albergue. Regresa a la sala, se sienta a esperar; le vienen recuerdos de esa noche: solo junto a Ariana, besando a la novia de su mejor amigo, y ella, besando al mejor amigo de su novio, como si fuera un pacto entre los dos. "Ya estoy cansada de que Pierre sea así, estoy cansada de sus malos modales, mañana terminaré con él". Él tocó su mejilla, ella se aferró a su mano besándola, recuerda lo que confesó mirándolo a los ojos, era como si Gabriel hubiese llegado a su vida convertido en el salvador de su corazón. Un secreto que ahora guardan entre los dos. La noche amarga de Pierre es una mañana de esperanza para Gabriel, quisiera verla otra vez, con los niños, allí en el albergue: solo es cuestión de tiempo, de que ella termine con su novio. Desea abrazarla en ese instante, regalarle una sonrisa, ver sus hermosos ojos, amarla como hombre.

Gabriel se quedó esperándolos en la casa de playa de Pierre, pero ellos no llegan; tampoco contestan sus llamadas. Han pasado horas, la casa se siente vacía sin la presencia de aquella pareja. Gabriel sabe que estar allí, solo en la sala, no le otorga la sinceridad que hubiera querido tener para con su amigo cuya confianza traicionara. Su conciencia lo castiga, se siente un extraño, un ladrón, pero ¿se puede robar el amor y arrancarlo de raíz? ¿O este se pierde si no es cuidadosamente regado? No pudo evitarlo, ahora está en esa encrucijada; en su mente solo está ella, espera verla nuevamente en el albergue, jugando en el jardín con los niños, contemplar su belleza, su perfecta sonrisa, sus hermosos ojos verdes. Siente deseos de abrazarla, besarla, de decirle lo importante que es para él, consagrar su vida a ella, Ariana, Arianita. Quién lo diría, todo ocurrió así de pronto, el exclérigo que se enamora otra vez. Había abandonado la Iglesia por una mujer que no era ella y ahora Dios le daba su absolución. Debe salir de allí, siente que no pertenece a ese lugar pagano, se dirige al lobby a recoger su casaca que está sobre uno de los sillones, se la pone, siente que hay un objeto en dentro del bolsillo. Introduce su mano, saca un cofrecillo. Extrañado, lo observa. ¿De quién podrá ser? ¿Cómo llegó allí? Lo abre, encuentra un pequeño papel doblado en su interior, echa un vistazo a esa breve nota. "Los vi". Queda desencajado, con un nudo en la garganta: ya no hay nada que ocultar. Pierre ya lo sabe, entonces comprende todo: se siente culpable. Pierre ya lo sabe, allí hay una sortija que le pertenecería a Ariana. Siente que cometió un fatal error, arruinó un matrimonio por un sentimiento que aún no ha madurado, por una relación que tampoco inició. Cierra fuerte el puño, estrujando la cajilla de terciopelo, luego la deja caer al piso; necesita escapar de ese lugar hostil y enfrentar a su amigo, pero qué hacer, ¿apartarse de ella?, ¿mandarla al sacrificio?, ¿luchar por su amor a costa de traicionar a su mejor amigo? Sale apresurado de la casa, temiendo una reacción violenta de Pierre para con ella. El sol resplandece sobre el balneario y un dardo de luz ciega su paso: deberá correr en busca de un autobús que lo lleve de regreso a la ciudad y enfrentar lo que venga. No sabe cuál será el desenlace, pues cuando lo incógnito no lastima, el saberlo puede ser devastador.

El Volvo S60 avanza por la carretera a la velocidad de un rayo.

—¡Para el auto! ¡Pierre, para el auto! ¡Nos vamos a matar! —le ruega ella mientras llora, colmada de terror.

Los ojos de Pierre están enrojecidos de furia, fijos en el volante y con plomo en el pie. Había entrado temprano al lobby, la encontró dormida en el sillón. Gabriel también reposaba, sentado frente a ella. Pierre entró sin hacer ruido, la despertó con un beso, haciéndole una seña con el dedo a la boca para no despertar a su amigo.

—Te tengo una sorpresa —le dijo cariñosamente al oído—, pero no debes decir nada.

Fingió una sonrisa, bajaron por las escaleras hasta llegar al vehículo, partieron lentamente hasta salir del balneario. Ahora el auto marcha a toda prisa por la autopista perdiéndose en una densa neblina que aún no se despeja.

—Pierre, por favor, para el carro ¡Me asustas! ¡Para el auto! ¡Por Dios! ¡Qué te pasa! —Él voltea a verla mientras conduce. Ariana presiente que ya lo sabe, lo puede ver en esos ojos aturdidos por el odio. Un escalofrío recorre su cuerpo hasta perder el aliento, Pierre no se lo va a decir, ha perdido el empleo y ahora la perdía a ella. Jamás pide explicaciones, solo actúa sin importarle el desenlace. Sobre el asfalto, el S60 vuela a ciento setenta kilómetros por hora—. ¡¿Por qué no hablas, Pierre?! —Lejos de allí, Gabriel llama desde su celular al que aún considera su amigo, su teléfono está apagado. Intenta llamarla a ella, contesta la grabadora de voz: Pierre se había ocupado muy temprano de ese detalle. Ariana seca sus lágrimas con la manga de su blusa, presiente lo peor: quiere arrojarse del auto, pero no se atreve. Pierre pisa con fuerza el acelerador, quiere soltar las lágrimas, pero se contiene. Cree que los hombres no deben llorar por una mujer, porque los hace menos hombres, por eso aguanta su ira. A lo lejos, fuera de la carretera, un enorme camión está detenido con las luces de emergencia encendidas—. ¡No, Pierre! ¡No! —grita Ariana llorando con miedo y desesperación; sus ojos cubiertos de pánico ya no le dan tiempo de respirar. Entonces él la mira con lágrimas en los ojos, alcoholizado, drogado, reflejando toda su ira, la violencia reprimida contra ella y ese maldito cura por los tres años que considera perdidos. Contiene todo su rencor para quien ya no es su amigo. El auto va a ciento ochenta, él alarga la vista hacia aquel camión detenido. Pierre se desabrocha el cinturón, desvía el timón con la brusquedad de una bien calculada maniobra fatal, el vehículo empieza a sacudirse, la abraza contra él, el auto se despista; sus ojos humedecidos le dicen todo: su amor, su odio y su decepción. El Volvo se sacude bruscamente, dibuja su mortal huella con violencia incrustándose frontalmente contra la parte trasera del camión: el moderno auto se encorva como un acordeón que da su última sinfonía de muerte con los fierros arqueándose con rabia hasta aplastarlos en medio de una lluvia de vidrio pulverizado y sangre esparcida. Allí están ellos, Ariana y Pierre aplastados brutalmente, ambos víctimas en su amor trunco, juntos hasta que la muerte los separe. Él, víctima de una deshonra, murió envolviéndola en sus brazos, amándola a su manera, entre fierros retorcidos; horas atrás, ella quería escapar de él, refugiándose en un amor que nació difunto. Bajo un cielo gris, la sangre derramada de aquellos jóvenes enluta esa desolada mañana. Pierre había consumado lo que jamás debió suceder.

La noticia aparece en todos los diarios. El Volvo estrellado bajo el enorme camión, en medio de un charco de sangre, es la portada en primera plana y de todos los noticieros matutinos. Gabriel no puede creer lo que sus ojos ven en el televisor. Tiene la expresión atónita y acongojada. La vista de los fierros retorcidos y bomberos que cortan el acero para poder sacar a las víctimas le causa un hondo dolor que no es capaz de soportar. Sus ojos se iluminan frente a la pantalla, lamenta no haberla socorrido a tiempo de esa muerte absurda, sin sentido. Sabe que la verdad y la mentira se fueron con ellos, que Pierre cruzó las puertas del infierno para llevársela y que su amor hacia ella no tuvo tiempo para el luto. Gabriel tiene sobre la cama de su habitación un periódico abierto que, momentos antes, una de las monjas le había prestado al enterarse de la terrible noticia de la muerte de Ariana, una voluntaria muy querida del albergue. En esas páginas de papel, otra noticia oscura sobresale en las noticias policiales: brichero se suicida por amor de gringa en el Malecón Negro. Piter le vende drogas a Pierre. "Si no fuera por esas dos perras, ya la habría matado", dice el indio mientras guarda el dinero en el bolsillo, da vuelta mirando el océano, "Guau, abajo no se ve ni mierda", se queda al borde del acantilado, escupe al vacío, "Perras, carajo, solo saben joder". A sus espaldas, Pierre aplasta la colilla de su último cigarro, se acerca al cholo para despedirse. "Ahora tú ladra como perro, conchatumadre", lo sujeta de la correa, metiendo en el bolsillo del pantalón de Piter el papel que había anotado cuando estaba en el auto, lanzando al indio con toda su fuerza por la oscuridad de aquel precipicio; un aterrador grito se perdió en ese profundo abismo. El periódico narra que se encontró en uno de sus bolsillos una nota donde declaraba su amor y afirmaba que no podía vivir sin Marie France. El exsacerdote no está interesado en esa noticia, aunque recordó las palabras de Pierre la noche de la fiesta excusándose por su demora cuando fue a recogerlo: "Tuve que enterrar un mojón bajo la arena". Deja el diario sobre la mesa, debe alistarse para acudir al velatorio de quienes horas antes fueron sus amigos. Los funerales de la pareja de enamorados causan mucha pena y sufrimiento entre los familiares y amigos que allí se han congregado. Una capilla ardiente tras los finos ataúdes indica que ellos estarán juntos hasta en la muerte. Los padres de Ariana cancelaron su tour por Europa la noche misma del accidente; junto con la madre de Pierre y su hermana Janet comparten su gran pena por los hijos fallecidos. Llegan con gafas oscuras para ocultar la tristeza reflejada en el desconsuelo por el luto de una muerte violenta e ilógica que aún no logran comprender. Sentados junto a los ataúdes de aquella pareja sin vida, reciben uno tras otro el abrazo y el pesar de los amigos que alguna vez compartieron momentos de estudios, trabajo y diversión con los jóvenes fallecidos; demasiada gente los quería. "Por qué tuvo que pasar esta desgracia, por Dios, si eran tan jóvenes, si se amaban mucho...", se oye en los funerales. "Pierre arriesgó su vida por ella, dicen que la abrazó para protegerla"; "Pobre muchacho"; "Ella era tan linda"; "Por qué tenían que morir... eran tan jóvenes, tan llenos de vida..."; "¡Qué pena, Dios mío, qué tragedia!, pero ahora ellos están en el cielo junto al Señor...". Las coronas florales van llegando, son acomodadas en los alrededores. Cuando menos lo espera, Gabriel se encuentra nuevamente en un funeral. Es como si la muerte estuviera tras él, llevándose a los seres que más quiere. Vistiendo un traje negro, aparece en el velatorio con un ramo de rosas blancas en la mano, avanza lento hacia los féretros con los ojos enrojecidos, con el dolor de quien amó en silencio y con la vergüenza por la pérdida del amigo que le tendió la mano; sus labios le tiemblan, siente que su corazón le estalla por aquel daño cometido a su amigo, por involucrarse con ella. Se acerca al ataúd de Ariana, que, al igual que el de su novio, está cerrado, con un retrato de ambos, alegres, porque así debían de ser recordados: felices, amándose hasta la muerte. Gabriel deja el ramo de rosas sobre el féretro de Ariana sin dejar de ver la foto de ella: su expresión es dulce, sincera. Le parece que le sonríe desde un lugar de paz. Sus lágrimas se sujetan aplacando el peso de su culpa. Luego da vuelta hacia el cajón donde descansa el cuerpo de Pierre, sus pupilas se hunden en ese cuadro de expresión extraña, como si aquel fallecido disfrutase el triunfo sobre Gabriel. En medio de los dos, el exsacerdote posa sus manos en cada uno de los ataúdes, alza la mirada hacia la cruz de bronce sintiendo que todo es un espacio vacío, que llegó el momento en el que debe arreglar cuentas. Sus ojos se sublevan ante aquella imagen esculpida en metal, su interior se calcina y abre heridas; sale del lugar sin dar el pésame a los deudos, allí no existe nadie más, siente que perdió lo que jamás tuvo. Debe resolver un conflicto entre él y Dios.

El esplendor de la luna se alza en el horizonte sobre el océano y dibuja un techo gris encanecido sobre la noche. Las estrellas no relucen como otras veces en el infinito, se esconden tras el gran telón que existe entre el cielo y el mar que se tiñen de luto. Gabriel ha regresado al balneario y se encuentra frente a la casa de Pierre. La marea ha retrocedido, deja ver las enormes rocas que reflejan la luna en su soledad, que reina en la madrugada, en un mar oscurecido y olas que apenas se pueden oír. Gabriel, envuelto en su aislamiento, camina sobre la arena; lleva en la mano una botella de whisky, se aleja de los restos de una fogata que lo regresa a la última noche que vio a Ariana, en aquella fiesta de playa. Ahora se encuentra de nuevo solo, cegado por el alcohol, embriagado de resentimiento, con el dolor que le abre una herida reciente y difícil de cicatrizar, con la bravura de desafiar a quien, cree, lo ha condenado y desterrado a una cruel expiación por haber abandonado los votos sacerdotales, la penitencia de una solitaria e infeliz existencia. En su rencor, Gabriel cree que debe ajustar cuentas, enfrentarse al odio de Dios. Piensa que no hay tiempo para el luto: no puede contenerse, siente que sus piernas se doblan por una aplastante derrota y sufrimiento; sus ojos están pulverizados de amargura, de no poder contener ese dolor que destruye su fe y lo embarga de desconsuelo por haber perdido a sus dos mejores amigos. Se siente culpable, pero también acusa a Dios de desafiarlo por su misión fallida en la Iglesia, por despojar de su vida a aquella mujer de pueblo cuando creyó que su sotana era solo un disfraz y un impedimento para amar, y ahora le tocó a ella, a Ariana. Su obsesión por atribuir al Altísimo su intromisión en la historia de su vida, se levanta tambaleante.

—¡¿Por qué me la quitaste?! —grita afligido—. ¡¿Por qué

no acabas de una vez conmigo?! —dice lanzando la botella al cielo negro; la borrachera lo empuja hasta perder el equilibrio, los embates del océano sobre las rocas de la orilla parecen ofuscar la ira de Dios. Gabriel cae de rodillas en un charco húmedo; lleno de impotencia y lágrimas, da un golpe de puño sobre la arena—. ¡Yo me alejé de ti y tu rencor me persigue a donde vaya, me aleja de quienes más amo, para hacerme sentir culpable! ¡Para humillarme! ¡Para hacerme infeliz! —vocifera con rabia. El canto fugaz de las olas parece querer calmar la pasión de su corazón oscuro—. ¿Qué quieres de mí? ¿Por qué haces que mi vida no tenga significado? ¿Por qué tuviste que derramar sangre inocente para castigarme? —grita con lágrimas de alcohol. Su puño vuelve a aplastar la arena—. No rindes cuentas a nadie y eso no te da ningún derecho. —Las olas se desgarran sobre aquel hombre desalentado, lleno de odio—. Pues yo ¡ahora me niego a tu causa! —Gabriel siente que su vida ya no tiene destino en ese camino de oscuridad—. ¡¿Por qué enviaste a Pierre como tu emisario para escarmentarme?! Te avergüenzas de que un siervo tuyo te haya dejado y por eso te complaces en verme como un hombre ruin y solo sin ninguna misión en este mundo, pero ¡yo humillaré tu gloria! —grita enfurecido—, yo humillaré tu gloria —repite desconsolado. Sus manos, que alguna vez dieron la bendición, se ensucian de arena húmeda. Sus palabras se pierden con el murmullo del viento, sus lágrimas van al mar, no puede soportar aquella prueba, no puede incriminar al Dios que lo observa desde su aposento en las alturas: el Creador del cielo, la Tierra y nuestra corta existencia, nuestro Señor. Aquel individuo consumido por el odio, húmedo en sal y cansancio, queda en silencio, con las rodillas hundidas y la respiración agitada. Había desahogado su dolor, su rencor, su esperanza perdida y sus deseos de vivir. Gabriel es un hombre vacío, postrado ante Dios, invadido por la vergüenza, un ser mortal que mira el horizonte enmudecido. Su corazón de azufre y roca es el centro de un individuo que se arrepiente ante el Altísimo y ahora debe purgar su alma. Gabriel baja la mirada porque no se siente digno del Señor, junta las manos como solía hacerlo en la vieja iglesia de Chircus. Sus labios tiemblan, su cuerpo se paraliza, porque siente el temor a Dios como si fuese un ratón en sus manos: la contrición de un hombre que ofendió y deshonró escupiendo palabras—. Padre Eterno, perdóname —dice Gabriel tocándose la cabeza, enterrándola en el charco cuyas arenas se vuelven cenizas en ese lugar ensombrecido. Bajo el oscuro manto de Dios, sobre la playa, el exsacerdote empieza a recuperar la razón, porque bendito es aquel que no pierde su fe. Gabriel quiso huir de Dios, pero en su soledad se encontró con él.

El otoño es el largo atardecer de la vida y el preludio en la desolación del invierno. Las hojas caen como días tristes y vacíos, sobre todo si la soledad se convierte en una compañera fiel que te abraza; una soledad que no abandonó al exsacerdote por tres largas décadas. Un año nuevo más, donde las celebraciones, los estruendos de las bombardas y los destellos de las doce parecen librar una gran guerra por toda la ciudad mientras Gabriel se ha acostumbrado a recibir el primer día de cada año solo en su habitación, porque piensa que el hombre que rompió las reglas de Dios no tiene nada que festejar. El exsacerdote no desmayaba en solicitar aportes solidarios o contribuciones de empresarios filántropos, que autorizaban el giro de cheques por montos nada despreciables; sin embargo, estos cheques se dormían traspapelados en alguno de los cajones de las oficinas de contabilidad o de tesorería, cuestionados por funcionarios de menor rango que velaban por el destino de los dineros del patrón tras un cómodo escritorio; esperando siempre las súplicas de ese otrora clérigo que siempre venía a fastidiar. Lo hacen ir y venir, inventándole demoras o falsas esperas para no recibirlo o, a veces, solicitarle algún número telefónico para tomar alguna llamada que nunca llegaría. En épocas de vacas flacas, Gabriel siente como dolor propio el no poder darle un mejor desayuno a los niños y ancianos y solo proveerles de agua caliente con cocoa y un pan a fin de apalear sus necesidades de hambre. En el albergue, los niños, ajenos a todos los problemas, juegan como si fuese igual al primer día que abrió sus puertas; los que antes llegaron, ahora son hombres que ya están lejos de ese lugar de paz, que crecieron con el afecto de las hermanas de la congregación de San Julián, quienes, unidas al esfuerzo de Gabriel, colocaron en ellos semillas de amor, esperanza y valores de gente de bien; los ancianos que tiempo atrás entraron por esa enorme reja y que alguna vez fueron rescatados del abandono se han marchado ya a un mejor lugar inexistente en la Tierra.

Hoy, otros viejos que estaban desamparados heredan la misma y gentil mano que se les extiende y los cobija, porque ese albergue se ha convertido en un refugio para Gabriel, ahora con la sien encanecida y con el peso de los años que no han podido diezmar sus fuerzas para socorrer al prójimo desvalido. Cuando antes pensó que aquella carta que le llegó muchos años atrás anunciando el inminente desalojo de aquel banco donde Pierre trabajaba sería el final para sus huéspedes indigentes y todo su esfuerzo se vendría abajo, había ocurrido lo que consideró un milagro: logró salvar los muros del albergue gracias a un larguísimo proceso judicial. Durante el remate final, el exsacerdote pudo comprar la totalidad de los terrenos con la gigantesca herencia dejada por su difunto padre antes de morir. En efecto, a pesar de no volverle a hablar jamás, solo por una estúpida cuestión de orgullo, muy en el fondo quería a su primogénito y le dejó toda su fortuna: inversiones inmobiliarias, acciones en bolsa y la administración de sus negocios para que Gabriel, quien culminó sus estudios de derecho, hiciese con ese dinero lo que mejor le parezca. En el fondo, el anciano señor sabía que no lo derrocharía, que sería bien asesorado por los socios de su firma de abogados y porque prefería dárselo a un exsacerdote de su familia, antes que donarlo, como una vez le sugirió su fallecida esposa, al Nuncio Apostólico, allí, donde revolotean los pájaros cardenales que se perfuman en fragancias purpúreas y en olor a santidad, y que de hecho se harían un festín benéfico en nombre de las almas caritativas; pero igual, su padre no sería librado de sus pecados ni se ganaría un boleto al cielo. Cuando los bancos se enteraron de su fortuna heredada, las llamadas no dejaban de cesar, le ofrecieron todo tipo de pólizas de seguros, departamentos de lujo con créditos hipotecarios, viajes al extranjero en primera clase, ventajosas tasas de interés si transfería sus depósitos en alguno de los bancos de la competencia. El refinado club de Damas de la

Caridad, que organizaba conciertos benéficos, nunca lo había recibido y luego lo buscó con insistente desesperación para que diese donativos a favor de los niños con tuberculosis de las serranías: ahora sí se acordaban de él. «Ha pasado tanto tiempo», piensa Gabriel, mirando a su alrededor, mientras da golpes de hacha para derribar una enorme higuera cuyas hojas albergan una plaga de carrapetas y hongos. Tiene la camisa remangada hasta los codos, da un suspiro de cansancio, se seca el sudor que corre por su rostro, alza la mirada al cielo, le viene a la memoria la pequeña chacra que había en la antigua iglesia de Chircus. Luego, deja caer el hacha al lado de la fuente de agua que refleja su aspecto cambiado: le han salido entradas y tres líneas surcan su frente. Mira sus manos que empiezan a llenarse de llagas, se recuesta en una de las bancas, desde donde observa todo ese lugar que él mismo creó: la huerta de verduras que empiezan a florecer, los ambientes que construyó ladrillo sobre ladrillo con sus propias manos y la prolífica ayuda de un albañil, quien alguna vez le sugirió a coro con las religiosas de San Julián, que edificase una capilla. Pero lo que menos quería Gabriel era volver nuevamente a aquellos recuerdos de vitrales, cirios y sotanas, por lo que solo se decidió a construir una gruta con la sagrada imagen de la Virgen María y con la orden de que nunca le faltaran flores a la madre del Cordero instalando además un pequeño altar de oración con una pintura enmarcada en pan de oro de Jesús crucificado. Gabriel, siempre con un trabajo silencioso, dispuso la construcción de más cuartos y la compra de camas, con el fin de alojar a más ancianos indigentes cuyas miradas vacías apuntan a la nada, consumidos por la demencia senil, y a quienes los hospitales psiquiátricos no pueden guarecer por la falta de camas y a su situación de desamparo. Pero si el Estado no puede velar por aquellos viejos, Gabriel lo hace, aunque sea por unos cuantos: se preocupa en su medicación, les da un último aliento de afecto piadoso a fin que sus últimos días tengan calidez humana, porque querer no cuesta, porque quiere que tengan una vida digna, oírlos contar entre ellos sus repetidas tradiciones del pasado, sus discusiones irritantes, aunque no se den cuenta de que siempre vuelven a lo mismo mientras sus débiles cuerpos se hayan convertido en objetos inactivos o muebles que deban ser cargados pacientemente, cucharas que deben ser llevadas a la boca en esa edad de regresión a los pañales desechables, al peinado con la mirada quieta; cuando las espaldas se doblan y las piernas escuálidas tiemblan, cuando los brazos derribados se sujetan a las enfermeras por el temor de caerse antes de llegar a la silla de ruedas, para asearlos, afeitarlos o llevarlos a acostar. Y allí está siempre Gabriel, que considera que el peor enemigo de la vejez es la cruel expresión del olvido y que la indiferencia es la pérdida de la humanidad: cuando los hombres viejos se vuelven un estorbo y cuando la solución más fácil es esperar el último aliento. Siente lástima por no poder ayudar a todos, pues cuando alimenta a una boca, quedan miles que no tienen nada que comer. La higuera está a medio derribar, se pone de pie, siente un ligero dolor en la rodilla derecha, hace una mueca de angustia, porque tiene esa vieja dolencia por cinco años. Coge el hacha, empieza de nuevo a dar golpes sobre el grueso tronco bajo el atardecer, pero sus manos ya están cansadas, las ampollas empiezan a decirle que se detenga. Da un soplido de aliento, se marcha rumbo al depósito con el hacha antes de que algún despistado niño cometa una imprudencia. Guarda la herramienta bajo llave, va a su habitación cruzando por la cocina para pasar revista a los alimentos que se preparan para la última cena de ese día, similar a todas durante muchos años. Entonces le viene a la mente regresar a Chircus, desplegar sus fuerzas, su voluntad de ayudar a ese pueblo lejano y olvidado por el Gobierno, dar lo mejor de sí, recordar todo lo vivido, sembrar esperanza en ellos, trabajar por los menos favorecidos, pero, sobre todo, el anhelo de volver a encontrarla a ella, a Cristiani.

Gabriel busca vivir, y no una vida de sobrevivencia. El albergue que dirige es un refugio de armonía y esperanza para quienes menos tienen. Se siente mejor, sabe que Dios lo ha perdonado, que le ha dado una nueva oportunidad a su vida. Mira por la ventana el atardecer de otro día que se va; sobre la cama, una maleta espera por él después de tantos años alejado de ese pueblo donde siempre se sintió querido. Y es que en algún momento de la vida, uno debe irse para darse cuenta de que se debe volver donde se empezó. Gabriel le había puesto una cruz a su Cristo roto, aunque a este le falta un brazo; aquel crucifijo cuelga en la pared sobre la cabecera de su litera. Sube sobre una banca, coge aquella sagrada imagen que encontró tiempo atrás, en el pasillo de ese bus siniestrado bajo el fuego: jamás comprendió cómo había llegado a sus manos, siempre lo consideró como una señal divina. El solo hecho de tener aquel objeto en sus manos lo llena de una absoluta paz que consuela su espíritu; cierra los ojos, recuerda los tiempos en que vestía de negro y se arrodillaba ante el altar. «Señor, me acerco a tu puerta; pero no atrevo a ingresar, será acaso porque mi alma anda sin rumbo y por el camino de la oscuridad. A veces siento que me pones a prueba, que mi vida en la Iglesia no tiene sentido y que mi vocación no es lo que verdaderamente deseo, a veces me pongo a pensar que mi llamado a tu encuentro fue algo que jamás debió suceder. ¿Fue acaso un error? Te veo ahora frente a mis ojos, postrado ante ti, en busca de tu infinita misericordia, sin atreverme siquiera a mencionar tu santo nombre: me avergüenzo por no seguir tu digno y ejemplar comportamiento». Abre los ojos, siente que los años no han transcurrido fuera de la iglesia de Chircus, pero ¿en qué más podría pensar? Todos estos años, estrechamente ligado a la religión y a la vocación de servir a los demás, Gabriel nunca dejó de visualizarse en su vida pastoral, como si jamás la hubiera abandonado: al cruzarse con algún sacerdote, al pasar por cada iglesia, al ver una cruz, al leer cada página de la Biblia se encontraba con eslabones difíciles de romper en su vida. Se siente como un fantasma que ronda un mundo espiritual al que no pertenece; a pesar de tener en claro su objetivo de ayudar a los menos favorecidos, el exsacerdote de sesenta años percibe que su existencia terrenal se encuentra vacía. Bebe un sorbo de agua, su corazón empieza a latir con fuerza, se lleva la mano al pecho; sintiéndose agitado, pone la maleta en el piso, se recuesta abrumado sobre la cama, con el Cristo roto arriba, sobre su camisa; le parece escuchar la voz socarrona de Pierre hablándole al oído: los muertos son fertilizantes baratos para los cementerios, por eso es que te venden el cuento de unas praderas hermosas y verdes para enterrarte. Abre los ojos, busca escapar de aquellas palabras, aunque solo fue un susto: no piensa morir aquella tarde.

Chircus sigue siendo el mismo pueblo tranquilo y de sosiego, pero también es un lugar pobre y desconocido por la historia El tiempo se paralizó en sus angostas calles, donde las casas antiguas, construidas en quincha, barro y madera, parecen no resistir más la llegada de otra estación. En la plaza, sus bancas se entibian bajo la sombra de árboles frondosos que esa tarde acogen a un hombre diferente, que años atrás, durante casi una década, llevara juventud y aliento, cuando la palabra del Señor se había apartado de la mayoría de sus habitantes volviéndose a veces inalcanzable y sin sentido cuando se creía que Dios no ayudaría a su propia creación que hasta hoy se esconde en medio del valle. Gabriel, con la mochila al hombro, observa a su alrededor las calles sin asfaltar: le cuesta creer que todavía haya gente que se traslade sobre el caminar lento de un burro, como alguna vez lo hizo Jesús, hace más de dos mil años. Consternado, sabe que no es un privilegio lo que sus ojos vuelven a ver después de treinta años. El reloj de la municipalidad marca las tres de la tarde. Algunas mujeres le ofrecen maní confitado y pasteles de plátano que el exsacerdote rechaza con gentileza mientras sus ojos se consternan porque el tiempo convirtió ese lugar en una antigua postal fotográfica: todo sigue igual desde el día en que se marchó. Lamenta que Chircus sea un pueblo gris y sin envejecer, que su visión se haya reducido a ofrecer a sus visitantes un sabroso plato de trucha frita o tortilla de camarones, que no haya un empuje económico sobre sus tierras fértiles y que la escuela siga siendo un lugar de educación menesterosa donde los pequeños, al igual que sus abuelos, bisabuelos y el resto de sus antepasados, pasan de una vieja carpeta a la chacra para trabajar sus cultivos. Con las manos metidas en los bolsillos de su casaca y un periódico sobre las piernas, Gabriel recuerda viejas épocas, mira la antigua iglesia que alguna vez fue su hogar y que también consideró una fría prisión. Una camioneta vieja y destartalada distrae su memoria. En la tolva, dos hombres ofrecen un kilo de mandarinas por un sol. Sabe que esos sujetos engañan con el peso de la balanza y jamás les compraría. Dos palomas aterrizan cerca de sus pies en busca de alguna sobra para comer. Sentado bajo la sombra de un arbusto, observa a un turista obeso, de unos cincuenta años, va de la mano de una joven mujer delgada y más baja que él; a unos metros, una pareja de ciegos aguarda pacientemente que algún samaritano la ayude a cruzar la pista; cerca de allí, un jovenzuelo del pueblo espera con flores en una mano a la enamorada que sale del colegio fiscal. Un par de muchachos caminan frente a él discutiendo entre ellos. Gabriel se siente extraño en esa plaza, se levanta repentinamente, siente el regreso del dolor en la rodilla que lo obliga a sentarse. Se frota con la mano derecha repetidas veces, da un soplo de aliento, se levanta con dirección al templo; a su paso, un joven indio, vestido totalmente de blanco, vende artesanías al lado de una hermosa muchacha rubia de aspecto europeo, quien duerme recostada entre sus piernas. Gabriel sonríe ante aquella escena, cruza la acera, queda quieto frente al enorme portón de su antigua iglesia. De inmediato le vienen a la cabeza los momentos vividos, buenos y malos, alegres y tristes. Su memoria se pierde en las campanadas de las cinco que solo él puede oír. «Virgen

Santísima, amor de sabiduría eterna, guía mis pasos por el sendero de la verdad, a ti vengo en busca de consuelo y paz. Madre mía, que me cubres con tu santo manto, protégeme de todo pensamiento impuro. Rosa blanca del cielo, que derramas gracia abundante sobre nosotros tus hijos...». Su vista empieza a brillar. De nada le valieron sus rezos, al final fue él quien se apartó y se dejó llevar por su corazón apasionado cuando fue al encuentro de su verdad. Pero si la verdad lo hizo libre, esa misma verdad lo acusa de cometer un adulterio espiritual. Gabriel pone su mano sobre la gruesa puerta de madera, sus dedos se encogen de vergüenza, su corazón se aprisiona, sus ojos se humedecen, siente que nunca perteneció allí. Luego da vuelta, camina hacia la parte posterior de la iglesia, donde hay un cerco vivo; desde allí ve la huerta llena de vegetales, el espinoso árbol de limones listos para cosechar, las aves de corral escarban y cacarean tras una oxidada malla metálica. Gabriel se ve a sí mismo, treinta años atrás, cuando trabajaba la tierra con dedicación y esta le proporcionaba el fruto de su trabajo: rabanitos, tomates, zanahorias, naranjas y manzanas mientras el anciano padre Jovías preparaba el almuerzo y la vieja Clochard se le acercaba para que le arrojara algunos granos de maíz. Gabriel suspira. «El padre Jovías debe haber muerto hace mucho», piensa, «¿quién se ocupará del templo?», se pregunta mientras observa el lugar. Desde adentro se pueden oír golpes de martillo. Quiere tocar la puerta posterior, pero se detiene. ¿Para qué tocar? ¿Para qué mirar al pasado y no seguir el presente? ¿Para qué abrir viejas heridas cuando se tiene sesenta años? Reflexivo, voltea a la derecha, su cuerpo se tensa: en ese instante, sus ojos han atrapado innumerables recuerdos. Se cuelga la mochila al hombro y camina de regreso, guiado por su corazón que se empieza a desesperar por saber de Cristiani. «¿Qué edad tendrá ella ahora?», se pregunta. «Acaso, cincuenta años, ¡Dios! Medio siglo de vida. Si el tiempo se llevó su juventud, ¿qué aspecto tendrá? Si le empiezan a salir las primeras arrugas, ¿podría reconocer fácilmente esa sonrisa y su mirada tímida? Difícil saberlo, tal vez sea vacía y triste como el pueblo donde nació, o quizá haya encontrado a alguien de quien se enamoró». Gabriel puede intuir que el corazón sincero de ella solo puede albergar ternura y bondad, pero ¿será feliz? Recuerda que él se marchó una noche dejándola sola en una banca de la plaza de San Esmeril. ¿Lo odiará por eso? Fue hace más de treinta años, no cree que ella pueda hospedar tanto rencor. Pero si las heridas solo se curan con el perdón. ¿Ella lo habrá perdonado?

Gabriel apura el paso, su interés por saber de ella aumenta; sus sentimientos y emociones son confusos. El sol emprende la partida, algunos filtros de luz entibian las calles, las personas que se le cruzan en su camino le son desconocidas. Se pregunta qué será lo primero que le diga, alguna palabra o frase. Una sensación rara lo detiene, pero ¿se habrá casado? Si es así, él solo es un intruso en su vida. Llega hasta la casa de ella: siempre de color humilde, como si fuese un boceto antiguo, con sus pequeñas macetas blancas con geranios de flores rojas a un lado de la puerta. Él está a unos metros de la casa de ella, deja la mochila junto a sus pies, sobre la vereda, queda en frente sin reaccionar. Mira fijamente la ventana, su mente se llena de recuerdos que no fueron contestados. "Querida Cristiani, tal vez te sorprendas por recibir esta carta que nunca debió llegar a ti, pero no pude evitar escribirte y no sé si me perdonarás por ello. Ahora que la distancia nos separa a ambos, porque así lo decidimos, solo puedo decirte que hoy ando por caminos solitarios; que en cada amanecer no puedo dejar de pensar en ti y al acostarme no dejo de mencionar tu nombre. Perdóname, ojalá pudiera volver atrás, pero quería que lo supieras, aunque a lo mejor no te importa y no me responderás. A veces pienso por qué te escribo si mis cartas nunca tuvieron respuesta. Cristiani, simplemente no puedo evitarlo, te extraño. Sé que no te lo debería de decir, pero es la verdad, te extraño mucho y no puedo evitarlo. Tú fuiste la causa de mi alejamiento de Dios, pero, por favor, no lo tomes como un reproche, no es así, solo yo soy el responsable de mis actos, y no sé si alguna vez puedas perdonarme por irme sin avisar".

El irónico destino de Gabriel lo ha transportado de regreso, tres décadas después de su última carta. Cruza la acera; sus ojos se clavan en esa antigua puerta, cada paso lo embarga de nostalgia, su corazón late impaciente. Al llegar, da tres golpes a la puerta, voltea a ver a su alrededor. Nada ha cambiado. Siente el olor a pan caliente que sale de una pequeña panadería para ser vendido en enormes canastas. Vuelve a tocar, la puerta da un gruñido agudo, tras ella aparece un hombre de casi su misma edad, pero de baja estatura; tiene una nube en el ojo izquierdo, su cabello es totalmente blanco, su piel es cobriza.

—¿Sí? —le pregunta con voz reposada.

Gabriel asiente saludando.

—Buenas tardes, ¿se encuentra la señora Cristiani? Yo —cavila unos segundos— soy amigo de ella y de su familia.

El hombre lo mira con extrañeza, mueve la cabeza con negación.

—Uuuuy, señor —alza la mano—, Cristiani se fue de acá hace mucho tiempo. ¡Cuánto será! —se dice el viejo a sí mismo, queda pensativo—. Uuuuy, veinte años serán, más, creo yo —dice, tratando de recordar—. Yo soy su tío Serapio, ¿Y usted? ¿No es de acá? —le pregunta al forastero.

—Yo fui sacerdote hace muchos años, yo era el padre Gabriel.

Al oírlo el viejo retrocede: el hombre que tiene en frente es alto, viste bien, tiene canas en la sien, no tendría por qué mentirle.

—¿El padre Gabriel? ¿Uno que era muchachito?

El exsacerdote asiente, su frente se arruga al sonreír.

—Bueno, no era tan muchachito en ese entonces, tenía treinta años.

Serapio lo invita a entrar.

—Pase, por favor. —Hace mucho que nadie viene a visitar a este pobre viejo. Empieza a oscurecer. Gabriel ingresa a esa pequeña casa de paredes y muebles sencillos; un viejo retrato de la familia, cuando aún Cristiani era niña, cuelga en la pared. Mira la mesa del comedor; las viejas sillas de madera conservan pequeñas telas bordadas con dibujos de flores en los asientos. Muchos recuerdos lo embargan: el pasillo que lo conducía a la habitación del moribundo padre de Cristiani; doña Rita sentada frente a él, ofreciéndole un vaso de jugo—.

—Amigo, siéntese. —Gabriel se sienta a la mesa, quiere saber qué más pasó allí. Serapio aparece con un jarro de porcelana humeante con mate de coca caliente, parece alegrarse de la compañía del forastero—. Siempre es bueno escuchar noticias frescas, sírvase, amigo. —Deja la taza sobre la mesa sirviéndose una para él también: pan serrano sin levadura, queso y aceitunas es lo único que puede ofrecer aquel anciano. Gabriel está en silencio, observa todo.

—Me decía que Cristiani no vive acá. ¿Ella se casó?

Serapio hace sonar su jarro mientras da un sorbo.

—Yo soy el único hermano de su mamá, Rita. Cuando ella enfermó, yo vine de San Esmeril a cuidarla, pero murió: eso fue, uuuuuy, más de veinte años. Cristiani conoció a un doctor que estaba a cargo de una posta médica, él fue muy bueno con ella; había comprado un terrenito en San Camilo, los dos se irían a vivir allá. —Gabriel recordó de inmediato a Filomeno Lobo. «¿Un médico?», se pregunta. Serapio empieza a dibujar un rústico mapa—. Pero, según lo que sé, un día el doctor desapareció cuando iba a visitar a una paciente. Después, nunca más se le volvió a ver. Tenía un pequeño auto, se cree que fue atacado por asaltantes de caminos, pero nunca se supo nada de él y su Volkswagen no apareció nunca, la policía archivó el caso, ella abandonó Chircus llena de tristeza. Y tal vez la encuentres en San Camilo.

Gabriel baja la mirada. El viejo corta una tajada de queso, la pone dentro del pan sirviéndoselo.

—Y al padre Jovías, ¿lo recuerda? —le pregunta Gabriel.

Serapio alza la mano derecha.

—Uuuuy, el padrecito Jovías, ese se murió bien viejito, hace un año nomás. Debe haber llegado a los cien. —El viejo hace una pausa para mascar su pan con aceitunas—. Más bien acá en el pueblo se comentaba de usted, pero eso fue hace mucho tiempo.

Gabriel se lleva la mano a la sien.

—¿Qué se decía? —le pregunta al anciano mirando la enorme nube que brota de su ojo izquierdo.

El viejo mastica su pan, bebe un sorbo de mate.

—Se decía que usted desapareció así nomás, que al padrecito se lo había llevado el diablo. —Serapio se persigna—. Es que nadie supo nada de usted, y bueno, ya sabe cómo son las viejas de chismosas.

Gabriel mueve la cabeza sin decir nada mientras mueve la cuchara en su tazón. Se apoya hacia atrás, en el respaldar de la silla, observa fijamente al viejo. Casi no ha probado nada.

—¿Dónde puedo encontrar a Cristiani? —pregunta a secas.

El anciano sonríe, sus dientes parecen granos de maíz amarillentos, y por momentos su aspecto parece el de un brujo maligno.

—Imaginé que algún día usted volvería —le dice Serapio adivinando.

Gabriel frunce el cejo.

—¿A qué se refiere? —le pregunta confuso.

—Mi sobrina me lo contó todo, me dijo que usted dejó la Iglesia para irse con ella. —Un nudo asfixiante se ata en la garganta de Gabriel—. Pero Cristiani no lo aceptó, porque no es una mujer pecadora —prosigue el viejo. El exsacerdote baja la mirada, aprieta la cuchara sobre su tasa—. Tú la abandonaste en San Esmeril —le recrimina Serapio, ya no trata a su huésped con respeto—. Tú la hiciste sufrir. ¡La mataste en vida! —Gabriel no logra comprender lo que escucha: recuerda todo, como si esa misma noche estuviese allí alejándose de ella. Pierde el habla, no entiende lo que pasa. El viejo tiene los ojos desorbitados, está sulfurado de odio—. La dejaste allí, sentada en una banca a media noche, en plena oscuridad. Mientras tú te largabas, ella fue violada en el camino. —Gabriel se coge la cabeza, culpándose a sí mismo. Serapio apoya ambas manos sobre la mesa para ayudarse a poner de pie. Su rostro amable se empieza a endurecer; comienza a exasperarse acercándose a Gabriel—. Y ahora, después de tanto tiempo, ¿crees que puedes venir a esta casa con tu falso arrepentimiento —el viejo lo acusa apuntándole el dedo— cuando fuiste tú quien traicionó a Dios? —El exsacerdote siente que el corazón le está a punto de estallar, un escalofrío le eriza la piel, sabe que el mal cambia de forma y el mal está frente suyo para culparlo—. Y ahora traes una Biblia en esa mochila —adivina Serapio clavándole la mirada en su forma más horrenda—, y quieres dejarme aquí esa basura milenaria.

Gabriel oye un eco siniestro en esa voz, intenta levantarse.

—¡Cállese! —lanza un grito ahogado, cogiéndose de la silla.

Su sangre se congela, retrocede unos pasos, su mente se apaga, su visión se ensombrece ante aquella imagen maligna; siente que las piernas no le responden, su piel se eriza, alza la cabeza, estira el brazo para alejarse de él, se derrumba hacia atrás, inconsciente, arrastrando al piso la silla. Hay pecados que jamás se perdonan. Si debía afrontar el juicio, Gabriel cree que esa noche han llegado por él.

—¿Puedes ir?

Ella duda unos segundos, junta sus rodillas recostándose bajo el árbol que les da sombra bajo un tibio sol.

—No, no puedo —le dice a secas.

—¿Por qué? —pregunta él, apoyado en el grueso tronco.

Cristiani le suelta la mano.

—Lo que pasa es que acompañaré a mamá a visitar a su

amiga que está enferma, ella vive a un kilómetro del pueblo, casi nunca la ve, porque es una señora viejita y, bueno —Cristiani encoge los hombros—, son muchos años sin visitarla —le dice sin mirarlo.

Él quería que fuera a San Esmeril para encontrarse con ella, lejos de las miradas del pueblo, pero últimamente la mujer que ama siempre se niega a verlo con pretextos tontos. «¿He venido para esto?», se pregunta en silencio. Ella arranca una pequeña flor y la hace girar entre sus dedos. Él se pone de pie.

—Hace unos días que no hablamos —le dice mirándole a los ojos. Gabriel entra en cólera, dando un golpe a una de las ramas. No era frecuente en él—. No te entiendo, para qué te vengo a buscar afuera del pueblo, por qué nos debemos esconder; me sales con un millón de pretextos para no verme. ¿Por qué no me dices de una vez que quieres acabar con esta relación? Si es así, entonces lo aceptaré, pero no me mientas.

Ella pone ambas manos en el rostro de Gabriel, da un respiro.

—¿Por qué dices eso? Yo no te voy a dejar. —Cristiani se quita unos hilos de cabello que el viento lleva a su boca, sonríe acercándose a él—. Tonto, ¿por qué piensas así?, te prometo que mañana te busco en San Esmeril y nos encontramos en la plaza. Junta sus rosados labios con los de él, sellando en un largo beso el valor íntimo de su promesa.

Cuando Gabriel empieza a abrir los ojos, un sol intruso invade toda la sala. Comprende que ella no lo esperaría en San Esmeril. Logra divisar desde allí el retrato familiar que cuelga en la pared de adobe de aquella humilde vivienda, donde sin desearlo pasó la noche. Recostado en el viejo sofá de la casa Cristiani, se da cuenta de que todo fue solo un vano sueño, que sería él quien se alejaría, porque ella así lo quiso. Gabriel se descubre sacándose apresurado la manta que tiene encima, para sentarse sobre el sillón; le regresa ese dolor crónico en su rodilla derecha. ¿Ella fue violada? Cabizbajo, se culpa a sí mismo en silencio. Serapio aparece enfrente suyo.

—Buenos días —dice sonriendo. —Su rostro amable es el mismo con el que lo recibiera la tarde anterior. Gabriel lo mira a los ojos sin reaccionar, se quedó dormido— ¿Lo recuerda? Iba a traerle una foto de ella y cuando regresé usted estaba recostado sobre la mesa.

Gabriel está pálido, parece no entender nada.

—¿Me dormí? —pregunta sorprendido.

—Uuuuy, se durmió toda la noche —afirma Serapio. Gabriel no sabe qué decir—. ¿Se siente bien? —le pregunta el viejo.

—¿Usted abrió esa mochila? —responde él con otra pregunta—. ¿Sabe lo que allí tengo? Le señala su bolso, que está sobre una antigua repisa.

—Noooo, válgame Dios, ¡cómo cree que voy a abrir eso!, yo no hago esas cosas. Gabriel apoya su espalda hacia atrás, se frota la cara, se levanta con prisa. Coge la mochila, se la lleva al hombro. «Ella fue violada», le vino a la mente esa perversa frase.

—Debo irme —dice caminando hacia la puerta. Luego se detiene un momento, toca el bolsillo de su camisa, encuentra el mapa que el anciano le había dibujado la noche anterior. Voltea a verlo—. ¿Usted me culpa de algo? ¿Usted cree que yo soy culpable?

Tras la nube del ojo izquierdo de Serapio hay una mirada cálida y sincera.

—Pero ¿culpable de qué? Uuuuy señor, usted ha visitado a este pobre y olvidado viejo. Si encuentra a mi sobrina, solo dígale que la quiero mucho. —Gabriel asiente, le palmea el hombro amistosamente, mete la mano a su casaca, saca unos billetes—. No no no, ¿qué va a hacer? —Alza la mano Serapio.

—Por favor, acéptelo como una muestra de gratitud. —El viejo nota la mirada sincera del exsacerdote. No es temporada de cosecha, la chacra solo entierra raíces secas y los bolsillos están llenos de carencias que lo obligan a recibir el dinero.

Serapio piensa unos segundos.

—Por favor, espere, da media vuelta, tengo algo para usted. —Abre uno de los cajones de la repisa, saca una boina francesa negra, con una banda de cuero artificial—. La dejaron hace más de un año en una de las bancas de la plaza, está casi nueva, tenga, a usted le quedará bien.

Gabriel suelta una risita graciosa, quedándose boquiabierto. Jamás imaginó usar en su vida una de esas gorras. La examina unos instantes, se la acomoda en la cabeza.

—Gracias, me traerá buena suerte —dice sintiéndose algo torpe en ese instante. Después de salir, nunca más se volvieron a ver.

A pesar de que sus calles en bajada son silenciosas, Chircus parece un pueblo sin alma. Cada paso empinado que da Gabriel levanta el polvo del olvido. Sus zapatos se ensucian mientras camina hasta la vía de salida. Solo la verde espesura de enormes ficus que se distribuyen a su paso le abre camino y le da un respiro de paz que disimula las carencias de aquel lugar olvidado; porque la pobreza de los hombres de pueblo siempre contrasta con la riqueza de los bellos paisajes que brinda la naturaleza, y ahora, Gabriel, con la mochila en el hombro, camina en busca de Cristiani; sabe que será un largo recorrido, que por allí no pasa el autobús. Si tiene suerte, alguna carreta lo puede transportar. Ahora lleva puesta la boina que le regaló el viejo Serapio. Lentamente, Chircus va quedando atrás. Gabriel da vuelta, se detiene un instante: deja allí sus recuerdos y solo se guarda uno. Siempre pensó que la olvidaría, que no volvería a hablar de ella, porque ella fue su secreto, un recuerdo que jamás podría olvidar. Cuando el tiempo no logra borrar las heridas del corazón, estas se convierten en una costra que sangra en dolor y evocaciones imborrables. Debe continuar su búsqueda, terminar con esa incertidumbre de volverla a ver. Otra vez ese maldito dolor en la rodilla le hace rechinar los dientes. A los sesenta años, aún no se es anciano, pero al no tener familia, se es como un árbol sin frutos. Si dijera que su familia son los niños y los ancianos del albergue, Pierre se desgreñaría desde el infierno y le diría que esas son cojudeces. Gabriel se siente ya viejo para largos trotes, sobre todo cuando se retorna en busca del pasado; pero eso lo alienta, lo llena de ánimo. Gabriel está inspirado: haber pasado la noche, sin querer, en casa de ella, ¿será una buena señal? Camina en medio de esa arbolada que le da sombra a su camino, revisa el mapa que le dibujó Serapio: allí figura un puente que no logra divisar. Da un largo respiro, alza la vista hacia la copa de los árboles: un cielo verde bajo un cielo celeste; percibe en ellos matices de luz solar que se destila entre ramas y el verdor de sus hojas, escucha el curioso chillido de los pájaros que anidan y revolotean desde lo alto. Dobla el papel en dos, lo guarda en el bolsillo. Debe seguir andando. A lo lejos ve venir en dirección un hombre a caballo, que lleva puesto un sombrero de paja propio de los aldeanos. Quizá le pueda orientar en su camino. Gabriel alza la mano derecha para saludar, el escuálido caballo detiene su paso; sobre su lomo, un joven trigueño de unos veinte años sujeta las riendas.

—Sí, señor —contesta con voz aflautada quitándose el sombrero a modo de saludo.

Gabriel se acerca, acaricia la cabeza del sediento y cansado animal; sus ojos oscuros parecen dos enormes uvas a punto de estallar.

—¿Cuánto falta para llegar al puente? —pregunta Gabriel alzando la mano para mostrarle el mapa.

El caballo empieza a masticar la hierba, se le ve débil, las costillas empezaban a notarse. El muchacho le devuelve el papel, señala el horizonte.

—Todavía falta, señor.

Gabriel dobla el mapa.

—¿Cuánto falta? —repite.

El joven queda pensativo, frunce los labios.

—Humm, por lo menos una hora a pie.

El exsacerdote saca una moneda de cinco soles.

—Gracias. Tenga.

Los ojos del muchacho brillan sorprendidos.

—¿Para mí? Gracias, señor. —Coge la moneda incrédulo.

—Dale agua a este pobre animal —le dice Gabriel.

—Ya le di agua antes de venir, ya comió heno también, solo que no engorda, se llama…

Gabriel gira la cabeza sin interés en oírlo, sabe que el muchacho miente, y él debe seguir su camino.

A pesar de que el sol brilla con intensidad, corre un viento seco que lo resguarda del bochorno del calor. Gabriel ha caminado durante más de una hora: el muchacho no ha sido preciso en calcular el tiempo del camino. Lleva la casaca en un brazo: abre la mochila, saca una botella con agua mineral que compró minutos antes de salir de Chircus. Da un largo sorbo mientras apura el paso, su vista se recrea con el panorama campestre y árboles añejos. La rodilla le fastidia nuevamente, pero se debe aguantar; un poco de aire fresco y ejercicio físico le vendría perfecto, bien lo vale cuando se tiene espíritu joven, pero en realidad quisiera que hubiera un auto que lo lleve hasta el puente.

—¡Este burro de mierda! —Gruñe, esquivando el vehículo, acercándose a la acera, viendo pasar una combi que le cierra el paso, corriendo a velocidad.

Gabriel trata de calmarlo.

—Ya, tranquilo.

Pierre está irritable.

—Carajo, a estos huevones ya no los cambia nadie, ni la eugenesia mejora a esos mal paridos. —Enciende el aire acondicionado, ve que, a unos metros, delante de él, una multitud impide el tránsito vehicular—. Carajo, golpea el timón resignado. —Los manifestantes, con los rostros pintados de verde, avanzan con lentitud por la pista llevando carteles en defensa y la conservación del medio ambiente; luego empiezan a sentarse en medio de la vía. Largas colas de autos se van apiñando por la avenida, en medio de un bullicio de ruidosas bocinas—. Mira a esos huevones, carajo, cómo joden el tráfico —dice Pierre con fastidio. El auto está quieto con el motor encendido.

Gabriel le palmea el hombro.

—Ya, tranquilo, busca un desvío.

Pierre los mira colérico.

—¿Quién les va a hacer caso a esos pelotudos? Te apuesto que después se van a fumar su hierba, esa es la verdadera naturaleza que ellos defienden —reniega Pierre sin perderlos de vista.

La policía empieza a dispersarlos. Gabriel sonríe.

—Ellos están a favor de la ecología, estar allí los llena de esperanza, no veo ningún problema con eso.

Pierre hace una mueca.

—No, compadre, tú no entiendes, la solución no es esa, mira a esos imbéciles pintados de verde, loquitos de mierda, ¿acaso no dicen que los cargadores de los celulares contaminan? Entonces que no usen teléfonos. ¿No dicen que los desodorantes en aerosol contaminan también el ambiente? Entonces que todos apesten, pues, carajo, mejor que esos cojudos no fumen marihuana, porque están extinguiendo el cannabis, vayan a fumar nomás sus tronchos de guano de caballo, eso sí es ecológico —carcajea Pierre.

Gabriel lo escucha en silencio, su amigo ha tenido un mal día.

—Estoy cerca al albergue, déjame acá nomás.

Abre la puerta del auto, le tiende la mano para despedirse.

—Ya, compadre, no te olvides que mañana es la fiesta de Ariana, te recojo en la noche.

Gabriel desciende del Volvo, observa a su alrededor ese paisaje espléndido: su reloj indica las once de la mañana bajo el cielo despejado y un sol magnífico sobre el valle.

Ha caminado media hora más, dejando detrás la arbolada, y ese curioso recuerdo que le vino a la mente. Una camioneta negra 4 x 4 se va acercando, avanza en su dirección levantando una nube de polvo a su paso. Gabriel se quita la boina que lo hace sentir ridículo, hace una seña para que el vehículo se pare. Las llantas se detienen.

—Buenos días, ¿sabe usted cuánto falta para llegar al puente?

El conductor es un hombre de mediana edad, está acompañado de una joven mujer que le sonríe: lleva unos lentes oscuros y un cigarrillo en la boca. Gabriel observa que transporta unas vigas de madera, que sería difícil que le diera un aventón.

—Vaya al fondo, a ese letrero —le señala a la distancia, haciendo cálculos—, camine hasta llegar a la colina y allí va a encontrar una bajada, ahí está el puente. El exsacerdote asiente, se pone otra vez la boina mientras la moderna camioneta sigue su rumbo.

Gabriel se sienta sobre una enorme roca junto al arroyo fresco y plantas silvestres; desde allí, observa la caída de una pequeña cascada, la corriente de aguas dóciles y claras a lo largo de la campiña. Sus piernas sucumbieron a la fatiga, quiere descansar un momento, darse un respiro. Espanta con la boina a algunos mosquitos que lo abordan. La vista al campo es magnífica: árboles, vegetación y excelente clima, pero tampoco piensa en acampar, hacer fuego con leños caídos y usar una cacerola: solo quiere seguir el sendero indicado. Mira su mano izquierda, nota que sus venas sobresalen, abre y junta los dedos varias veces haciendo un puño. Siente los huesos entumecidos, da un corto respiro, por momentos duda de su búsqueda y si será posible encontrarla. Aunque hay incertidumbre de lo que emprende, sabe que no puede haber vida sin fe; parece más fácil encontrar en Chircus alguna campesina con visiones religiosas o un disco de Schubert antes que localizar a Cristiani después de treinta años en el olvido. Las nubes cobijan el sol y entibian el día. Saca del bolsillo su teléfono celular, pero no hay señal, solo cerros alrededor. Quiere saber si todo anda bien en la Misión de Cristo. Ha dejado todo en manos de su contador Luis Risco: confía en él, no quiere que nada perturbe su viaje, pero igual se preocupa por sus desvalidos. Se siente satisfecho con su obra, el albergue hizo que su vida volviese a tener sentido, lo alejó de las sombras, de la angustia y la desesperanza. Es hora de seguir su búsqueda. Bebe un sorbo de agua. Ya casi no hay nada en lo botella. Se levanta pesadamente, ahora su espalda le increpa. Levanta la mirada para encomendarse, se coloca la boina y mochila al hombro, allí lleva el peso de sus recuerdos, pero también está lleno de ilusión y esperanzas. Se persigna para que sus pasos sean guiados y libres de toda malignidad que se aparezca en su camino, presiente que ya no falta mucho; mira nuevamente el mapa, sus pisadas hacen chirriar la hierba seca, avanza por el sendero hasta llegar al puente que le había referido Serapio. «Por fin», se dice. Según lo dibujado en ese papel, pronto se encontrará con ella. Es un viejo y rústico puente de madera, sujeto y reforzado con sogas en ambos lados. Lo extraño es que no ve a nadie. Apura el paso, embargado de emoción. Recién empezaba la temporada de lluvia. Solo hay piedras bajo las tablas. En frente, en medio de un espeso cañaveral, hay una trocha. Al cruzar se queda quieto, sus ojos no logran comprender lo que ve: el pequeño caserío de San Camilo, un pequeño e insignificante pueblo que apenas respira, donde la vida es una larga tortura, no hay trabajo, abunda la escasez y se cocina con leña. Si no fuera por los postes de luz, bien podría encontrarse en las puertas de la Edad Media. Gabriel ya no sabe si la encontrará, si está en algún lado y en ninguna parte. Los perros se le acercan ladrando, algunos hombres cortan y amarran pedazos de leña. Las niñas desgreñadas comen naranjas o juegan entre ellas. los burros están atados junto a unos árboles. Gabriel lamenta mirar la pobreza de aquel lugar, levanta la vista, solo hay árboles y colinas alrededor; los aldeanos lo miran con desconfianza, tal vez lo confundan con algún político, porque, eso sí, es lo que allí abunda: símbolos, apellidos y números, estampados en las paredes de adobe de aquellas humildes viviendas ofreciéndoles falsas esperanzas cuando no existe el futuro y donde un pedazo de pan bien pasaría por un pastel de manzana. Gabriel deja caer su mochila mientras mira a su alrededor; el sol se hace presente otra vez. Se acerca a una pequeña casa de la aldea, donde hay una anciana sentada junto a la puerta.

—Buenas tardes, saluda amablemente quitándose la boina.

—La mujer de cabellera larga y platinada solo sonríe, su rostro es un laberinto de arrugas abandonadas por el tiempo y la expresión de un corazón honesto hacia el extraño—. ¿Conoce a la señora Cristiani? —pregunta él. La vieja ríe hundiendo sus labios, le extiende su temblorosa mano esperando que le deje algo para comer. Gabriel baja la mirada, tiene la sensación de que no lo puede oír. «Si ella estuviera en la Misión», piensa, pero no puede hacer nada allí. Las cosas son como son y están como deben de estar, porque donde hay uno, hay miles. Abre su mochila, tiene algunos bizcochos, se los alcanza devolviéndole la sonrisa. Al recibirlos, la mujer los pone sobre su falda y su mirada se extravía nuevamente.

—¿Busca a alguien? —Oye una suave voz femenina a sus espaldas. Gabriel permanece quieto: reconoce esa voz. Cierra los ojos unos segundos, desea verla otra vez, que por fin acabe su búsqueda. Su alma se comprime, da vuelta lentamente. Queda frente a ella: ambos permanecen en silencio, el cielo incoherente se matiza de gris, empieza a lloviznar. El exsacerdote no tiene la menor duda, es Cristiani. Al fin la encuentra. Temeroso de sí mismo, arrepentido de haberla abandonado en la plaza, el corazón de Gabriel se aprisiona en sus recuerdos, no sabe qué decir, si al menos pudiese pronunciar su nombre. Sus labios enmudecen, los ojos de aquella mujer de campo se conmueven; si bien su juventud se ha ido, la naturaleza del lugar y la madurez de su vida la conservan espléndida en sus cincuenta, un poco más delgada: sus pómulos resaltan, unas cortas líneas se escurren a lado de sus cejas arqueadas bajo sus ojos hundidos. Entre ambos hay una muralla invisible de sentimientos que se descubren, ya no son jóvenes, es como si empezaran a conocerse otra vez, un nuevo comienzo.

—Cristiani —le dice él.

—Gabriel —contesta ella en voz baja, desconcertada, confundida, emocionada, de ver a su otrora confesor mientras una lágrima le empieza a brotar. Junta las manos a la boca en un gesto de incredulidad: después de tres décadas, él está allí otra vez, con más años encima, con canas en la sien, entradas en la frente y dos mañanas sin afeitar. El cielo deja caer lágrimas reprimidas. Gabriel da un paso, se acerca casi avergonzado, fue él quien se alejó, él se marchó esa noche en la plaza, pero ya no importa qué lo trajo por esos lares, ni por qué regresó otra vez o a lo mejor nunca salió. Como antes, él la abraza, ella se deja aprisionar en sus brazos. En esa tarde de lluvia, el destino quiso juntarlos otra vez como hombre y mujer, en las afueras de Chircus.

La lluvia convierte la trocha en fango, los aldeanos regresan a sus casas en busca de refugio, en ese mundo desconocido llamado San Camilo. La leña arde y calienta el hogar de Cristiani: un sitio modesto en sus cuatro paredes, perfumado con flores frescas que cambia a diario y sin mayor decoración. Parece una réplica de la antigua casa de sus padres: en su interior sobre la mesa hay libros desparramados. Él aún no puede creerlo, está otra vez enfrente de aquella mujer, no puede explicárselo: a lo mejor Dios fue generoso con él. Sin darse cuenta, ya va a anochecer. Han conversado toda la tarde, pero los sentimientos de ella aún no le dicen nada. La mirada de Cristiani revela sufrimiento, tristeza, la vida que eligió sin duda es difícil, pero ser maestra de escuela y enseñar a los niños es su mejor equilibrio, no le importa que deba caminar diariamente dos horas de ida y dos de regreso para poder educar a los chiquillos desaliñados en la humilde escuela de Chircus. Gabriel recuerda muy bien que, cuando siendo entonces párroco, les dio la primera comunión a los pequeños, casi todos hijos de campesinos, recibiendo una ostia sin llevar puesta siquiera una camisa blanca que representa un corazón puro; niños que llevan rústicas sandalias o zapatos con suelas que parecen lenguas de cansancio, algunos vestían saquitos apolillados y una cuerda que sujetaba sus pantalones raídos. Ahora esa escuela está a punto de desmoronarse, sus cimientos de adobe no resistirán más la temporada de lluvia, los troncos de caña que soportan el techo de paja se empiezan a podrir. Cristiani y el director del colegio han enviado cartas a la gobernación para que interceda con las autoridades del Estado, pero sus escritos duermen en algún cajón desinteresado de la burocracia: nunca tuvieron respuesta. Gabriel ve en su reloj que el tiempo pasa rápido. Cristiani enciende una lámpara de kerosene, la sala se ilumina débilmente. Un plato de sopa caliente de verduras no estaría mal, puede haber pobreza pero no apetito. Los leños en la chimenea arden, calientan el lugar, todo es tan confuso, tan irreal, no hay palabras para decirse. ¿Acaso había algo que aclarar esa noche? Ella era muy joven. Dijo todo treinta años atrás. Él se fue sin despedirse, con el corazón arrancado y un clavel que nació marchito. Ella suspira, empieza a toser, se lleva un pañuelo a la boca. «Ha pasado tanto tiempo, tantos años, tantos años», repite. Sus cejas se contraen, sus manos sobre la mesa delatan su edad; Gabriel desea tocarlas, darles un beso, llevarlas a su cansado rostro.

—Vengo a pedirte perdón —dice con franqueza—, a que me perdones por mi mal comportamiento. —Él la mira a los ojos.

Cristiani se lleva la mano a la cabeza.

—No sé por qué me lo dices. ¿A qué viene todo esto? —contesta bajando la mirada, sin entenderlo—. No creo que tu visita haya sido una casualidad.

Gabriel intuye que ella está a la defensiva. Habían hablado mucho en tan pocas horas y llegado el momento de tocar el asunto de su visita.

—Por favor, escúchame.

Ella se pone de pie.

—No, Gabriel, no hay nada que hablar.

Las llamas de la chimenea calcinan el leño, bosquejan una delgada sombra en la pared. El visitante guarda un corto silencio.

—¿Me das más café?

Le alcanza la taza. Ella sonríe: eso es suficiente para que regrese a la mesa junto a él.

—Bueno, te escucho.

Gabriel se complace con el sabor humeante de esa oscura bebida. Ella aferra sus frágiles dedos a los bordes de su chompa.

—Te eché de menos todos estos años, me porté como un patán en la plaza.

Ella asiente.

—Eres impredecible, un cura explosivo —bromea—, pero ya pasó hace mucho, ¿para qué recordarlo? Ya no viene al caso.

Gabriel alza sus dedos sobre la mesa, acerca su mano derecha a la de ella.

—Por favor, perdona lo que te hice.

Cristiani cierra los ojos, deja que él la toque, siente su piel caliente, aquella presencia la reconforta.

—Tú fuiste el primero, el único, no amé a nadie más; esa

noche no estaba preparada, todo era tan hermoso, pero pasó tan rápido, estaba asustada, de verdad fui una tonta. No estimé lo que hiciste por mí. —Su mente retrocede con rapidez por el tiempo, la presencia de aquella visita la vuelve a la realidad—. Gabriel, ya no soy la muchacha que conociste.

Él es franco.

—Eres la misma mujer que un día conocí, la mujer por quien volví.

Ella sonríe con timidez.

—A veces pensaba que te habías molestado y que volverías, pero los años pasaron y nunca más supe de ti. En el pueblo se extrañó tu ausencia, las viejas del pueblo corrían el rumor de que el diablo te había llevado —sonríe con burla—, jamás le conté lo nuestro a nadie, un cura que se enamoró de mí, una mujer que rechazó su amor. Me sentí tan mal esa noche, nunca me volví a enamorar. Después de que murió mamá estudié para ser maestra de escuela, quiero a los niños como si fueran míos. —Él mueve la cabeza lamentando su error—. Se acabó el café, siento no poder ofrecerte algo más, mañana debo levantarme temprano para enseñar a los chicos, si quieres puedo hablar con don Crispín Capistriano, él enviudó recientemente y podría alquilarte un cuarto, es peligroso que regreses al pueblo en esta oscuridad.

Gabriel asiente, sin decir más, se levanta disimulando su dolor en la rodilla. No escuchó lo que hubiese querido oír de los labios de ella: su perdón.

Gabriel despierta con el silbido de los pájaros y la picazón dejada por los mosquitos. Abre la ventana de madera, un tímido sol apenas aparece sobre el horizonte. El cuarto que ella le consiguió en San Camilo lo cobijó de la torrencial lluvia que cayó toda la noche. Pone la mochila sobre sus piernas, ve que su teléfono celular se ha descargado, lo arroja sobre la cama. Necesita asearse, afeitarse con urgencia la barba crecida, cambiarse de ropa. Lo que trajo no es suficiente, tiene en mente quedarse algunos días, ve su reloj, son las ocho de la mañana. Cristiani salió a las seis rumbo a la escuela. La pastilla que tomó antes de dormir y el cansancio lo traicionaron, cuánto hubiese deseado acompañarla en su trayecto. Tiene la camisa abierta, se pone de pie, abre la puerta que da un largo bostezo. En la parte trasera de la casa hay una ligera neblina, una ráfaga de viento lo congela de frío, observa que al costado hay un enorme cilindro con agua, tapado con un pedazo de tripley, a metros de un lavadero; camina sobre la tierra fangosa por la lluvia con el jabón en la mano. Una pequeña vasija de porcelana le sirve de caño, el agua está muy fría, le entumece la piel. Adentro, don Crispín prepara el desayuno, un poco de leche fresca caliente le hará bien. Gabriel lamenta el paisaje, que la vida en el campo es más saludable es solo un dicho de sobremesa para los hacendados y una broma para los campesinos. Ya se le ha hecho costumbre en sus viajes. Pero si no es acá, entonces es allí, por allá y más allá, cuando Dios cierra los ojos y no reconoce su gran obra. La mesa está lista, esta vez hay tortillas y leche fresca. El exsacerdote encuentra todo servido sobre un individual, apura su jarro, prepara rápido un par de sándwiches que comerá en la camina. Sale de la casa de don Crispín Capistriano, que da de comer a sus animales, se despide alzando la mano.

—Ya regreso, gracias por el desayuno.

Debe volver otra vez a Chircus: caminar otras dos horas hasta el pueblo, con su dolor insufrible en la rodilla. Posiblemente compre algunos víveres, pero solo le importa ella, verla de nuevo, acompañarla en su larga rutina diaria por la campiña, esperarla afuera de la escuela, cerca de la plaza, bajo el reloj.

Es una tarde espléndida sobre el despintado pueblo, donde alguna vez vivió Gabriel. Gigantescas nubes se desparraman en el cielo y escoltan a un sol brillante que se impone majestuoso sobre Chircus. Él aprovechó la mañana para realizar compras en el mercado, adquirió lo necesario para su corta estadía, realizó las llamadas a su contador para saber si todo anda bien en el albergue. Mientras camina por el lugar, se pregunta qué hubiese pasado de haberse quedado allí para enfrentar sus temores, para demostrar que su amor por ella valía la pena a costa de dejar la Iglesia e ir en contra sus principios. Si le hubiese pedido un poco más tiempo, si la hubiese comprendido, si no le hubiese importado que todos lo señalasen ni que las miradas del pueblo lo acusaran de su traición a Dios. Sus pasos dejan atrás los rencores de su desaparición y la mortaja de su autodestierro. Se detiene un instante, se pregunta si treinta años atrás habría sido posible caminar de la mano, junto a Cristiani. ¿La comunidad se lo hubiese permitido? No era difícil de suponer que las mujeres se habrían horrorizado al verlos: "El padre debe ser excomulgado"; "Virgen santísima, qué descaro el de ese hombre"; "Nunca más un padre joven: trae consigo el pecado".

Pero eso ya no importa, no se puede vivir de conjeturas sobre el pasado cuando se vive en el presente, si hoy ella se volvió en su amanecer; tiene en la mano un pequeño y sencillo ramo de flores que compró minutos antes. Las campanas del templo marcan la una; la escuela, cuyo piso es de tierra muerta, abre sus portones, los niños salen felices sin que nadie los espere: la mayoría de sus padres trabajan maltrechos sobre la tierra fértil; en su pobreza, los niños corren, juegan con el pantalón raído, sujetado por un pedazo de cuerda. No les importa caminar dos horas de regreso al caserío; es como si aquellas campanadas liberaran la inocencia aprisionada en las aulas para que sean en el futuro, los hijos del campo, hombres de bien, esa sería su mejor cosecha; pero como van las cosas, ni San Camilo ni Chircus tienen futuro, pues un pueblo en abandono es un pueblo sin tiempo ni memoria, es como un hombre que vagara solitario por el desierto.

Gabriel espera paciente la salida de la querida maestra, fue a recogerla y acompañarla de regreso. Cristiani aparece en la puerta con el cabello recogido y una larga falda; en una mano lleva sus apuntes, en la otra, la chompa que trajo puesta en la mañana de frío. Ella conversa con el director, un hombre mayor, delgado, de baja estatura, de traje gris desgastado; el nudo de su corbata está mal hecho, pero a nadie le incumbe su modesta elegancia. Entre risas, dos maestros de aquel humilde colegio se acercan a ellos para despedirse, luego se retiran dejando solo al director, quien cierra con un grueso candado el portón de la vieja escuela. Cristiani camina en dirección a la plaza. Gabriel la observa desde el frontis de la iglesia, espera paciente a que pase cerca de él. La mujer saluda a una pareja de pobladores, sus ojos lo ven allí: quieto, con sus flores en mano, esperándola, sonriéndole; los ojos de él se emocionan al verla. Cristiani se ruboriza, baja la mirada: jamás le han regalado flores, a sus cincuenta años se siente otra vez deseada por el mismo hombre que una vez rechazó. Gabriel se acerca a ella, en el pueblo todos se conocen; algunos curiosos desde la plaza y alrededores los observan. "La maestra tiene novio", corean al unísono dos pequeñas que luego corren, se alejan antes que su profesora les llame la atención.

El camino de regreso a San Camilo está rodeado de naturaleza viva. Los árboles sirven de guía, los cobijan del sol que empieza arder, sus sombras mitigan el intenso calor. Ambos caminan lento, sin apuros, conversan de sus recuerdos, sus vivencias, su nostalgia por no saber qué había sido de cada quién cuando se alejaron. Él le cuenta del albergue, de sus obras de caridad para con los más necesitados, le dice que él se alejó de la Iglesia pero no de Dios: él se reconforta al decirle su verdad; ella se siente a gusto de oírlo. A paso lento, le cuenta como lo inició todo, ella se apodera de su brazo, hay un desvío hacia un pequeño bosque, le recuerda su último día en Chircus. Gabriel siente añoranza, han pasado tantos años y nada ha cambiado.

—¿Te acuerdas cuando una vez nos encontramos bajo ese árbol? —Le señala un frondoso ficus.

—Vamos —le dice Cristiani.

Él asiente, avanzan unos metros. Gabriel se sienta sobre el césped, ella lo sigue. —Todo esto es tan hermoso.

La tos regresa nuevamente, ella se lleva la mano a la boca.

—Esta tos no se va. —Sonríe contemplando el paisaje, recostándose bajo el árbol. —Aquí te besé por última vez —

dice él mientras rompe una pequeña rama seca. —Gabriel se le acerca, no se atreve a tocarla. Cristiani lo percibe, pero sus sentimientos están apagados: no es cuestión de que él se aparezca así nomás de la nada, si ella ya lo había olvidado; pero aunque su amor fue tardío, nunca lo dejó de amar—. Te escribí muchas cartas, pero jamás me respondiste —dice él. Cristiani recoge sus rodillas, junta sus brazos, sin contestar. Gabriel escarba la tierra con el pedazo de rama que rompió—. Te extrañé mucho todos estos años, me preguntaba cada noche qué había sido de ti. —Ve sus manos arrugadas, hace un puño—. Treinta años —dice en voz baja—. Cristiani, he venido por ti, te pido que estemos juntos, que vengas conmigo. Mereces tener una vida mejor, quiero amarte, cuidarte, envejecer a tu lado. —El silencio de ella le hace recordar el día en que la conoció, muchos años atrás: joven, temerosa y callada. El exsacerdote cree que le es indiferente su presencia, no quiere presionarla, ni cometer el mismo error, pidiéndole respuestas que ella no busca. Su mutismo le grita, lo golpea, lo desespera en su interior, ella le acaricia la mejilla con ternura.

—Gabriel, tu regreso me alegra mucho, tus palabras son muy lindas, te lo agradezco, incluso me alegra que hayas venido, pero es mejor no jugar con nuestros sentimientos y engañarnos otra vez. —Suspira.

Él besa sus frágiles manos, la mira a los ojos como si fuese la primera vez, como cuando era párroco: bella, dulce, aunque fría y distante por dentro, a veces hasta imposible de abrir su corazón. No se da cuenta de que ella no está preparada para amarlo, que lo ve con otros ojos.

—Tienes mucho valor para quedarte aquí, eso es admirable

—hace una pausa—, Cristiani, la vida nos da otra oportunidad, nuestros destinos van por el mismo camino, no quiero volver a perderte, no deseo vivir de recuerdos, quiero estar a tu lado, como antes, como tu amigo, tu confesor, como tu hombre, vuelve a besarle las manos.

Cristiani se conmueve por aquellas palabras, sus ojos se riegan, su voz enmudece, siempre vivió abandonada en su libertad. Gabriel apareció otra vez en su vida. ¿Por qué habría de necesitarlo o fingir que no requiere de su compañía en un pueblo donde nada sucede y se resiste en el tiempo?

—Gracias Gabriel, por ser así, pero he vivido tantos años sola, que siento que aquí pertenezco, que mi lugar está aquí, que mi casa está aquí —suspira—, aunque aquí nada existe ni es excitante.

Él sabe que es una situación difícil, no puede aparecer de la nada y pretender llevársela.

—Cristiani, tienes una casa, pero yo te ofrezco un hogar.

Ella sonríe.

—Dilo tú, no es fácil amanecer en una cama vacía y que solo te despierte el cacareo de un gallo.

Los dos ríen; un repentino dolor en el pecho la hace encogerse de hombros.

—¿Te sientes mal? —pregunta Gabriel.

Ella sacude la mano.

—No es nada, ya pasó. —Apoya su cabeza en el hombro de él. —Ambos empiezan a comprenderse otra vez. Cristiani se desata el moño que deja lucir algunas canas perdidas en su larga y oscura cabellera; él solo observa, se le vienen a la mente viejos recuerdos cuando él, aún un joven sacerdote, la invitó a conocer la pequeña huerta de la iglesia: —¡Qué lindo conejito, está precioso! —Ella acurrucaba en su pecho a un conejo mientras le hablaba—: ¿Qué quieres conejito? Estás tan suavecito, me haces cosquillas. ¿Tienes hambre? —Gabriel la observaba junto al corral, con los brazos cruzados: Cristiani era una mujer linda, amable, inocente; ¿cómo confesarle su amor?—. ¡Ay, se orinó! —Ella dejó caer al pequeño animal, que se perdió entre el sembrío. Una manchita naranja se impregnó en su blusa blanca.

»¿Y los niños? ¿Quién les enseñará? —pregunta ella.

Gabriel despierta, distraído.

—¿Los niños? —repite él.

—Sí, los niños del pueblo, no iré a ninguna parte, yo soy su maestra, debo enseñarles y guiarlos para que su vida no se limite a cosechar nabos —dice ella con preocupación. —Los quiere como si fuesen suyos; educarlos, aunque sea en esas carpetas viejas y apolilladas, la fortalece, le da esperanza.

Gabriel contempla el paisaje. Puede sentir su respiración, el cielo es un gigantesco lienzo de coloridos trazos y matices que se van despintando. Él la mira a los ojos.

—Otros niños esperan por ti, estoy seguro de que serías la mejor maestra —contesta Gabriel. Abriendo su mochila, saca algunas fotografías que le tomó al albergue: los niños recogidos del abandono jugando en los jardines, ancianos solitarios, que antes sufrían un martirio ciego, con una sonrisa de gratitud—. Es un pequeño refugio en una ciudad de indiferencia y caos — le dice él. Cristiani contempla las fotos, su expresión cambia, queda pensativa unos segundos—. ¿Te llegaste a casar? —le pregunta. Él ríe.

—¿Por qué lo preguntas?

Cristiani le devuelve las imágenes.

—Solo pregunto, son treinta años que han pasado, y de repente vienes aquí, diciendo que aún me amas.

Su rostro se conmueve.

—Dios, todo esto es tan extraño, tan irreal, ¿qué esperas ahora de mí si yo me siento vacía, sin saber amar, una mujer seca? —Su voz se desgarra, ella se recuesta en Gabriel, llora en su regazo, las manos de él se congelan en el aire, apenas pueden tocarla.

Gabriel la abraza para consolarla, contagiándose de su tristeza, sus sentimientos lo embargan. «¿Por qué le diría eso?», se pregunta. Aquel momento es sueño y realidad a la vez. ¿Por qué el corazón de ella es ácido y se rehúsa a amar?

—Cristiani, no digas eso, nunca conocí a alguien como tú. —Él la coge de las manos—. Yo te quiero a ti por lo que eres, y si una vez me fui de tu lado, fue porque quise negar mis sentimientos, la vida no me alcanzará para lograr tu perdón por irme de esa forma. No sé, creo que los hombres no sabemos amar o queremos a nuestra manera, somos unos egoístas que nos precipitamos cuando queremos a alguien, sin importarnos nada ni nadie. Pero hoy yo te he vuelto a buscar, sin saber si te encontraría o no, tenerte cerca es otra oportunidad que me da la vida, que nos da la vida. Dios nos da siempre un aliento de esperanza, por eso te pido que vengas conmigo, te amo Cristiani, nunca dejé de amarte. Ella se seca las lágrimas con un pañuelo, sus ojos están enrojecidos. Sonríe con dulzura acariciándole el rostro, dándole un largo beso que lo hace callar. A lo lejos, un sol que se despinta se va hundiendo tras la montaña: treinta años después, en las afueras del pueblo donde nació y se conocieron, ella lo ha aceptado nuevamente. Chircus ya no es un pueblo desteñido y si bien San Camilo se encuentra perdido en la nada, ambos están unidos por una trocha carrozable que se asemeja a una cicatriz en el mapa de los visitantes. El exsacerdote ha dedicado sus esfuerzos a mejorar las condiciones de vida de sus moradores, aunque sea por una breve estación. Con unas cuantas llamadas a la capital, ordena a su contador Luis Risco que se encargue de la contratación de un arquitecto y un ingeniero para que trabajen en la rehabilitación de la antigua iglesia y refaccionar la vieja escuela; pareciera que el exsacerdote paga una vieja deuda: él les proporciona las herramientas y demás suministros, la mano de obra proviene de los habitantes de la zona. En la carpintería del pueblo se lija la madera tallada de grandes bancas que albergará a los fieles y madera para las pizarras acrílicas, y se terminan las últimas carpetas donde los niños se sentarán para su instrucción escolar. El exsacerdote, siempre con la boina que le regaló Serapio, se encarga de supervisar todo e incluso apoya en lo que se puede: cargando tablas, serruchando las vigas o barnizando listones bajo el sol, luciendo una corta barba gris y plateada; sin embargo, tampoco es José, ni el hijo del carpintero, no quiso que el pueblo supiera quién era, le había pedido a Cristiani que guardara su identidad. Los hombres llevan las escaleras, cargan pesadas calaminas, pintan sus casas, arreglan el tejado, los campesinos reciben semillas y fertilizantes mientras un grupo de veterinarios revisa y cura a los animales del campo. El médico de la posta le explica a Gabriel cuáles son sus carencias más urgentes: solo le basta coger su celular para que en unos días llegue un buen lote de medicinas, instrumental para cirugía menor y una camilla nueva. Los agradecimientos llegan a toda hora y en cada amanecer a la casa de Cristiani, a pesar de que Gabriel se hospeda en la modesta casa de don Crispín Capristiano. Les dejan plátanos, manzanas, peras, granadas, paltas, zanahorias, pan serrano, tomates, rábanos, gallinas y huevos de corral, que luego donan al huerto de la remozada iglesia. Chircus y San Camilo han dejado de ser pueblos dormidos, lucen coloridas cadenetas de papel que cuelgan en los balcones o cruzan las calles; ambos pueblos son como dos pequeños hermanos, el mayor que cuida del menor, lo protege; hoy, uno y otro se necesitan para salir adelante. Hay que adaptarse a los cambios y a la esperanza, ya no hay por qué quejarse cuando otros solo tienen la ausencia de un futuro. Nunca entendieron los motivos de aquel buen samaritano y luego benefactor silencioso que apareció con las manos vacías y ahora ha cambiado la vida a sus habitantes. Jamás entendieron que nada es casual, pero le están agradecidos. Cuando se fueron aquellos extraños que llegaron traídos por Gabriel para darle una imagen de postal a Chircus, él alistaba ya su mochila: se iría lejos de aquel lugar con la maestra del pueblo. Y es que a cambio de todo lo que les pudo dar, ella se marcharía con él.

Cuando el bus partió de regreso a la ciudad, Gabriel y Cristiani se habían despedido en olor a multitud. Temprano en la iglesia se realizó una misa y luego se bendijo la renovada escuela. El alcalde tuvo palabras de gratitud y lo condecoró con la medalla cívica. Cristiani fue declarada hija predilecta de Chircus y una niña de ocho años le entregó un ramo de flores con la fragancia del tiempo. Luego les tomaron unas fotografías para el recuerdo. Una pequeña banda de músicos los acompaña hasta la terminal, casi todo el pueblo acude a despedirlos. Gabriel, con una barba un poco más crecida, recuesta su cabeza en la ventana mientras el vehículo se pone en movimiento. Cristiani se apoya en el hombro de él: ya no regresaría a aquel pueblo, aunque ella siempre fue Chircus. El viaje por carretera es largo, el sol del atardecer tiñe el horizonte, lo vuelve incandescente, las nubes se oscurecen. Ella se ha quedado dormida. Gabriel se persigna en busca del amparo supremo para todos los pasajeros; al fin se pudo quitar la boina francesa, se siente agradecido con Dios, a pesar de que una vez su boca lo escupió en insultos por una mujer que no estaba a su lado y que le arrebató a su mejor amigo; pero para qué mirar atrás si su presente viaja con él, si el albergue le da esperanza. Reclinado en su asiento, no ha pronunciado una sola palabra desde que emprendió su viaje, sus días no tenían luz cuando la soledad se había enamorado de él. El ómnibus avanza con celeridad alejándose del campo y de las memorias. Gabriel corre la pequeña cortina azul, observa a un sol que da su último aliento: un magnífico cielo dorado que brilla con intensidad en ese atardecer sobre las montañas. Un reflejo destella en su rostro y lo aleja del pasado, lo revitaliza, le da fuerzas para seguir con la misión que se ha propuesto. Voltea a verla, ella sueña junto con él. Gabriel le da un beso en la frente, cierra los ojos. Su corazón se llena de gozo, se siente rejuvenecido, lleno de fortaleza. Aquella mujer de cincuenta años es su luna, el cielo y su mar, su naturaleza, su equilibrio y sus ganas de vivir.

Los jardines del albergue se iluminan por un sol brillante. Los niños han recibido de buen agrado a su nueva maestra y ella se hace querer con facilidad con ellos jugando a su alrededor. A lo lejos, Gabriel observa a aquella mujer cuyo semblante maternal se dibuja en su sonrisa cuando la rodean y la abrazan esos pobres desdichados que recogió el exsacerdote de las calles, porque sus padres los abandonaron o escaparon de sus casas por los constantes maltratos que recibían. Muchos niños habían llegado enfermos, escuálidos o desnutridos; el albergue les sanó también las heridas mentales y del corazón. Cristiani sube la vista, lo saluda de lejos, le hace señas con la mano para que se acerque; él ríe, hace un ademán de rechazo, porque su dolor en la rodilla se lo impide y si bien es un hombre compasivo, en el fondo no le gusta recibir el apego sincero de aquellos infantes, porque sabe que algún día deberán irse, cuando tengan la edad suficiente o cuando logre que alguna familia los adopte, los llene de amor y crecimiento espiritual; porque cuando se ama se contempla mirando hacia el futuro, y ella lo es todo para él. Por eso jamás pensó en adoptar un consuelo humano que él no fue capaz de engendrar, a pesar de ser bien querido dentro de aquel lugar, y haber llegado juntos, él respeta su privacidad, no quiere apresurar nada; por eso, desde la aparición de ella, ordenó al conserje a que le preparase una habitación cercana al cuarto de las monjas. Aunque ella se negó en un comienzo, él supo convencerla. Gabriel quiere estar un momento a solas, regresa a su habitación para tomar un antiinflamatorio; queda solo una pastilla, se sirve un vaso con agua a medio llenar, se sienta sobre la cama, ya no es solo el de la rodilla sino también el de la espalda los repentinos dolores que lo aquejan, que nacen del hombro y luego bajan por todo el brazo izquierdo, como si sus huesos se fraccionaran, pero él siempre detestó ir al médico y se guarda el dolor para sí. La campana suena. Los niños regresan a las aulas con la nueva maestra. Por la mañana, su contador Luis Risco le comunicó al celular que sus inversiones en la bolsa habían crecido, le sugería empezar a vender acciones que le generarían una millonaria ganancia. Él lo aprobó de inmediato, mientras más dinero tuviera, más almas serían rescatadas. Se levanta lento apoyando ambos brazos en el colchón, camina por un pasillo hasta su despacho, donde ocupa la dirección del albergue. No quiere que Cristiani sea solo una simple huésped en La Misión de Cristo, quiere reiniciar su vida con ella, vivir fuera de ese lugar en una cómoda casa, correr las cortinas por las mañanas, ver la silueta de ella mientras también despierta, acariciarla en las noches, escuchar su voz suave diciéndole buenos días. No hay duda de que aquella mujer es un sol dentro de su vida y la luz del albergue. Afuera tocan la puerta tres veces. Es ella, piensa. Bebe un sorbo de agua, se alza apurado de su sillón, como un jovenzuelo enamorado. La puerta se abre, la delgada figura de Cristiani aparece para acabar en los brazos de Gabriel, pero solo es una vaga imaginación.

—Adelante, pasa por favor —le dice él, regresando tras su escritorio.

—Me dijo sor María que me estabas buscando.

Él asiente con una sonrisa.

—Estaba pensando en que tal vez mañana podríamos ir a pasear a la playa, podría ser por la tarde, ¿te parece buena idea?

Ella se acomoda el cabello, le devuelve la sonrisa.

—Claro, ¡qué bonito!, gracias. —Por su mente, la imaginación se abre paso—. Me gustaría mucho caminar por la arena, pasear al aire libre, oír las olas; es genial, gracias, pasaremos un lindo día.

El sol se hunde entre las nubes y mancha el cielo tornasolado. Para ellos, es el mejor momento para andar juntos, dejar atrás la rutina y las horas de trabajo olvidando todo aquello que les pudiera preocupar dentro de aquel pacífico albergue. Gabriel y Cristiani caminan descalzos por la orilla de la playa, acompañados por el sonido relajante de las olas que acarician la arena y gaviotas que se cruzan a su paso dando graznidos mientras vuelan sobre ellos. Cristiani lleva una blusa blanca y falda larga; él, la boina que le regaló Serapio. Hacen bromas, se ríen de viejos recuerdos y anécdotas de cuando vivieron en Chircus. El brazo protector de Gabriel descansa sobre el hombro de ella. El mar es el escenario perfecto para encontrar la paz y dejar atrás la soledad de sus vidas, también es un lugar de reflexión para encontrarse con uno mismo. Pero ahora, ella es parte de Gabriel y ambos son uno mismo: en cada sonrisa, en cada mirada y en cada gesto. Cristiani se adelanta unos metros, voltea con una tímida sonrisa avanzando de espaldas. Un viento impertinente sacude sus cabellos dejando ver sus facciones de mujer madura y en la plenitud de sus cincuenta. Él la observa con detenimiento: cada surco en el rostro de ella le dice "qué envejecido estoy", aunque la jovialidad de sus sesenta le increpan por los años perdidos y sueños derrumbados en una lejana noche de decepción. Pero ¿qué diferencia hay en dañar a quien uno ama o a quien te ama? Si ellos se amaron y también se dañaron, y ya no hay marcha atrás; ahora, su presente hunde sus pies a la orilla del mar. Gabriel avanza hasta ella mirándola a los ojos.

—¿En qué piensas? —le pregunta ella.

Él toca su mano mientras caminan.

—Siempre imaginé este momento, caminar descalzos los dos por la arena y bajo el sol del atardecer, tú a mi lado, de mi brazo. Sería solo una simple ilusión o una escena de amor de cine.

Ella repite:

—¿Un amor de cine? Tonto. —Dibuja una sonrisa pegándose a su pecho—. No me sueltes, Gabriel, abrázame fuerte, por favor, abrázame.

A unos metros de allí, unas gaviotas se arremolinan alrededor de una enorme piedra, las olas la tocan con vigor; como queriendo empujar un ser extraño lejos del mar, de regreso a ella. Ambos se abrazan, caminan dócilmente por la arena húmeda.

—Me gustan tus besos, tienen sabor a mar.

Ella empieza a reír.

—Eres un hombre increíble.

Avanzan unos pasos mirando un triste sol que se ahoga lentamente en el océano, que derrama una lágrima que pintarrajea las aguas del Pacífico. Un airecillo marino sopla sobre los oídos de Gabriel; siente que su rodilla le empieza otra vez a fallar, pero su dolor se lo guarda para él y aunque la piel envejezca, para él son los mejores años de su vida. Cristiani, a su lado, le sana las heridas del alma, lo salva de las tinieblas de la soledad: llegó a él como una luz repentina que destella un brillo latente en su corazón. Las canas que apenas se esconden en aquella mujer reflejan un antiguo sufrimiento, pero su tierna y sincera mirada expresa una calidez que le dice que ella volvió para quedarse. El cielo es un largo velo de placidez que los acompaña mientras caminan tomados de las manos, las olas dejan su efervescente espuma sobre la orilla, luego regresan mudas a un mar sereno. Parece que el tiempo se hubiese detenido en ellos. Tienen aún mucho que contarse, la vida de esa pareja de enamorados resplandece con el sol poniente bajo el horizonte. En cada huella dejan atrás lo que en Chircus fue el exilio de un amor bizarro. Se otorgan mutuamente una recompensa concebida por el amor que solo ellos se podían profesar, un cariño eterno. Él se detiene, alza la mano de ella y la besa.

—Cristiani, quiero ser tu presente y vivir contigo el futuro. —Ella pone su dedo índice sobre los labios de él, luego le acaricia el rostro—. Cristiani, otra vez te lo pido, cásate conmigo.

La mujer se suelta bruscamente.

—Tenías que echarlo todo a perder. —Da vuelta cubriéndose el rostro. Él no logra comprender nada, no sabe qué decir, solo siente un frío que le congela la sangre y lo paraliza. Ella, en silencio, empieza a lagrimear mirándolo a los ojos: se siente derrumbar—. No puede resistir más ni contener el llanto, no puedo Gabriel, no puedo casarme contigo, solloza en su regazo.

Él la abraza con todas sus fuerzas, aferrándose a ella.

—¿Por qué? Mi amor, dime por qué —dice con frustración.

Ella esquiva la mirada.

—¡Porque tengo cáncer! Voy a morir.

Después de esa confesión desgarradora, la vida de Gabriel ya no volvió a ser la misma: aquellas palabras nunca pudieron ser borradas de su mente. Es como si el destino lo obligase ahora a compartir un mismo dolor que le causa una profunda tristeza y depresión que siempre trató de disimular con una sonrisa de aliento cuando estaba en frente de ella. El destino lo ha vuelto a despertar bruscamente de un sueño que nunca fue. ¿Acaso debía cumplir una penitencia de por vida? Gabriel no lo puede concebir, no entiende por qué la vida es injusta con Cristiani y la condena a una penosa y mortal enfermedad que se desarrolló debido a una prolongada exposición al polvo de la tiza y al convivir con las malas condiciones higiénicas para la enseñanza cuando trabajó como maestra en Chircus. Hoy, él debe cargar también con ese sufrimiento y no desprenderse de ella.

Han transcurrido varios meses, en el albergue ya nada es igual, los días pasan, allí solo se respira tristeza. Aunque Gabriel no ha comentado nada, los niños pueden presentirlo; ya es inevitable notarlo cuando el cabello de la querida maestra se empieza a caer. Aun así, se anima a dictar clases y darse un tiempo para jugar con ellos usando un pañuelo que le cubre la cabeza. Sin embargo, su tos empeora. Gabriel observa desde la ventana de su oficina los jardines vacíos, las risas que se perdieron con el viento. Se queda quieto tras la persiana. Esa fría mañana la radiografía mostró que la mancha había crecido en sus pulmones. El doctor que la atendía le dijo que sus ganglios linfáticos seguían inflamados. Él la había acompañado a una sesión más de quimioterapia, de allí la regresó al cuarto donde está internada. Desde el inicio del tratamiento puso todo lo que estaba a su alcance para tratar de curarla, o al menos, aferrarse a lo inexplicable, desenterrar su fe, buscar la ayuda divina y que ocurriese un milagro; pero sus plegarias no tienen respuesta. Y es que si todos nacemos para luego morir, ¿por qué ir en contra de la voluntad de Dios, aunque una enfermedad terminal sea el preludio y el obediente atajo hacia la muerte, como ley natural de las cosas? Gabriel está dispuesto a luchar con ella, aliviarla de ese terrible padecimiento, soportar esa tortura invisible. La llevó a la mejor clínica especializada, consultó a los mejores oncólogos en busca de noticias alentadoras, quería aferrarse a una esperanza, pero la enfermedad de Cristiani se acrecienta cada vez; tarde o temprano, aunque él no lo quiera, tendrá que despedirse de ella. Gabriel da vuelta, mira el Cristo roto sobre su escritorio; desea conversar con él, hace mucho que no lo hace. Siente que con los días está envejeciendo más: su cabello se ha empezado a blanquear, sus fuerzas se van desgastando, su rostro se ve cansando con el paso de los días mientras libra una dura batalla que no es posible ganar. Hubiese deseado tener él ese terrible cáncer al pulmón, dar su vida para salvar la de ella. Tiene el crucifijo en su mano.

—Dios mío, si tu voluntad es llevártela y dejarme en el camino de la soledad y de las sombras, solo te pido que hagas innecesario este absurdo sufrimiento, aunque no me resigno a perderla otra vez. —Su voz se debilita, sus labios le tiemblan—. Señor, tú eres mi pastor, llévame a mí porque soy un pecador y sálvala a ella, cúbrela con tu mano y tu infinita bondad.

Gabriel ve una foto que se habían tomado juntos, ella a su lado siempre sonriendo: no lo puede entender, todo fue tan repentino. Abraza aquel retrato sin soltar el crucifijo, se apoya sobre la pared, se deja caer lentamente al piso, llora con amargura, de impotencia para ponerla a salvo y por sus sueños truncados. ¿Vale la pena sufrir así? ¿Acaso es una prueba de fe con la esperanza de la resurrección? Encontrarla para luego perderla. Nunca lo había imaginado, no había pensado en ella durante muchos años, había olvidado su rostro, su mirada tierna, sus pequeñas manos, su fragancia a naturaleza, y de pronto había decidido ir en su búsqueda para encontrarla nuevamente en Chircus, llevarla con él de regreso hacia una vida mejor; hallarla para despedirse otra vez. Pero los planes que tenía él no eran los designios de Dios y así estaba escrito en las alturas. Él debía sufrir de nuevo, acompañarla a la clínica, al lado de su cama todas las noches y llorarla cuando sus ojos se nublasen en el ocaso de su existencia.

Gabriel llega cabizbajo hasta la puerta y se detiene unos segundos antes de girar la manija. Toma un respiro de fuerza e ingresa en silencio al cuarto de su amada. Ella duerme en su lecho con un rosario en la mano, que está a punto de caer. Con suavidad, Gabriel coloca el brazo de Cristiani sobre su vientre para no despertarla. Se sienta junto a ella conteniendo la emoción de verla más delgada y con una manguerita de oxígeno en la nariz. Observa en su rostro dormido y sus demacradas manos como el tiempo, en complicidad con una enfermedad cruel, embargaron sin piedad sus sueños. Ella abre los ojos.

—Cristiani, perdóname, no quise despertarte —le susurra Gabriel.

Ella le toca la mano debilmente, mientras él besa su frente.

—Gracias por venir, Gabriel —su voz apenas se puede oír—, gracias. —No puede evadir una sonrisa que trae consigo una gran pena al verlo, unas lágrimas caen por los surcos de sus años vividos, el silencio invade la habitación por unos segundos.

—No, mi amor, no llores —dice Gabriel con voz temblante.

Ella intenta acariciarlo.

—Perdóname por no haberte valorado, por no saber apreciar tu amor cuando debía —le dice ella.

Gabriel besa las manos pequeñas y frágiles.

—Por favor, no hables —repite él con voz llorosa—, no hables, ahora estás conmigo, amor, eso es lo único que importa.

Ella dibuja una vidriosa sonrisa agónica.

—Tengo frío —dice con voz cansada. Él la cubre con la frazada, su respiración se hace lenta, con un tortuoso silbido al jadear. Le sujeta su mano mirándolo profundamente—. Padre Gabriel, perdóneme, porque he pecado, perdóneme…

Ella queda en un profundo silencio, la oscuridad apaga la mirada de Cristiani dejando otra vez solo a Gabriel y con el corazón vacío. Su cabeza descansa sobre la almohada.

—¿Cristiani? —Su voz se quiebra—. ¿Cristiani? —Le toca las manos, se las lleva su pecho, besándolas: es el fin de su tormento—. Mi amor, despierta, no me dejes, te lo ruego, no me dejes. —Gabriel llora con desesperación, sujetándola contra él, tratando de reanimarla inútilmente—. Cristiani, por favor, no te vayas de mi lado, no quiero perderte otra vez

—dice besándole la frente, acariciándole los cabellos—, no me dejes, por favor, mi amor —llora desconsolado—, te lo ruego — besa su mano inerte—, corazón, no me dejes, no me dejes. —Entonces comprende que todo es inútil, solo se refugia en un abrazo nostálgico que lo cubre con lágrimas de dolor—. No te vayas otra vez, mi amor, no, no te vayas. Dios, ¿Por qué ella? —Hunde su cabeza en el pecho de Cristiani, con el corazón destrozado, cierra los párpados de ella, alza la mirada al crucifijo que cuelga en la pared, solo es una imagen que lo persigue y no le da consuelo. Cristiani ha llegado al final del camino. Gabriel se aferra a las sábanas y las empapa de un fuerte llanto que solo puede salir de una alma herida, como alguna vez lo llamó ella.

Los médicos ingresan precipitadamente, lo separan de aquel cuerpo inerte, poniéndole una mascarilla de oxígeno, tomándole el pulso, presionándole el tórax; pero no hay respiración, su corazón enfermo dimitió a seguir latiendo. Gabriel es separado de ella, sacado de la habitación mientras los médicos pretenden en vano resucitarla o ensayan a jugar a Dios. Cristiani exhaló su último aliento y ahora duerme en una profunda paz; afuera, el llanto oculto de toda una vida deja escapar el dolor que aprisionaba a Gabriel, que lo crucificó con lágrimas que lo ahogan en sufrimiento y un dolor incontenible. Quería casarse con ella, ser feliz y ahora debe enterrarla. Entonces, una mano cálida toca su hombro.

Él alza la vista, sus ojos enrojecidos reconocen la delgada silueta de una joven enfermera a quien una vez le dijo tu nombre es luz y vida. Ella aparece otra vez junto a él para darle consuelo y esperanza a su corazón lleno de congoja.

—Evelin, dice Gabriel sin entender cómo, después de tantos años, ella sigue hermosa y joven.

—Gabriel, no estés triste, la muerte es un proceso natural, como lo es también el nacimiento, es el final del camino en la Tierra y el comienzo de la vida eterna. Ella sabía que iba a morir, su cuerpo descansa en el sueño eterno, pero su alma se consagra; porque ella murió en la gracia de Dios, su alma se purifica y regresará al cuerpo con el regreso de Jesucristo.

Gabriel tiene la mirada perdida.

—Yo quiero morir también, ella lo era todo para mí, con su partida murió un pedazo de mí, no me atrevo a andar por el camino de una conciencia oscura, si también pierdo mi fe —dice con lágrimas en los ojos.

Ella toca las manos de Gabriel, de inmediato una profunda paz lo invade, le revela que el hombre no está hecho de roca, pero sí para dejar las huellas de su existencia, recordar lo que vivieron juntos con inmensa ternura; cuando sube la mirada, ella ya no está a su lado: su ilusión ha durado muy poco, se desvaneció como el aroma de un perfume impregnado en su piel. Ella se le había aparecido otra vez, y tiempo atrás Gabriel, quien solo pudo verla con la intervención de Dios, le dijo que ella era un ángel en la Tierra. Él nunca lo supo, nunca lo imaginó.

Gabriel se persigna.

—Ahora la tienes tú, Señor, cuida de ella en tu reino.

Como sacerdote, casó a muchas parejas, pero como hombre laico, Gabriel jamás fue casado por un sacerdote ni pudo formar una familia; no estaba escrito en su destino, siempre creyó que Dios no lo quiso así, pero la mejor cosecha de aquel hombre en el transcurso de su vida, mientras administra el albergue, fue darle una infancia feliz a los niños, lograr que aspirasen a sueños y sean mejores hombres en el futuro. Ahora, veinte años después de la muerte de Cristiani, el exsacerdote cruza el umbral del invierno de su larga vida. Nunca desmayó, se mantuvo siempre en favor de servir a los más necesitados, y a pesar de que le aconsejaban que abandonara la dirección del albergue, él se negaba al retiro. Ahora es un viejo cuidando viejos, siempre preocupado por los demás, dedicando su vida a lograr en ellos una sonrisa y darles calor de hogar. Pero Gabriel ya no es el mismo, habla muy poco, hasta desatiende sus obligaciones; el buen contador Luis Risco debe apoyarlo en todo, a veces le ha dicho que es el momento de dejar la administración y jubilarse, consejo que oye sentado frente a su escritorio, sin contestar. Él ya ha escrito su testamento y al cabo de un año dispuso que los niños del albergue fueran enviados a un orfanato a donde contribuiría mensualmente con una generosa cantidad. Este dinero fue aprovechado por los burócratas: con el correr del tiempo y sin saberlo, los chiquillos fueron dejados de lado y las puertas se abrieron para que regresaran a las calles de donde alguna vez fueron recogidos. Hoy, la Misión de Cristo es un lugar de reposo y cuidado de ancianos indigentes, una búsqueda por conseguir la mano tendida del Señor, el Dios de Abraham al que antes sirvió con fervor y que luego su corazón enamorado rechazó, pero su Dios al fin; el Creador del cielo, los mares y la Tierra, Creador de toda vida existente, las bestias, los insectos, plantas, microbios; y si el hombre fue hecho a su semejanza, la inclemencia del tiempo es una advertencia de que el hombre no está hecho a la imagen de un ser superior, pues dejó sus huellas en el rostro de un hombre que aún pelea desde el fondo de su alma por alcanzar la paz interior.

El camposanto donde descansan los restos de su amada es un jardín turbio que llora lágrimas secas bajo el sol del atardecer. El granito y el mármol de las lápidas son mudos compañeros de un dolor silencioso que tortura un corazón sombrío. A pesar de su lucidez, su espalda endeble, su caminar cojo y lento arrastran el tiempo. Las hojas del calendario siguieron cayendo y marchitaron a un hombre cano que lleva puesto un sombrero negro, como la soledad de su alma y su alejamiento con Dios. Sus ojos nublados miran aquellas flores que murieron días atrás con el nuevo amanecer. Un anciano solitario, casi sordo, de ochenta y cinco años, lleva un pequeño ramo de rosas. Su cansancio se refleja en sus ojos curtidos, la mano izquierda le tiembla, la artrosis carcomió su rodilla, pero nada de eso fue impedimento para que Gabriel, siempre apoyado en un bastón, visitara todos los domingos por la tarde la tumba de Cristiani, aunque hacía un mes que no lo hacía por prescripción médica.

—Mi amor, perdóname por mi demora en visitarte, pero ya me ves, soy un viejo enfermo, al que le faltan fuerzas, agotado y con ganas de nada. —Gabriel deja las rosas sobre la tumba de Cristiani haciendo una reverencia—. Me haces tanta falta, te recuerdo cada noche, me es imposible dormir sin mencionar tu nombre, no sabes cuánto te extraño. —Una lágrima solitaria empieza a caer—. Quisiera morir y estar a tu lado, tenerte otra vez en mis brazos. —En su memoria, ella siempre está como la conoció, bella y de frágil naturaleza. Gabriel se arrodilla con dificultad sobre la hierba seca del otoño, su mano débil y trémula toca el mármol de aquel sepulcro, se aferra al granito donde está escrito el nombre de ella—. Te fuiste hace veinticinco años, mi amor, me dejaste otra vez solo y aun así te sigo amando. —Gabriel ya no tiene más lágrimas. Desde su alejamiento de la Iglesia, su penitencia por un amor prohibido fue no poder ser amado de por vida y su corazón espinado por el recuerdo de ella lo acompañará hasta el final de sus días como un cruel estigma por su desobediencia—. Cristiani, mi amor, a pesar de los años de tu partida, no te borro de mi mente. El tiempo que estuvimos juntos fue lo mejor que pudo pasarme, fuiste lo mejor que tuve, le diste sentido a mi vida, trajiste paz y felicidad a mi alma enferma y la sanaste otra vez con tu presencia, con tu bondad y tu sonrisa—. Guarda silencio unos segundos, entonces levanta la mirada y su voz le increpa al cielo—. ¡Y no me arrepiento de nada! — Sus ojos brillan, su rostro se arruga, sus labios ya no pueden contenerse junto a la lápida de su amor difunto. A los lejos, las campanas de una iglesia cercana retumban revelando las cinco de la tarde; en el acto, una dolencia en el pecho ahoga su respiración, un aire frío le recorre el cuerpo, sus dientes se aprietan de dolor. Gabriel apenas logra apoyarse sobre el granito para evitar caer; poco a poco, su respiración se normaliza. Se levanta con la molestia que le causa la artrosis despidiéndose de ella con una sonrisa—. Te visitaré el próximo domingo, amor. Después de esa tarde gris, nunca más volvería a visitar esa tumba.

Han pasado nueve años, una vez más, el tiempo se había aliado con la soledad y se habían convertido en los enemigos de Gabriel. El atardecer sombrío va cayendo sobre La Misión de Cristo en víspera de la Nochebuena. En su larga rutina de oración de todas las noches y a pocas horas del nacimiento del hijo de Dios, un viejo espera con desaliento el amanecer. Desde tiempo atrás, cada alborada le es insignificante, los días son penosos y aburridos eslabones de su larga vejez. Sentado en una silla junto al resto de viejos que el albergue acogió, Gabriel es un anciano afortunado en medio de indigentes y seres abandonados de miradas vacías que ahora viven junto a él. Pasada unas horas ya adentro de aquellos muros, en el fondo del gran jardín donde creció una enorme higuera junto a la fuente de agua, hay una modesta habitación cuya tenue luz amarilla resplandece por dos velas sobre la mesa, junto donde reposa un retrato de Cristiani y un crucifijo con la figura de Jesucristo, labrada en bronce y que alguna vez fuera arrancado de su cruz. Aquel símbolo de martirio espiritual había recobrado el pedazo más cruel por el cual el hijo de Dios se había sacrificado por todos los hombres, para que sus pecados sean perdonados. Gabriel le había tallado una cruz de madera de pino a fin de que aquella imagen quedase completa y no fuera un objeto vacío con un brazo mutilado que siempre le causó lástima. Afuera de la habitación, las coloridas guirnaldas, alientan el espíritu de la navidad dentro del albergue. En aquel cuarto silente, un joven sacerdote sacude su mano trémula y deja caer un fósforo apagado sobre un recipiente de porcelana antes de elevar su plegaria de todas las noches. Cerca del crucifijo y frente al espejo, el viejo Gabriel mira su rostro, sabe que no es posible regresar atrás; lleva puesta su antigua sotana aconsejado por su corazón abatido, humillado y enfermo. A duras penas logra arrodillarse sin perder de vista aquella sagrada imagen, entrelaza sus dedos en busca de consuelo espiritual.

—Señor, siento que he llegado al límite de mis fuerzas, perdóname. Domine ne longe facias auxilium tuum a me ad defensionem meam aspice: libera me de ore leonis et a cornibus unicornium humilitatem mean. Deus, Deus meus, respice in me: quare me dereliquisti longe asalute mea verba delictorum meorum. —El anciano alza la mirada lentamente buscando a Dios, sus manos se presionan entre sí—. Padre mío, perdóname por mi torpe desobediencia a tu bondad infinita, tú así lo quisiste y yo te contrarié sin ser nadie en esta Tierra; un hombre insignificante en tu maravillosa creación. Padre mío, ne derelinquas me neque despicias me. Señor misericordioso, perdona mi desgano de vivir, no puedo soportarlo más, son tantos años viviendo en soledad, solo soy un ser incompleto y con un corazón que se extingue; pero me hinco a ti, Padre mío, resignado a tu voluntad de que viva entre las sombras, humildemente te imploro piedad para mi alma y la indulgencia para recibir tu gloria. —Alza sus manos que no cesan de temblar—. Padre mío, vuelve a mí tus ojos, sálvame, escucha mis plegarias, ya estoy cansado y soy demasiado viejo para seguir con esta agonía en vida. Concede la última voluntad de este siervo decrépito y avergonzado y perdona mis pecados que tanto daño han causado.

Su rodilla derecha está podrida como un leño seco, en una penosa lucha por alcanzar equilibrio y en una humillación cruel del tiempo sobre la vida, un viejo endeble sufre para alzarse de pie. Al ponerse otra vez ese hábito oscuro que jamás pensó volver a usar, siente que su penitencia está por concluir. ¿Quién se lo impediría? Como todas las noches, besa el retrato de Cristiani y se lleva la cruz junto a su pecho.

Aquel viejo consumido, casi sordo y de noventa y cuatro años espera a que llegue la Navidad para abrazar a las monjas que lo cuidan y entregar regalos para los viejos que recogió. En sus últimos años había oído una voz que le reveló que se vistiera de negro, que debía obedecer si quería encontrar la promesa de salvación. Recibir el perdón de Dios y ser acogido en las alturas, como un hijo pródigo que regresa redimido y con humildad hacia su padre al culminar su éxodo terrenal. Las velas que iluminan su habitación lo acompañan en esa noche y su tenue luz se debilita junto con él. Afuera, un ruidoso estallido de bombardas comienza la celebración de la llegada del Niño Jesús. Gabriel sintió un fuerte dolor en el brazo. Dentro de él, una explosión profunda en el pecho lo hizo caer abruptamente, sin fuerzas. Trata de sujetarse en vano de las sábanas. Siente que la vida se le va. Una lucha inútil por lograr su último aliento lo hace gemir en silencio. Fue su último respiro de vida. Lentamente sus ojos se empiezan a cerrar, su visión se oscurece, su respiración se acorta, su cuerpo se libera de los temores que lo aprisionan, su corazón se extingue y su mirada se clava en los pies del crucifijo.

El cariñoso abrazo navideño que esperaba no llegará, su expiración cobija ahora su alma en paz. Su espíritu parte al encuentro con Dios y la esperanza de volver a ver a su amor ausente. En su oscuridad nace un punto de luz con un brillo magnífico y en todo su esplendor, el umbral a un reino inimaginable a la mente y al entendimiento, escondido al ojo humano, destinado a la salvación de los hombres justos y la verdad eterna.

Made in the USA
Middletown, DE
25 June 2020